東原伸明／ローレン・ウォーラー／ヨース・ジョエル／高西成介 編著
Higashihara Nobuaki *Loren Waller* *Joël Joos* *Takanishi Seisuke*

万葉集の散文学

―新元号「令和」の間テクスト性

武蔵野書院
創業百周年記念企画

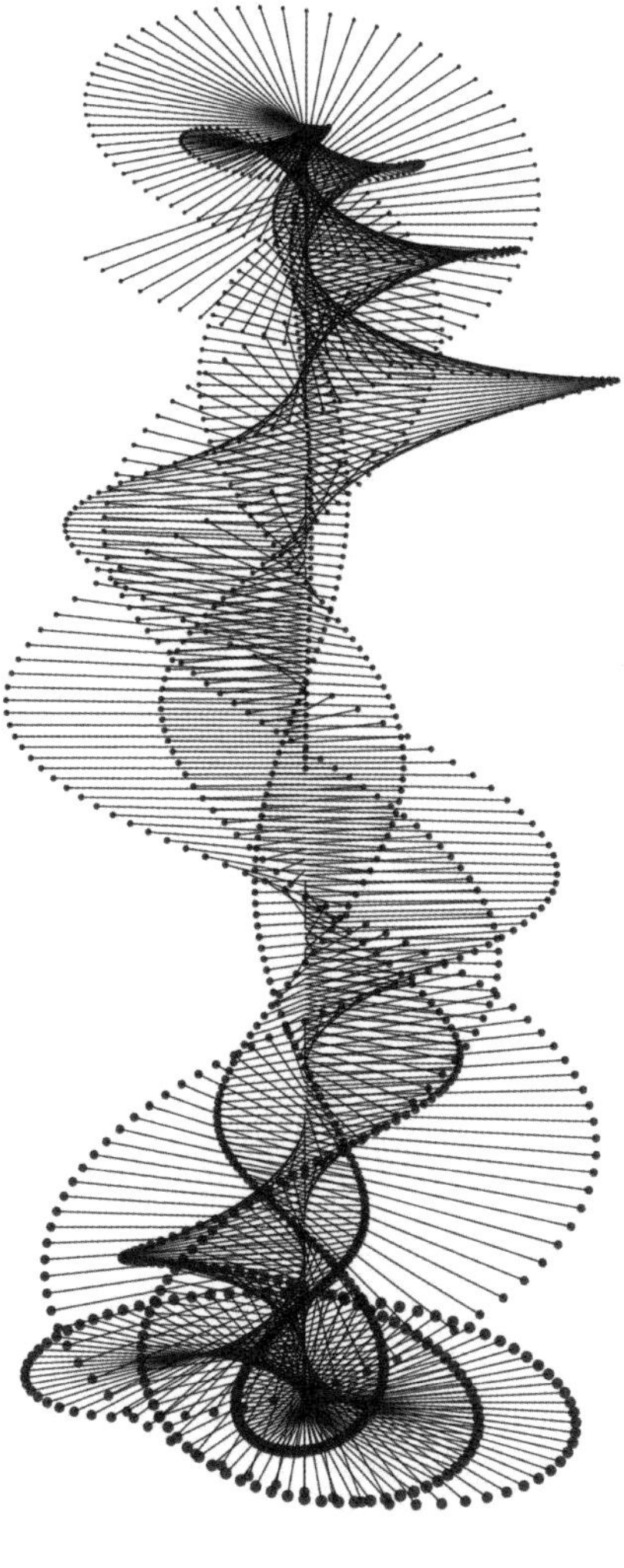

武蔵野書院

万葉集の散文学——新元号「令和」の間テクスト性

目次

新元号「令和」は、「Beautiful harmony」ではない――序にかえて

平成」最後の月、四月三日のことである。複数の海外メディアから、新元号「令和」の「令」の字は「命令（command, order）」の意味を指しているという趣旨の報道がなされた。あわてた日本政府はそれを否定し、「美しい調和（Beautiful harmony）」を意味していると反論した。しかし、四月二二日、文部科学省の中等教育局長が全国の都道府県教育委員会教育長等に「天皇陛下の御退位及び皇太子殿下の御即位に際しての学校における児童生徒への指導について」という通知が出され、時の内閣は閣議決定して、五月一日に学校、会社その他において国旗掲揚の協力要望をしていたという、現実に「命令」がなされていた事実に鑑みると、先の海外報道があながち「誤報」だったとも言えないのは皮肉であった。

右の政治的な意図はそれとして、新元号「令和」の翻訳語が「Beautiful harmony」ではあり得ないことを、学術的な立場からは明確に否定しておくべきだろう。なぜならば今回元号の選定に当たり、従来の「漢籍」からではなく、初めて「日本古典」『万葉集』が典拠に採用された

という事実が、何より重要だからである。例えば「漢籍」を典拠とした「明治」から「平成」と、当該『万葉集』を典拠にした「令和」とは、どのように異なるのだろうか。「明治」から「平成」までは漢籍が典拠であったため、ほぼ「漢語」同士の組み合わせの構成であった。ところが、「令和」は「日本古典」であったために、「漢語」だけではなく、「漢語」と「和語（やまとことば）」との組み合わせとなってしまったという事実である。

例えば「昭和」と「令和」とは、音読のうえではまったく同一である。しかし、漢籍を典拠とする「昭和」は、「百姓昭明、協㆓和萬邦㆒。百姓昭明《ひゃくせいせうめい》にして、萬邦《ばんぽう》を協和《けふわ》す。」と『書経』にあるように、「昭」（漢語）＋「和」（漢語）の組み合わせで構成されている。だからその「和」には、（harmony（調和））という訳語も適用されようし、この場合間違いとは言えないだろう。

しかし、「令和」は「昭和」とはまったく異なるのである。「初春令月、気淑風和。」初春《しょしゅん》の令月《れいげつ》にして、気淑《よ》く風和《やはら》ぐ。」「令」（漢語）＋「和《やはら》ぐ」（和語）の組み合わせで、「かぜ」が、「やはらぐ」意。少なくとも「やはらぐ」「やはらぎ」の訳語に、「harmony」は無いだろう。ちなみに「令月」の「令」も、「よいつき」、この「よい」は、縁起が良い、くらいの意味合いだから、（Beautiful）のニュアンスも無いに相違ない。『万葉集』を典拠と主張する限り「Beautiful harmony」は、とんでもない誤訳なのである。ちなみにローレン・ウォーラーは対案として、「Good gentlness」や「Favorable calm」を提案しているが、いかがだろうか。

さて本書の表題『万葉集の散文学――新元号「令和」の間テクスト性』は、挑発と異化作用を狙ってのネーミングである。周知のように『万葉集』は和歌集だから「韻文」のジャンルではあっても、「散文」であろうはずはない。しかし、「韻文学」では意味をなさないのだ。なぜならば「令和」の典拠となった箇所が和歌本篇ではなくて、「梅花の歌三十二首併せて序」、その序文の部分であり、それが「散文」だからという理由である。元号の典拠を端緒に、そこから『万葉集』の間テクスト性＝テクスト論的研究の可能性を提案する趣旨の企画である。

第一部はゲストに万葉学者の上野誠氏をお招きし、迎える側として高知県立大学の教員と元教員というスタッフ構成で、「シンポジウム新元号「令和」の典拠を考える――万葉集の散文学――」を敢行、その模様を掲載した。第二部は、『万葉集』のテクスト論、『文選』の日本における受容論、元号をめぐっての政治的な思想論を掲載した。なお、シンポジウム当日、パネリストの一人が体調不良で欠席というアクシデントに見舞われたが、「ヨースの部屋にようこそ」というコーナーを設けることで、相互に対話する機会を得ることができたのは幸いであった。

企画コーディネーター編者代表　東原伸明

第一部

シンポジウム 新元号「令和」の典拠を考える
――万葉集の散文学――

パネリスト：上野誠／ローレン・ウォーラー／高西成介／東原伸明
総合司会：田中裕也
於：高知県立大学永国寺キャンパス教育研究棟A101講義室
令和元（2019）年10月26日（土）13時〜16時（開場12時30分）

田中：ただいまより「シンポジウム新元号「令和」の典拠を考える」を始めさせていただきます。さっそくですが、本日ご発表をいただく講師の先生方のご紹介をさせていただきたいと思います。

お一人目の方は上野誠先生です。上野先生は一九九〇年に國學院大學の大学院を了《お》えられて、現在は奈良大学文学部教授[注1 二〇二一年四月より國學院大學教授（特別専任）]でいらっしゃいます。二〇一八年には、大著を二冊も刊行されています。『折口信夫的思考　越境する民俗学者』を青土社から、そして、『万葉文化論』をミネルヴァ書房から、いずれも力のこもった著作です。また、本シンポジウムに関わるだろうと思われます『万葉びとの宴』というご本を、二〇一四年に講談社現代新書から刊行されています。ただ今東原

総合司会：田中裕也（たなか・ゆうや）
同志社大学大学院文学研究科博士課程後期課程修了。博士（国文学）。高知県立大学文化学部講師を経て、二〇二一年四月より高知県立大学文化学部准教授。

先生が掲げていらっしゃる本です。そして皆さんもご承知かもしれませんがMBSラジオで、「上野誠の万葉歌ごよみ」という番組を担当されておりまして、インターネットのradiko、ポッドキャストなどで聴くことも可能だと思います。このように上野先生は万葉歌の啓蒙普及にも努めていらっしゃいます。

続きましてのご紹介は、ローレン・ウォーラー先生です。ウォーラー先生は、実は本学で二〇一五年まで教員をされておりました。現在はイェール大学大学院に院生として在籍し、博士論文の執筆をされております。

続きましてご紹介いたしますのは、高西

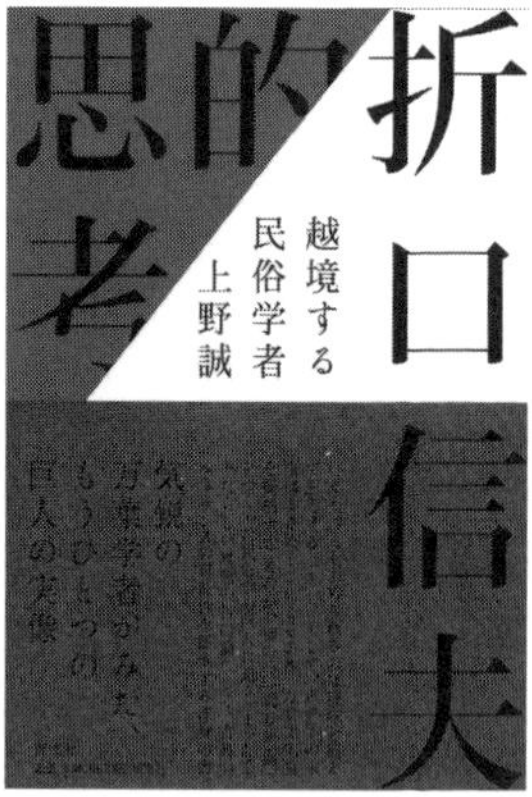

『折口信夫的思考 越境する民俗学者』
（青土社・2018年）

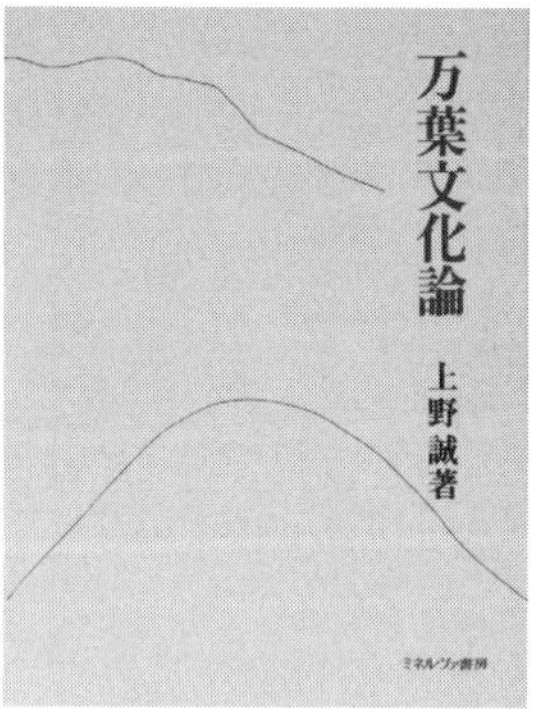

『万葉文化論』
（ミネルヴァ書房・2018年）

『万葉びとの宴』
（講談社現代新書・2014年）

成介先生です。本学教授で、中国文学を担当されております。先生のご専門は漢詩などの韻文ではなくて、六朝から唐宋にかけての文言小説研究、小説ですから散文の文芸です。今回の趣旨にぴったりですね。

そして最後は、本学教授の東原伸明先生です。『源氏物語』や『土左日記』などの平安朝の文学を専門とされており、二〇一五年には、『土左日記虚構論　初期散文文学と国風文化』というご著書を武蔵野書院より刊行されております。これは先生の第四著作集に当たります。

なお、本日もう一方ご報告予定のヨース・ジョエル先生は、急に体調を崩され、とても残念ですがやむなく欠席となってしまいました。ちなみにヨース先生は、「日本思想史」「日本文化史」がご専門です。

それでは早速、本日のシンポジウムの企画をされた東原先生より、企画趣旨をご説明していただきます。東原先生、どうぞよろしくお願いいたします。

〔シンポジウム企画の動機〕

東原：たくさんのご来場ありがとうございます。東原です。ご紹介にもありましたように、私の専門は平安朝の散文文学の『源氏物語』なので、上代の『万葉集』とは全然関わりがないですけれども、ちょっとしたことからこんなことを思いつきまして、この度シンポジウムを企てることとなりました。本日のシンポジウムには、「万葉集の散文学」という奇妙な副題が付いております。ご覧になって、皆さん、少し違和感を覚えるのではないかと思います。なぜならば『万葉集』は和歌ですから韻文学ではないのか……と。でも、「令和」の典拠とされている部分は、和歌の序

文でございまして、どちらかというと散文の分野なものですから、門外漢の私でもこれは私の専門の立場から、〈ちょっと口出しができるかな〉と思いまして、そんなところからの企画なのです。

この企画は四月一日の新元号発表以前にはまったくなかったことでありまして、当日にマスコミからこの報道があった後、何を思ったか私はアメリカに居住するローレン・ウォーラーさんと電子メールでやりとりをして、そのときの違和感が強い動機となりました。〈とにかく、何かせねばならぬ〉という。四月の十日前後だと記憶しています。奈良大学の上野先生に連絡を取りました。と言っても、同じ大学の出身とはいえ、大学から離れてからは、互いにまったく音信がなかったものですから、奈良大学の上野先生のホームページに記載されている電子メールのアドレスに送って、「ちょっとこんなことを考えているのでシンポジウムをやりたいと思いますけれどもどうでしょうか」と言ったところ、幸い快諾してくださったものですから、今回実現した次第でございます。

ところで私が考える典拠に対する違和感とは、『万葉集』がどうのとかいうことよりも、「令和」という元号が発表された途端に、翌日にはもう典拠とされるものがいっぱい指摘されてしまったということ、ほとんど四月いっぱいぐらいの段階で、すべて洗い出されてしまったという状況です。この在り方、典拠がいっぱいあって、しかもそれに対する読み取り方みたいなものもさまざま出てくるというこの状況というのは、既視感[注2]があります。『源氏物語』の研究者としては非常に面白いと思いました。というのは、ちょうど私が学問形成をした頃、それは一九八〇年代のことで、『源氏物語』の研究だとちょうどテクスト論の時代です。同時に古注釈のブームというのがありました。古注は中世に既に、『源氏物語』の典拠をほとんどすべて洗い出してしまっていますから。八〇年代に、ちょうどフランスから日本に現代思想としてインターテクスト[注3]の理論というものが入ってきて、両方がシンクロした形で『源氏物語』のテクスト論的な研究、間テクスト性の研究というのが、非常に盛んに行われたわけでございます。そういう状況と、今回のこの令和の典拠の状況が非常によく似ているのではないかと私には思われました。私の落としどころとしては、そういうテクスト論的な研究の方向性みたいなところに持っていきたいなと思っています。

ただ、今日のシンポジウムがそういう方に行くかどうか、それは分かりません。あくまでも企画者としてはそんなことを考えておるわけでございます。これが元になっているものだみたいな形でいっぱい典拠が出てきているわけですけれども、結局元になって

注２：デジャヴ déjà vu
注３：間テクスト性　インターテクスチャリティ

いようがいまいが、序文の文脈に重ね合わせて読むということをしないとなんとも言いようがないわけで、そこのところで、「こう読んだらこういう具合に読める」ということを言って、初めてそれに対して第三者が聞いてみて、〈ああ、なるほど〉という説得力があるかどうか、そういうことだと思います。今回の企画の意図としては、そんなことを考えてこれがなされたということでございます。

田中：はい。東原先生、ありがとうございました。各人、四名の先生方のご専門の観点からこのシンポジウムをなされるということで、どういったことになるのかというのはまだ結論は見えていないというところだと思いますけれども、これから先生方にご報告をしていただく中で、また、皆さんからのご質問等の中で恐らく見えてくるところがあるのかというふうに思っております。

それでは早速ではありますけれどもシンポジウムのほう、ご報告を始めていきたいと思います。それでは上野先生、よろしくお願いいたします。

〔発表Ⅰ　大宰府文学圏の思想――万葉集と令和〕……上　野　誠

発表資料

1　大宰府文学圏の思想　――万葉集と令和

上野　誠

大宰府《だいさいふ》言《まう》さく、「この府は人《ひと》・物《もの》殷繁《いんはん》にして天下《あめのした》の一都会《いちとくわい》なり。子弟の徒《ともがら》、学者稍《やや》く衆《おほ》し。而《しか》れども、府庫《ふこ》は但《ただ》五経《ごきやう》のみを蓄《たくは》へて、未だ三史《さむし》の正本《せいほん》有らず。渉猟《せふれう》の人、その道広からず。伏して乞はくは、列代《れつだい》の諸史、各《おのおの》一本を給《たま》はむことを。管内に伝へ習はしめて、以て学業を興さむ」とまうす。詔《みことのり》して、史記・漢書《かんじよ》・後漢書《ごかんじよ》・三国志・晋書《しんしよ》各一部を賜《たま》ふ。

(『続日本紀』巻第三十、称徳天皇、神護景雲三年（七六九）十月条、青木和夫ほか校注『続日本紀　四（新日本古典文学大系）』岩波書店、一九九五年)

はじめに

筑紫歌壇→天平の文学サロン（互いの思いを述べ、競う）／大宰府文学圏（文学の環境としてとらえる）

一　大宰府文学圏の特性

①　官人（役人）の文学

我《あ》が主《ぬし》の　御霊《みたま》賜ひて　春さらば　奈良の都に　召上《めさ》げたまはね（山上憶良　巻五の八八二）

憶良《おくら》らは　今は罷《まか》らむ　子泣くらむ　それその母も　我《あ》を待つらむぞ（山上憶良　巻三の三三七）

②　友と酒の文学

賢《さか》しみと　物言ふよりは　酒飲みて　酔《ゑ》ひ泣きするし　優《まさ》りたるらし（大伴旅人　巻三の三四一）

君がため　醸《か》みし待ち酒　安《やす》の野に　ひとりや飲まむ　友なしにして（大伴旅人　巻四の五五五）

韓人《からひと》の　衣染《ころもそ》むといふ　紫《むらさき》の　心に染《し》みて　思ほゆるかも（麻田陽春　巻四の五六九）

③　**実存的思考の文学**

この世にし　楽しくあらば　来《こ》む世には　虫に鳥にも　我《われ》はなりなむ

（大伴旅人　巻三の三四八）

生ける者《ひと》　遂《つひ》にも死ぬる　ものにあれば　この世にある間《ま》は　楽しくをあらな

（大伴旅人　巻三の三四九）

銀《しろかね》も　金《くがね》も玉も　なにせむに　優《まさ》れる宝　子に及《し》かめやも

（山上憶良　巻五の八〇三）

④　**仏教文化**

世の中を　何に喩《たと》へむ　朝開《あさびら》き　漕《こ》ぎ去《い》にし船の　跡なきごとし

（沙弥満誓　巻三の三五一）

⑤　**望郷と別れの文学**

あをによし　奈良の都は　咲く花の　薫《にほ》ふがごとく　今盛りなり

（小野老　巻三の三二八）

凡《おほ》ならば　かもかもせむを　恐《かしこ》みと　振りたき袖を　忍びてあるかも

（遊行女婦《あそびめ》児島　巻六の九六五）

大和道《やまとぢ》の　吉備《きび》の児島《こしま》を　過ぎて行《い》かば　筑紫《つくし》の児島　思ほえむかも

（大伴旅人　巻六の九六七）

二　宴こそ人生

書き下し文

梅花《ばいくわ》の歌三十二首〔并《あは》せて序〕

天平《てんぴやう》二年正月十三日、帥老《そちらう》の宅《いへ》に萃《あつ》まりて、宴会を申《もよほ》すことあり。時は、初春《しよしゆん》の令月《れいげつ》にして、気淑《よ》く風和《やはら》ぎ、梅は鏡前《きやうぜん》の粉《ふん》を披《ひら》きて、蘭《らん》は珮後《ばいご》の香《かう》を薫《かを》らしたり。加以《しかのみにあらず》、曙《あけぼの》の嶺《みね》には雲移り、松は羅《うすもの》を掛けて蓋《きぬがさ》を傾《かたぶ》けたり。夕《ゆふへ》の岫《くき》は霧《きり》を結び、鳥は縠《うすもの》に封《と》ぢられて林に迷《まと》ふ。庭には新蝶《しんてふ》舞ひて、空には故雁《こがん》帰りたるをみゆ。ここに、天を蓋《きぬがさ》として地《つち》を坐《しきもの》として、膝《ひざ》を促《ちかづ》けて觴《さかづき》を飛ばしたり。言《こと》は一室の裏《うち》に忘れさりて、衿《ころものくび》を煙霞《えんか》の外に開く。淡然《たんぜん》として自《みづか》ら放《ゆる》し、快然《くわいぜん》として自ら足《た》りぬ。もし、翰苑《かんゑん》にあらずは、何を以《もち》てか情《こころ》を攄《の》べむや。詩には、落梅《らくばい》の篇《へん》を紀《しる》すといふことあり。古《いにしへ》と今と夫《そ》れ何ぞ異《こと》ならむ。園梅《ゑんばい》を賦《ふ》して、聊《いささ》かに短詠《たんえい》を成すべし。

（巻五の八一五～八四六序文、小島憲之ほか校注・訳『萬葉集②（新編日本古典文学全集）』小学館、一九九五年。ただし、私意により改めたところがある。）

訳文

梅花の歌三十二首とその序文

時は、天平二年正月十三日のこと。私たちは、帥老すなわち大伴旅人宅に集って、宴を催した。それは、折しも初春のめでたき良い月で、天の気、地の気もよくて、風もやさしい日だった。旅人長官の邸宅の梅は、まるで鏡の前にある白粉のように白く、その香は帯にぶら下げる匂い袋のように香るではないか。その上、朝日が映える嶺は雲がたなびいていて、庭の松はうすものの絹笠を傾けたようにも見えた。時移り夕映えの峰に眼を転ずれば、霧も立ちこめて、鳥たちは霞のうすぎぬのなかに閉じこめられて、園林の中をさまよい飛ぶ。一方、庭に舞い遊ぶのは今年の命を得た蝶だ。空を見上げると昨秋やってきた雁たちが帰ってゆくのが見える。この良き日に、私たちは天を絹笠とし、大地を敷き物にして、気の合った仲間たちと膝を交えて酒杯を飛ばしあって酒を飲んだ。かの宴の席、一堂に会する我らは、言葉すらも忘れて心と心を通わせ、けぶる霞に向かって襟をほどいてくつろいだのだった。ひとりひとりのとらわれない思いと、心地よく満ち足りた心のうち。そんなこんなの喜びの気分は、詩文を書くこと以外にどう表せばよいというのか——。かの唐土には、舞い散る梅を歌った数々の詩文がある。昔と今にどうして異なるところなどあろうぞ。さあ、さあ、われらも「園梅」という言葉を題とし

て短歌を詠み合おうではないか……。（拙訳）

于㆑時、初春令月、気淑風和。梅披㆓鏡前之粉㆒、蘭薫㆓珮後之香㆒。

青柳《あをやなぎ》　梅との花を　折りかざし　飲みての後《のち》は　散りぬともよし〔笠沙弥《かさのさみ》〕

（巻五の八二一）

おわりに

もっとも日本的な文学／もっとも中国的な文学／日本は日本だという意識／東アジアの日本という両方の意識を持つ／蘭亭序なくして梅花宴なし／政治・経済・文化の交流の玄関に／万葉の時代……国際情勢の緊迫／国際性、多文化社会……鑑真・仏哲・菩提僊那／鴻臚館／疫病・飢饉・政変／漢字・儒教・律令・仏教によるグローバル化

上野：はい。上野でございます。よろしくお願い申し上げます。今日、会場に着いてすがすがしいことがございました。聞いてみますと、高知南高校の生徒さんが三人来られて、丸の内高校の生徒さんは二人来られて、これはもう令和のシンポジウムにふさわしい。彼女たちが生まれた年は二〇〇一年とか二年とか三年とか、そんなもんでしょう。こんな若い人たちが来ているシンポジウムというのは、〈高知恐るべし〉と思いました。

もっとすごかったのは、今日のお昼ご飯でした。今日のお昼ご飯は高価な「うな重」が出た。これがまた東原先生というのはすごい人で、「成八」[注4]さんという名店のうなぎで、「ここはおいしいけれども、付いているお漬物が少ないから」と言って、わざわざ家から糠漬けのお漬物を持ってきてプラスしていただいて。大体シンポジウムは何で決まるかというと、そのお昼のご飯で決まるんです。いいものが出たときはいいシンポジウムになるんです（笑）。

今日、私に与えられた時間は三〇分で、全体の大きな概説的なことだから、私の話が一番広いというか、簡単に言うと全体を追う形になってきます。この資料から見ていきたいんですが、私の発表資料「大宰府文学圏の思想」というところです。「続日本紀」の中に、こういう一文があります。「大宰府《だざいふ》言《まう》さく、『この府は人《ひと》・物《もの》殷繁《いんはん》にして天下《あめのした》の一都会《いちとくわい》な

注4：高知市梅ノ辻15-2。088-877-5595。炭火の地焼き。

り」。大宰府の役人が言うことには、この府は、人、物、殷繁、さまざまなものが行き交っていて、天の下の一都会なりと言っているわけです。その大宰府というのは、一都会である。筑紫の国の大宰府というのは、一都会なり。「子弟の徒《ともがら》、学者稍《やや》く衆《おほ》し」。この場合の学者というのは、ものを学ぶ人でしょうから、そこに集まっている役人たちの子弟というものは勉強する人が多いのだ。「而《しか》れども、府庫《ふこ》」大宰府の図書館に当たるところには、「但《ただ》五経のみを蓄へて」、四書五経の五経だけを蓄えて、「未《いま》だ三史《さむし》の正本《せいほん》有らず」。

上野　誠

　ここは、高西先生に伺いたいのですが、正本といった場合、すべてがそろっているということだと思いますので、すべてがそろっていないと抄本、つまり一部が欠けているものがあったんでしょう。「渉猟《せふれう》の人」、これは、文章を深くあちらこちらから調べていく人、「その道広からず」。「伏して乞はくは」、伏してお願い申し上げます。「列代《れつだい》の諸史、各《おのおの》一本を給《たま》はむことを。管内に」、その後が重要。「伝え習はしめて」、伝習して、これは本を蓄えるだけではありませんよ。「以て学業を興さむ」、みんなで勉強をしますよというふうに言った。

これに対して天皇からの命令、詔が出て、「史記・漢書《かんじょ》・後漢書《ごかんじょ》・三国志・晋書《しんしょ》各一部を賜《たま》ふ」、一部をお与えになったと出てきます。これは巻子本、巻き物で、これらのものを運ぶとすれば、どれぐらいの量になるのか、中国文学の先生に後でイメージしていただきたいんですけれども、これだけの本を賜ったと。

つまり大宰府というところには役人たちがたくさんやってきて、そこでこの子どもたちも勉強しているので、本がたくさん必要である。それが令和の元になった『万葉集』巻五の梅花宴序の一つの文学的環境になっているだろう。それは、かつては筑紫歌壇と呼ばれていて、天平の文学サロンと考えられていますけれども、この文学サロンというのは互いの思いを述べあって、もう一つ重要なことがあるんです。これは競い合うということ。競い合うということは一生懸命勉強し合うということです。

全然違う話をします。昨日の夜懇親会をやりました。この懇親会でかつおの塩たたきというものがあるんですか、いただきました。途中から今日のシンポジウムの話になりかけたので、僕はいったんです、「その話はやめましょう、明日ぶっつけ本番で」と。だって前の日に盛り上がったシンポジウムは、翌日面白くないんです。つまり、シンポジウムというのは半分競争する心もないと駄目なんです。〈ああ、相手よりももっと大きな仮説を出したい〉とかいうふうに思わなければいけないんです。そういうような競争が一つあるわけです。

話を戻します。それをかつては「筑紫歌壇」といっていたのですが、最近は、東洋大学にいらっしゃった大久保廣行先生などの提案で、「大宰府文学圏」というふうに言おうと。つまり大宰府に大伴旅人が赴任をし、山上憶良が赴任をし、それらの人々の持っていた資料というものが大伴家持に伝えられて、その大伴家持に伝えられた資料が『万葉集』を編集するときに大きな資料になったのならば、それは大宰府文学圏というふうに言ってもいいんではないかという学説なんですね。大宰府文学圏説を踏まえ、広い意味での東アジア文化圏というものを設定して、さらに大宰府文学圏という考え方に同調しつつ、その文学圏というものを、一つの環境として考えようというのが、私の発表の趣旨なんです。

そうすると私は、この大宰府文学圏の特性をどう見るか。四月、東原先生からメールが来て考えました。これはどういうふうにすればいいかな、と。

私が考えた性格というものを五つここで挙げたんです。一つは、これは役人の文学。役人の文学であるということは、ここに都というものがあって、ひな、田舎というものがあって、それが互いに交流をしていく。

そこに文学的な営為というものが生まれる。紀貫之がやってきてさまざまな交流をして、任地から帰るときにはものすごい数の宴会をやって帰っていく。その宴で交流がある。基本的に万葉の時代でしたら、国司に対して郡司という実務をやる在地の人々とどういうふうに交流を図るのか、歌で交流を図るのか、そういうような役人の文学としてこれをとらえなければいけないと思います。大伴旅人は大納言として平城京、奈良の都に戻ることになりました。その宴会は図書館でやったんです。その図書館でやった宴会のときに、山上憶良が、あえて私の「私懐」、私の心の中にあることを述べますと言って、旅人さん、あなたがもしお帰りになったら、あなたのコネで私を九州大宰府から平城京に戻してくださいね。「我《あ》が主《ぬし》の　御霊《みたま》賜《たま》ひて　春さらば　奈良の都に　召上《めさ》げたまはね」。私の主、旅人様、あなたの御霊、温情にすがって、春になったら私を奈良の都に召し上げてください。これ、コネで就職したいという品性下劣歌。ところがそういう読みは浅いんです。土屋文明は何と言っているか。みんなの前で露骨に言うならばそれは笑い歌となるであろう。これが深い解釈。私を戻してくださいね、平城京へとみんなの前で歌ったらこういう芸当ができるわけです。

次に行きます。こんなこともあるんです。「今日は宴会を早引けする。」「えっ、もう早引けするんですか。」「うん。あのな、俺は七〇なんだけれども、大宰府に愛人ができて、子どもができて、その母親も俺を待っているから。」「憶良《おくら》らは　今は罷《まか》らむ　子泣くらむ　それその母も　我《あ》を待つらむぞ」。これも、役人というのは同じメンバーで何回も宴会をしているか

らこう表現ができる。有名な先生もパーティーが始まって三〇分たつと、「上野君、憶良らは…」と、こう言うんです。そうすると、「分かりました。もう既にホテルの玄関にはタクシーを用意しております」「おお、ありがとう」それで、すうっとタクシーに乗る。その後、この先生は違うんです。「今日はちょっと若い人たちが学会で頑張ってくれていたから、上野君、申し訳ないけれども二次会でこれを使ってくれるか」と金一封が差し出される。そういう人は文化勲章です。これ以上は言いません。つまりこれも役人芸の一つなんです。

次は②です。友と酒の文学なんです。つまり、友達と酒を飲むことの楽しさというものを歌う。そうするとどんな酒がよいか。「賢《さか》しみと　物言ふよりは　酒飲みて　酔《ゑ》ひ泣きするし　優《まさ》りたるらし」。酒を飲んで一番いけないのは、説教をするやつである。そういうやつよりは、酔って泣くような人のほうがましだと。しかもその次の歌はまた旅人ですけれども。

「君がため　醸《か》みし待ち酒　安《やす》の野に　ひとりや飲まむ　友なしにして」。これは送別の歌です。はぁ、今日からは一人で飲むことになるのか、この酒をという歌。これは酒と友の文学。「韓人《からひと》の　衣《ころも》染《そ》むといふ　紫《むらさき》の　心に染《し》みて　思ほゆるかも」。同じ衣でも、同じ紫色でも、韓人、中国、朝鮮半島の優れた美術者が、紫色に染めるという、その鮮やかな紫色の「心に染みて思ほゆるかも」。これは、酒と友の文学。これは、後で中国文学のパネリストのほうから出てくると思いますが、これが六朝文学の影響を受けた大きな特徴があるわけです。

そしてこれは私なりの解釈なんですけれども、実存主義的な文学である。実存主義というのは、ハイデッカー、ジャン＝ポール・サルトル、ボーボワールでいいんですけれども、あるべき姿を求めるよりもあるがままの姿を求めようとする哲学思想。これは20世紀に最も影響力があった思想だと思いますが、「この世にし　楽しくあらば　来《こ》む世には　虫に鳥にも　我《われ》はなりなむ」。仏教経典においては、酒を飲んだ者は、人間に生まれ変わることはできないというけれども、そんなことは、私にはどうでもよいことだ。「この世にし　楽しくあらば　来む世には　虫に鳥にも　我はなりなむ」、今が大切だ。

「生ける者《ひと》　遂にも死ぬる　ものにあれば　この世にある間《ま》は　楽しくをあらな」。後でここのところは、どういう漢語を元にしてあるかというのは、またシンポジウムの大きなテーマになってきます。「生ける者　遂にも死ぬる　ものにあれば」、人間というのは最後は死ぬんだ。この世にある間は楽しく生きていきたいものだ。「銀《しろかね》も　金《くがね》も　玉も　なにせむに　優《まさ》れる宝　子に及《し》かめやも」。もう銀だって金だって玉だって、子どものほうが大切だよというような、こういう思想。今あることを大切にという思想的な傾向がある。

一方で、仏教文化ということの影響も極めて大きくて、どういうことであるかというと、「世の中を　何に喩《たと》へむ　朝開き　漕《こ》ぎ去《い》にし船の　跡なきごとし」。世の中というのは、何だろう。今、船があるね。今、見ているね。船は出ていくね。出ていくときに波が立つ。船が出ていったら波は消えるね。そうすると、もう船が行ったことも分からなくなる。船を見ていたわれわれも死ぬ。そうすると今、船が出ていったことを知る人は、誰もいなくなる。こういう、ある意味で無常観を知っている人々。

そして⑤。この文学の特徴として望郷と別れの文学。小野老さん、最近あなたは平城京から赴任してきましたね。私はまるで奈良時代に生きていたかのように語るでしょう。これは私の奈良大学の一つの芸風なんです。水野正好という先生から受け継いだ芸風なんです。「あをによし　奈良の都は　咲く花の　薫《にほ》ふがごとく　今盛りなり」、こう言ったら、平城京から赴任してきている人たちは安心するんです。はあ、都は今、疫病がはやっていてねと言ったらみんな心配するでしょう。だから、「あをによし　奈良の都は　咲く花の　薫《にほ》ふがごとく　今盛りなり」。さあ、大伴旅人が大宰府から平城京に帰ることになりました。

その宴を何回もやるんです。東原先生の『土左日記』の本を見ていたら、宴会の数をどれだけ重ねたら気が済むのか。僕は東原先生の本を読んだ後に、すぐに中央官庁の役人で、環境庁からある市の副市長として赴任している人に電話をかけました。中央の役所から大宰府に赴任するのに大体何回ぐらい宴会をやりましたか、と。そうしたら、小さいものまで含めると八回ぐらいやりましたという。だから、今の役人さんたちも偉い人がちょっと赴任しようといったら八回ぐらい宴会をやらないといけない。水城という防衛ラインの堤防のところで宴会をやったときに、なじみの遊女、児島がやって来るんです。ところが、こういうときに児島が手を振ったら困るじゃないですか。「凡《おほ》ならばかもかもせむを　恐《かしこ》みと　振りたき袖を　忍びてあるかも」と歌った。あなたがいて袖を振りたいけれども、振ったら私となじみであったことが分かるので振れないんですよ、とね。

では、なぜこんな歌が残るのか。こういう歌を歌って旅人を困らせるんですよ。宴の歌とは、そういうものなのです。そうすると、それに対して「大和道《やまとぢ》の 吉備《きび》の児島《こしま》を過ぎて行かば」、今の岡山県の児島を過ぎて行くならば「筑紫《つくし》の児島」、児島という名前、遊女の名前が出てくる。以上のように五つの性格というものを大宰府の文学圏は持っているというふうに私は考えた。そういう仲間で開かれた最大の宴会とおぼしきものが天平二年、正月一三日の師老《そちろう》の家に集まって、大宰の師、大伴旅人の家での宴会なんです。ここであと何分残っている？

田中：あと一〇分です。

上野：あと一〇分。

田中：はい。

上野：今見たらあと一〇分三二秒でした。そうすると、これがどういうことであるかというと、師老の家に集まって宴会を催すことになる。これは実を言うと「中央公論」の五月号にすぐ発表したんですが、僕が新しい書き下し文を作ったんです。今までの書き下し文はちょっと僕は納得できないところがあって。例えば「宴会を申すことあり」。「のぶることあり」などというふうに読んでいたんですが、僕は「もよほすことあり」と、「申」という字を読んでいいと思いますので、「申《もよほ》すことあり」。「時は、初春の令月にして、気淑《よ》く風和《やはら》ぎ、梅は鏡前《きやうぜん》の粉《ふん》を披《ひら》きて、蘭《らん》は珮後《ばいご》の香《かう》を薫《かを》らしたり」。ああ、いいなあと。これは初春の令月ですから、お正月のあるめでたいこの月に「気淑く」、この場合の気は、私などは天気。天気というのは変えられません。地の気、場所は人が選ぶことができます。人の気、天地人で考えれば、人の気といったら人気。人と人との人間関係は人間が変えることができる。ああ、いい気のときなんだというふうに読みたいところであります。「風和《やはら》ぎ」、風が和らいで、そして、梅はその白いことといったら、鏡の前のおしろいのよう。蘭というのは、これは匂いのよい花をすべて蘭と言いますから、これだけじゃないんです。梅も蘭といっていいので、蘭は珮後、帯の後ろに付ける香のように香っている。「加以《しかのみにあらず》」というふうに、ここのところが出てくるわけであります。

そして私は、この大宰府文学圏の中で一番この大宰府文学圏らしい一文、天気が素晴らしい、こんなとき人間が遊ばなきゃ駄目なんだということを述べているところは何かと言うと、ちょっと「ここに」のところから読んでみます。「ここに、天を蓋《きぬがさ》として地《つち》を坐《しきもの》として、膝《ひざ》を促《ちかづ》けて觴《さかづき》を飛ばしたり」。盛んに觴を交わすと觴が飛んでいるように見えるということなんですね。試験しますと、けんかをして觴を投げ付けたと書く学生が一人はいましたけれども僕は呼び出しました。「膝を促けて」、膝を近付けて、座崩れして、「言《こと》は一室の裏《うち》に忘れさりて」、これが何かと言うと、文学なのに「莫言」すなわち「言莫し」です。これも、陶淵明との関係とか聞きたいところ。莫《ばく》言、言葉がない。つまり、言葉は大切だが、言葉を必要としないほどの人間関係を作り上げてゆくべきだというのです。これが大宰府文学圏らしい。非常に近しい関係を作ってくる。そして何かと言うと、「淡然《たんぜん》として自《みづか》ら放《ゆる》し」ですから、自放なんです。「自《みづか》ら放《ゆる》し」だか

ら、自ら自分を解き放し、自ら足りる自足なんです。これは何を意味するかというと、今の満ち足りた気持ちというのは、自分で自分をリラックスさせることができる。そして自分で、今が一番いいという気持ちになって、満ち足りたという気持ちになれるというのが、この序文の一つの思想。そして中国では漢詩を作るが、ここ日本ではという。つまり、古今の対応が中国の昔、蘭亭の序の昔、さらには楽府《がふ》の昔、そういう昔に対して今、古今の今の今というのは、今、私たちは、ここにいる。九州大宰府にいるから、五七五七七の歌を作りましょうというふうに言っているわけであります。

　私に残された時間は、六分二五秒です。六分二五秒で最後のまとめをしたいと思うんですが、「初春の令月にして」の令と、「気淑風和」これ、「気淑く風和ぎ」という一節、それから、三二首の歌を束ねる序文が付いている。

　そこで、終わりにのところを見ていただきたいんですが、最も日本的な文学は最も中国的な文学である。つまり簡単に言うと、重ね絵のように中国の蘭亭の序であり、さまざまな文学というものを重ね絵のように用いながら、それをずらすことで日本というものを逆に意識させる、照らし出す。日本は日本だという意識を持っている。東アジアの日本という意識を持っている。蘭亭の序なくして梅花宴序なし。そして、大宰府が政治、経済、文化の交流の玄関であって、万葉の時代は国際情勢が緊迫していた時代であったが、そういうような広い視野の文学が形成されている。

一方で、国際性ある多文化社会というものを実現し、鑑真、ベトナムから来た仏哲、インド僧といわれている菩提僊那が活躍した時代であり、鴻臚館を作り、外国使節を受け入れる時代である。一方、疫病、飢饉《ききん》、政変の時代である。この時代は、漢字、儒教、律令、仏教を通じて、東アジアにグローバルな視点をもった文学というものが誕生しました。つまり、大きな東アジアの文化圏の中の大宰府に、七三〇年に花開いた宴、その宴に付けられている序文から、この令和の文字が採用されているのです。というわけで、残り一分を残しまして、お後がよろしいようで、ありがとうございました。（拍手）

田中：上野先生、ありがとうございました。続きましてローレン・ウォーラー先生にご発表をお願いしたいと思います。ローレン・ウォーラー先生、よろしくお願いいたします。

〔発表Ⅱ　古典を作る、古典を引用する――『万葉集』と「初春令月」を考える〕

……ローレン・ウォーラー

発表資料

[2] 古典を作る、古典を引用する――『万葉集』と「初春令月　気淑風和」を考える

ローレン・ウォーラー

梅花の歌三十二首　并《あは》せて序

①天平二年正月十三日に、②帥老《そちらう》の宅《いへ》に萃《あつ》まりて、宴会を申《の》べたり。①時に、初春《しよしゆん》の⑩令《れい》月《げつ》にして、気淑《よ》く風和《やはら》ぐ。⑨梅は鏡前《きやうぜん》の⑤粉《ふん》を披《ひら》き、蘭《らん》は珮後《ばいご》の⑥香《かう》を薫《かを》らす。加以《しかのみにあらず》、曙《あさけ》の嶺《みね》に雲移り、松は羅《うすもの》を掛けて蓋《きぬがさ》を傾《かたぶ》け、夕《ゆふへ》の岫《くき》に霧《きり》結び、鳥は縠《うすもの》に封《と》ぢられて林に迷《まと》ふ。庭に新蝶《しんてふ》舞ひ、空には故鴈《こがん》帰る。ここに、天を蓋《きぬがさ》にし地を坐《しきゐ》にし、膝《ひざ》を促《ちかづ》け觴《さかづき》を飛ばす。言《こと》を一室の裏《うち》に忘れ、衿《ころものくび》を煙霞《えんか》の外に開く。淡然《だんぜん》に自《みづか》ら放《ゆる》し、快然《くわいぜん》に自《みづか》ら足《た》りぬ。⑩もし翰苑《かんゑん》にあらずは、何を以《もち》てか情《こころ》を攄《の》べむ。請《ねが》はくは落梅《らくばい》の篇《へん》を紀《しる》せ、古《いにしへ》と今と夫《そ》れ何か異《こと》ならむ。⑦園梅《ゑんばい》を賦《ふ》して、聊《いささ》かに短詠《たんえい》を成すべし。

815　正月《むつき》立ち　春の来《きた》らば　かくしこそ　梅を招《を》きつつ　楽しき終《を》へめ　大弐紀卿《だいにききやう》　①②⑩

816 梅の花 今咲けるごと 散り過ぎず 我《わ》が家《へ》の園《その》に ありこせぬかも 少弐小野大夫《せうにをのだいぶ》 ⑦

817 梅の花 咲きたる園《その》の 青柳《あをやぎ》は 縵《かづら》にすべく なりにけらずや 少弐粟田大夫《せうにあはただいぶ》 ③④⑤⑦⑨

818 春されば まづ咲くやどの 梅の花 ひとり見つつや 春日暮らさむ 筑前守山上大夫《ちくぜんのかみやまのうへだいぶ》 ①②④⑦

819 世の中は 恋繁《こひしげ》しゑや かくしあらば 梅の花にも ならましものを 豊後守大伴大夫《とよくにのみちのしりのかみおほともだいぶ》 ①⑩

820 梅の花 今盛《さか》りなり 思ふどち かざしにしてな 今盛りなり 筑後守葛井大夫《ちくごのかみふぢゐだいぶ》 ③④

821 青柳《あをやなぎ》 梅との花を 折りかざし 飲みての後《のち》は 散りぬともよし 笠沙弥《かさのさみ》 ②③④⑤⑨

822 我《わ》が園に 海の花散る ひさかたの 天《あめ》より雪の 流れ来《く》るかも 主人《あろじ》 ⑤⑦⑧⑨

823 梅の花 散らくはいづく しかすがに この城《き》の山に 雪は降りつつ 大監伴氏百代《だいけんばんじのももよ》 ⑧⑨

824 梅の花 散らまく惜《を》しみ 我《わ》が園の 竹の林に うぐひす鳴くも 少監阿氏奥嶋《せうけんあじのおきしま》 ④⑨⑩

825 梅の花 咲きたる園《その》の 青柳《あをやぎ》を 縵《かづら》にしつつ 遊び暮らさな 少監土氏百村《せうけんとじのももむら》 ②③④⑦⑨

826　うちなびく　春の柳と　我《わ》がやどの　梅の花とを　いかにか別《わ》かむ　大典史氏大原《だいてんしじのおほはら》　⑦⑨

827　春されば　木末隠《こぬれがく》りて　うぐひすそ　鳴きて去《い》ぬなる　梅が下枝《しづえ》に　少典山氏若麻呂《せうてんさんじのわかまろ》

①④

828　人ごとに　折りかざしつつ　遊べども　いやめづらしき　梅の花かも　大判事丹氏麻呂《だいはんじたんじのまろ》

②③

829　梅の花　咲きて散りなば　桜花《さくらばな》　継《つ》ぎて咲くべく　なりにてあらずや　薬師張氏福子《くすりしちやうじのふくし》　①

830　万代《よろづよ》に　年は来経《きふ》とも　梅の花　絶ゆることなく　咲き渡るべし　筑前介佐氏子首《ちくぜんのすけさじのこびと》　①⑩

831　春なれば　うべも咲きたる　梅の花　君を思ふと　夜眠《よい》も寝《ね》なくに　壱岐守板氏安麻呂《いきのかみはんじのやすまろ》

①

832　梅の花　折りてかざせる　諸人《もろひと》は　今日《けふ》の間《あひだ》は　楽しくあるべし　神司荒氏稲布《かみづかさくわうじのいなしき》　②③

833　年のはに　春の来《きた》らば　かくしこそ　梅《うめ》をかざして　楽しく飲まめ　大令史野氏宿奈麻呂《だいりやうしやじのすくなまろ》

①②③

834　梅の花　今盛《さか》りなり　百鳥《ももとり》の　声の恋《こほ》しき　春来《きた》るらし　少令史田氏肥人《せうりやうしでんじのこまひと》　④

835　春さらば　逢はむと思《も》ひし　梅の花　今日《けふ》の遊びに　相見《あひみ》つるかも　薬師高氏義通《くすりしかうじのよしみち》

①②④

836 梅の花　手折《たを》りかざして　遊べども　飽《あ》き足《だ》らぬ日は　今日《けふ》にしありけり
陰陽師《おんやうじ》磯氏法麻呂《きじののりまろ》②③

837 春の野に　鳴くやうぐひす　なつけむと　我《わ》が家《へ》の園《その》に　梅が花咲く
算師《さんし》志氏大道《しじのおほみち》
③④⑦⑨

838 梅の花　散り紛《まが》ひたる　岡辺《をかび》には　うぐひす鳴くも　春かたまけて
大隅目《おほすみのさくわん》榎氏鉢麻呂《かじのはちまろ》
④⑨

839 春の野に　霧《きり》立ち渡り　降る雪と　人の見るまで　梅の花散る
筑前目《ちくぜんのさくわん》田氏真上《でんじのまかみ》
⑤⑧⑧⑨

840 春柳《はるやなぎ》　縵《かづら》に折りし　梅の花　誰《たれ》か浮かべし　酒坏《さかづき》の上《へ》に
壱岐目《いきのさくわん》村氏彼方《そんじのをちかた》②③⑤⑨

841 うぐひすの　音《おと》聞くなへに　梅の花　我家《わぎへ》の園《その》に　咲きて散る見ゆ
対馬目《つしまのさくわん》高氏老《かうじのおゆ》
①⑦⑨

842 我《わ》がやどの　梅の下枝《しづえ》に　遊びつつ　うぐひす鳴くも　散らまく惜《を》しみ
薩摩目《さつまのさくわん》高氏海人《かうじのあま》
②⑦⑨

843 梅の花　折りかざしつつ　諸人《もろひと》の　遊ぶを見れば　都しぞ思《も》ふ
土師氏御道《はにしうぢのみみち》②③

844 妹《いも》が家《へ》に　雪かも降ると　見るまでに　ここだも紛《まが》ふ　梅の花かも
小野氏国堅《をのうぢのくにかた》⑧

845　うぐひすの　待ちかてにせし　梅が花　散らずありこそ　思ふ児《こ》がため
筑前掾門氏石足《ちくぜんのじょうもんじのいそたり》④⑨

846　霞《かすみ》立つ　長き春日《はるひ》を　かざせれど　いやなつかしき　梅の花かも
小野氏淡理《をのうぢのたもり》④⑨

（以上は新編日本古典文学全集『萬葉集』（小学館）による）

●表記の特徴

表現に漢語の翻訳語の可能性があるものも見える
○「楽しき終へめ」（八一五）は「尽歓」の翻訳語か
○「竹の林」（八二四）は詩語「竹林」の翻訳語か
○「ももとり」は漢語「百鳥」の訓読語か

万葉仮名（表音文字）主体表記に表意性を活かす漢字表記
○（八一九）「ものを」の「を」は漢字本文では「怨」で
「満たされない思いの意味をも重ねた用事であろう」
○同じく（八二四）「惜しみ」の漢字本文が「怨之美」
○「万世《よろづよ》」（八三〇）は唯一の漢語表記

【図Ⅰ】梅の特徴
① 季節の循環をほめる呪術的な歌
② 宴《うたげ》（歌垣《うたがき》）の社会的役割
③ 縵にする梅、折りかざす梅
④ 春の到来を表わす花鳥
⑤ 白い花
⑥ 香りがほとんど詠まれない萬葉集の歌
⑦ 大陸文化を代表する梅園
⑧ 雪に見立てる落花
⑨ 対句（縁語）の発展
⑩ 漢語・表記に依存する表現性
※以上の特徴が顕著である梅花の歌三十二首の下に番号を付した。

○三十二首の梅の漢字本文は、主人旅人歌「宇米」(八二二)と下席歌人(八三七)「汙米」、(八四三)「宇梅」、(八四五)「宇米」以外すべて「烏梅」である。

(以上の表記の指摘は新編日本古典文学大系『萬葉集』(岩波書店)による)

【資料1】安倍内閣総理大臣記者会見(平成三一年四月一日)

本日、元号を改める政令を閣議決定いたしました。新しい元号は「令和《れいわ》」であります。これは「万葉集」にある「初春の令月にして　気淑《よ》く風和《やわら》ぎ　梅は鏡前の粉《こ》を披《ひら》き　蘭《らん》は珮後《はいご》の香を薫《かおら》す」との文言から引用したものであります。そして、この「令和」には、人々が美しく心を寄せ合う中で文化が生まれ育つという意味が込められております。…

…我が国は、歴史の大きな転換点を迎えていますが、いかに時代が移ろうとも、日本には決して色あせることのない価値があると思います。今回はそうした思いの中で歴史上初めて国書を典拠とする元号を決定しました。特に「万葉集」は、一二〇〇年余り前の歌集ですが、一般庶民も含め地位や身分に関係なく幅広い人々の歌が収められ、その内容も当時の人々の暮らしや息づかいが感じられ、正に我が国の豊かな国民文化を象徴する国書です。これは世界に誇るべきものであり、我が国の悠久の歴史、薫り高き文化、そして、四季折々の美しい自然、こうした日本の国柄はしっかりと次の時代にも引き継いでいくべきであると考えています。

（首相官邸ホームページ、二〇一九年一〇月一三日閲覧 https://www.kantei.go.jp/jp/98_abe/statement/2019/0401singengou.html）

【資料2】ＮＨＫ政治マガジン「令和の意味は『beautiful harmony』」（二〇一九年四月四日）

新元号の「令和」について、一部の海外メディアが「令」は秩序を示す「order」の意味だなどと報じたことを受けて、外務省は、「令和」には、「beautiful harmony」、美しい調和という意味が込められていると説明するよう海外に駐在する大使などに指示しました。

平成に代わる新しい元号が「令和」と決まったことについて、海外ではイギリスの公共放送ＢＢＣが「令」の意味を秩序の「order」だと速報するなど、一部メディアが、「令」が一般的に「order・秩序」や「command・指令」の意味で使われているなどと報じました。

（ＮＨＫ政治マガジン、二〇一九年一〇月一四日閲 https://www.nhk.or.jp/politics/articles/statement/16128.html）

【資料3】マーク・トウェイン　一九〇〇年一一月二〇日　Nineteenth Century Club 宴会の演説

「古典（classic）」の定義：「I don't believe any of you have ever read PARADISE LOST, and you don't want to. That's something that you just want to take on trust. It's a classic, just as Professor

Winchester says, and it meets his definition of a classic — something that everybody wants to have read and nobody wants to read.」

【資料4】ヴィーブケ・デーネーケ「『世界文学』の新しいパラダイムの展開と展望―ラテン文学と古代日本文学を例として『世界古典比較文学』論へ」『文学』第十三巻・第四号

筆者のプロジェクトの主な課題は、一つはこうした後発文学伝統の文人たちが、先行する文化の先例を、異なる言語を用いて、新たなに政治的・文化的文脈に置き直すという挑戦にどのように取り組んだのかということである。もう一つは、古代日本とローマの文人が中国とギリシャの文学伝統の先例にある時は従い、ある時は反発しながら作り出した自分自身の文学伝統の創造過程を比較するとき、どんな相違点が見られるか、そしてその相違点がどんな意味を持つかということである。…

…ここまで後発文学伝統における「文」（文飾、ornateness）と「質」（substance/simplicity）の概念を対比させてきたわけだが、立論を総合して纏めると、次のようになる。ある先行する文学伝統の先例に対して展開される後発文学伝統は、初めにより古い先例文学の洗練された魅力に気づき、その洗練さをもてはやし、自分自身が作り出していく文学伝統に取り入れる。その後、洗練された「文」を主にした何百年間かの時期を経て、今度は国風強化の運動が台頭した際に、後発文学伝統の文人は単純を核とする「質」の価値を突然発見するようになる。もし、そのときの国風文学を正当化する論説が受け入れられたのであれば、後世の人々は遅れて乱された単純で神話のような幻想を真実として見ることになる。日本の場合で言えば、「やはり、日本人は洗練された中国文化と違って、自然や単純さに敬意を払う特徴を持つ民族なのだ」という意見は、おそらく日本の歴史において最も興味深い幻想（あるいは、柔らかく言えば、神話）なのではないか。

【資料5】漢籍のモデルとその国風化―「文」（文飾）と「質」（内容）の適用

○「序」は万葉集に八例、うち七例が巻五にある。○万葉集の「義之《てし》」「大王《てし》」という戯書は名手（手師《てし》）王羲之の評判を示す○有名な王羲之の蘭亭集序を模範にし、全体の構造や形式のほかに類似する句も多い。「忘言一室之裏」は蘭亭集序の「悟言一室之内」、「気淑風和」は蘭亭集序の「天朗氣清　惠風和暢」を展開している。○三月三日の禊祓《ふっけい》の祭事が流觴《りゅうしょう》曲水《きょくすい》の宴に
○「令月」は『文選』（一五）所収の張衡の帰田賦「於是仲春令月、時和気清」、その注に「儀体曰令月吉日、鄭玄曰令善也」○「梅披鏡前之粉」で梅の白さを佳人の鏡前の粧いに喩えるのは、

梁何遜「詠春風」の「鏡前飄落粉、琴上響余声」等の一般的な表現○「蘭薫珮後之香」は『文選』（三二）所収『楚辞』「離騒経」にある「扈江離与闢芷兮，紉秋蘭以為佩」に類例が見える。

【資料6】木下武司『万葉植物文化誌』「うめ」（八坂書房）

ウメの真の自生といえるものは日本になく、また考古学的遺物としても、縄文・弥生時代はいうに及ばず、古墳時代の遺跡からすら出土しておらず、奈良時代の平城京跡や長屋王邸宅跡から大量に発見されるようになる。以上から、万葉時代はウメが渡来して間もない時期であったと考えられ、ウメを知るのは貴族など一部の階級に限られていたと考えてまちがいない。

【資料7】天治本『新撰字鏡』昌泰年間（八九八〜九〇一）成立

令

正力政反去命也善也散芳也道也
命道也縣令也借力皇反平使也

【資料8】観智院本『類聚名義抄』原撰本一一〇〇年ごろ成立

令

力政反　ヨシ又音連　オホセコト　カナフ　又音零リヤウ
セシム　ノリ　メス　ツク　ヲシフ　ヤシナフ

【資料9】「令」の用例

○我《わ》が岡《か》の　龗《おかみ》に言ひて　令落《ふらしめし》　雪の摧《くだ》けし　そこに散りけむ（2一〇四）

○大令史《だいりやうし》（5八三三）▽大判事（司法官）の書記。

○右、養老《やうらう》八年七月七日令《りやう》に応《こた》へて。（8一五一八左注）▽皇太子（後の聖武天皇）の命令

○ますらをと　思へる我を　かくばかり　令恋波《こひせしむるは》　辛くはありけり（11二五八四）

○浅茅原《あさぢはら》　小野《をの》に標結《しめゆ》ひ　空言《むなこと》も　将相跡令聞《あはむときこせ》　恋のなぐさに（12三〇六三）

○右の歌は、舎人親王《とねりのみこ》、侍座《じざ》に令《おほ》せて曰く（16三八三九左注）

○淡交に席を促《ちかづ》け、意を得て言を忘る。…蘭蕙《らんけい》 藂《くさむら》 を隔《へだ》て、琴罇《きんそん》用《もち》ゐるところなく、空《むな》しく令節《れいせつ》を過ぐして、物色《ぶつしよく》を人を 軽《いるかせ》 にせむ（17三九六七題詞）

【資料10】「和」の用例

○ちはやぶる　人乎《ひとを》和為跡《やはせと》　まつろはぬ　国《くに》を治《おさ》めと（2一九九）

○…片手には　木綿《ゆふ》取り持ち　片手には　和細布《にきたへ》奉《まつり》　平けく　ま幸《さき》くませと　天地《あめつち》の
神を乞《こ》ひ祷《の》み…（3四四三）

○また家持《やかもち》、坂上大嬢《さかのうへのだいぢやう》に和《こた》ふる歌一首（4七三六題詞）

○後に梅の歌に追加する四首（5八四九題詞）

○…恐《かしこ》きや　神の渡りは　吹《ふ》く風《かぜ》も　和者不吹《のどにはふかず》　立つ波も　おほには立たず…
（13三三三五）

○…方今壮士《いましをとこ》の意《こころ》、和平し難きことあり。…（16三七八六題詞）

○角島《つのしま》の　瀬戸《せと》のわかめは　人のむた　荒《あら》かりしかど　吾共者和海藻《われとはにきめ》（16三八七一）

○射《い》ゆ鹿《しし》を　認《つな》ぐ川辺《かはへ》の　和草《にこぐさ》の　身の若《わか》かへに　さ寝し児らはも（16三八七四）

○…琴罇性《きんそんせい》を得《え》て　蘭契《らんけい》に光を和《やは》らげたり…（17三九七三前、三月三日遊覧の漢詩の題詞）

○杪春《べうしゆん》の余日《よじつ》媚景《びけい》麗《うるは》しく、初巳《しよし》の和風払ひて自らに軽《かろ》し。（17三九七六の前の漢詩）

○…ちはやぶる　神を言向《ことむ》け　まつろはぬ　人をも和《やは》し…（20四四六五）

ウォーラー：はい。ウォーラーです。今日は読み原稿を使って発表しますので、座ってお話をさせていただきたいと思います。

新元号の発表がされたとき、アメリカのコネチカット州ニューヘイブン市は三月三一日でした。生放送の記者会見で、菅官房長官が「令和」の字を筆で書かれている台紙を持ち上げる画像が深く記憶に刻み込まれています。メディアの構造を考えれば、つまり報道する手段と媒体を考えれば、その令和の画像が複製されたり再生されたりすることによって記憶に残るわけです。もともと、内閣府職員辞令専門職の茂《も》住《ずみ》修《おさ》身《み》氏が筆で書いた字のテレビ向け映像が新聞の表紙になっており、それを読んでいる人の写真がまたデジタル新聞の記事になっているのを、私が友人のフェイスブックやツイッターというSNSのリツイートで読んでいました。ウォーラー：補注1・146頁 次の日に菅官房長官が、「タピオカ」などいろんな新元号の発表をしている合成写真のパロディーを楽しむ人も多くいました。私もその一人でした。

菅官房長官が新元号の発表をした後に、安倍内閣総理大臣が、その意味と『万葉集』の典拠について発言しました。最初に『万葉集』の引用を朗読してから、【資料1】「『令和』には、人々が美しく心を寄せ合う中で文化が生まれ育つという意味が込められて」いることを話しました。この説明では十分明瞭でなかったようで、外務省が三日後に【資料2】にあるように、「令」和の意味は「beautiful harmony」（美しい調和）である指示を出しました。令の字の「命令」、「指令」、「せしむ」という意味に対して最初に違和感があったのは、恐らく一部の海外メディアだけではなかったでしょう。

令は、「よき」という意味があることは後で確認しますが、「good harmony」（よい調和）という翻訳を取れば、すなわち「bad harmony」もあることを示唆することになりますので、「美しい調和」という訳語にされたかもしれません。

安倍首相は、記者会見では「令和」やその典拠の意味と内容よりは、『万葉集』を典拠にすることで初めて国書を典拠とする元号を決定することを強調しています。つまり『万葉集』の典拠こそ意義があったということです。

そこで私はこの典拠、つまり引用の問題から入りたいと思います。その次に文字と言葉の意味を引用の形式的な問題で考えたいと思います。文学の「古典」、つまり「聖典《カノン》」を引用することによって、その正当性を借りることになります。『万葉集』が誇るべき日本現存最古の和歌集であることを次の時代にも引き継いでもらいたいのですが、何が誇るべきなのか、何でそういう文学もしくは文化が出来上がったのか、具体的に何が特徴なのか、まず私たちが学ばなければ次の世代に引き継げません。

『万葉集』が「わが国の悠久の歴史、香り高き文化」でしたら、なぜ『万葉集』の歌に香りがほとんど詠じられないのか—香りという意味の「香」は『万葉集』で三例、「かぐわし」は六例、「かをる」は一例程度です。この梅花の宴《うたげ》の序文に見える「珮後《はいご》の香を薫らす」を含め、歌の前の「題詞」における香りの表現は二例しかありません。平安時代には梅の香りが「本意《ほい》」、つまり梅のあるべき様態として定着しましたが、『万葉集』ではそういう発想はまだ根付いていませんでした。

梅花の宴の三二首に注目して『万葉集』の梅の特徴については、3ページの【図Ⅰ】で並べました。その多くは他の花が題材として使われるのと同じですが、①梅が咲くのは季節の循環を呪術的に導き、④うぐいすとともに春の到来を表し、②宴（歌垣）で詠まれ、④縵に折かざされ、⑤古代で愛された白い花として賛歌されました。梅の花の香りは漢詩では詠まれましたが、『万葉集』では、⑥他の花と同じように香りは詠まれませんでした。しかし、漢詩の技巧や美学も意識しないでいられません。梅は大陸文化を代表する花で、梅花の宴の主であった大伴旅人は知識人であることを示すために、自分の庭園に梅を植えて、それについて歌を詠んでいます。また、梅と柳　や、梅と桜、梅とうぐいすの組み合わせが漢詩の対句《ついく》に似ています。梅を雪と見間違える見立ての技巧も漢詩の先例を引き継いでいます。

この重なり方については、古典文学は引用されて確定されるものであり、また引用して正当性を再生するものだと先ほど言いましたが、それで古典の定義を考えれば【資料3】で引用しているアメリカの小説家、マーク・トウェインの皮肉にあふれた定義が思い浮かびます。シェイクスピアに次ぐイングランドの名詩人ジョン・ミルトンの『失楽園』を読んだ人はいなくて、実は読みたくないだろうと宴会の聴衆に語りかけて、古典だから読んだことがあると言いたいけれども読みたくないものとトウェインが定義しています。

そのユーモアは世界で知られていましたが、古典はよく指摘されたり、引用されたり、講義されたりしますけれども、実際に通読されることが少ないのは事実に当たっているとも言えます。

中国文学と日本文学に関する斬新的な比較文学研究は、日本文学研究者のドイツ人ヴィーブケ・デーネーケ氏に発展されています。文学の文、つまりその文《あや》もしくは文飾という概念を手掛かりに、「文」と「質」に分けてその適用を考えています。【資料4】の二つ目の段落をご覧ください。デーネーケ氏の論文の結論の部分になります。

「ここまで後発文学伝統における『文』（文飾、ornateness）と、『質』（substance/simplicity）の概念を対比させてきたわけだが、立論を総合して纏《まと》めると、次のようになる。ある先行する文学伝統の先例に対して展開される後発文学伝統は、初めにより古い先例文学の洗練された魅力に気づき、その洗練さをもてはやし、自分自身が作り出していく文学伝統に取り入れる。その後、洗練された『文』を主にして何百年間かの時期を経て、今度は国風強化の運動が台頭した際に、後発文学伝統の文人は単純を核とする

『質』の価値を突然発見するようになる。」と言っています。

大伴旅人をはじめとする日本の歌人が、どのように中国文学を引用して適用したかを考えるヒントになると思います。【資料6】を先に見てみたいと思います。『万葉植物文化誌』という本ですけれども、「うめ」について、次のような指摘がされています。「ウメの真の自生といえるものは日本になく、また考古学的遺物としても、縄文・弥生時代はいうに及ばず、古墳時代の遺跡からすら出土しておらず、奈良時代の平城京跡や長屋王邸宅跡から大量に発見されるようになる。以上から、万葉時代はウメが渡来して間もない時期であったと考えられ、ウメを知るのは貴族など一部の階級に限られていたと考えてまちがいない」。

古来日本の文人が中国文学をどのように適用したかというと、ある場合は先行する中国文学を直接受け入れますが、ある場合は先行文学を変貌させたり、ある場合は選択しないで削除したりしています。

天平二年の旅人は大宰府に在住し、中国と一番関係の近い立場に置かれていました。そこで大陸から輸入されたばかりの梅が大宰府文人の中で流行し、『万葉集』の中に梅の歌は一一九首もあり、萩に次いで二番目に『万葉集』によく詠まれました。資料の一

～二枚目の⑦の歌で見えるように、「園」や「家」の梅が詠まれることが多く、巻三の四五三番歌でも旅人は、「吾妹子《わぎもこ》が植えし梅の木見るごとに心むせつつ涙し流る」と詠んでいます。

梅を詠むとは、自然に野生している植物を詠むのではなく、貴族の家の庭園で植えられているもの、つまり、作られた人工的な自然を詠んでいるとも言えます。強いて言えば庭園の梅を詠んでいるといっても、以前に詠まれている漢詩を意識して詠んでいるわけですので、他の詩歌に出る梅花を詠んでいるとも言えます。旅人はこの序文の最後に、「もし翰苑《かんえん》にあらずは、何を以《もち》てか、情《こころ》をのべむ」と言っている。「詩歌をなくしては」という意味ですが、詩歌を庭園に喩えて言っているのです。そして中国にある「落梅の篇」と書かれているように、今は昔と変わらないので、「園梅《えんばい》を賦して、聊《いささ》かに短詠を成すべし」と、「梅園」を詳しく描写しようと呼び掛けています。ここで何を見て、また何を踏まえて歌を詠んでいるかというと、問題が出てきます。実はいろいろな風景を重ねているのです。現実の風景については、「師老《そちろう》の宅《いへ》に萃《あつ》まりて、宴会を申《の》べたり」とありますので、そのまま読めば旅人の家に集まって庭園の梅を見ていることになります。しかし、「我が園」と旅人が八二二番歌で詠んでいるほか、「我が家」「我が」

は八一六番、八二四番、八二六番、八三七番、八四一番、八四二番すべて、「我が家」、「我がやど」、「我が家の園」、「我が園」と詠んでおり、八四四番は「妹が家に」と詠んでいます。実際に旅人の家の園を見ているとしても、個人の想像の空間を詠んでいるとも言えますが、むしろ、それぞれの歌人が旅人と意識を共有して詠んでいると言ったほうが、いいのではないかと思います。

同じように、「古《いにしへ》と今」を同じにして、また漢詩と和歌を重ねています。「落梅の篇」は中国の「落梅」の詩を指していますが、特定の一首ではありません。古代中国に「楽府《がふ》」という種類の詩がありました。漢武帝のときに設置された音楽をつかさどる楽府という略称が、民謡を集めたと言われている種類ですが、似ている歌が多く同じ「題」で知られるようになりました。後の時代に、古い楽府、古楽府を踏まえて新しい楽府も作られ、白楽天も、さらに新楽府を展開するまでに至りました。旅人の周辺の歌人は、新しい楽府を作ろうとしていたのではないと思いますが、このような歌の関係性が梅花の宴《うたげ》の背景にあったと思います。

なお、三二首の歌は元々漢字だけで書かれており、多くの歌は漢籍でも見える、「烏」と「梅」という二文字を「ウメ」と訓《よ》んで表記しています。しかし下級官人の何人かは別の字で表記されています。レジュメには、現代表記に書き換えて書いていますので、これは元の漢字本文の話です。宴会に実際参加できなくて後から入れられたという説もあり、本当にそうだとすればさらに想像上の風景になるのです。

この梅花の歌は、中国の流行と文学を模範にしても完全に同じものを作ろうとしていたのではありません。先行研究はいろいろありますが古澤未知男氏の「梅花歌序考」という論文がありますが、王羲之の「蘭亭の序」が、旅人の「梅花宴の序」に最も構成と用語が似ていることを示しています。

王羲之は『万葉集』で尊敬され、例えば【資料5】にあるように、巻三の三九四番からの「標結《しめゆ》ひてわが定めてし住吉《すみのえ》の」の「てし」は、王羲之の「羲之」の字を当てています。羲之は、「てし」と訓めませんが、王羲之は筆の名手でしたので、「羲之」と書いて、「手師《てし》」と訓《よ》ませています。こういう戯れの表記は『万葉集』研究で戯書《ぎしょ》と呼びますが、王羲之の戯書は『万葉集』に六例あります。

「蘭亭の序」と「梅花宴の序」の細かい比較は省きますが、用字が最も似ている句を【資料5】に載せました。はじまりの季節と天候の条では、「気淑《よ》く風和《やはら》ぐ」は、王羲之の「天朗《てんほがら》かに気清《きよ》く恵風《けいふう》和《わ》暢《ちやう》せり」（訳せば「天は朗らかに晴れ、空気は澄みきっていて、そよ吹く春風はおだやかにのどかであった」という意味）の句とよく似ています。しかし、何が似ているかというより、何が違うのかのほうが興味深いと思います。「蘭亭の序」は、三月三日に行われた中国の年中行事、流觴曲水《りゅうしょうきょくすい》 ウォーラー：補注2・146頁 の宴でした。

しかし、旅人の庭園では正月に行われました。そうすると中国の文学を大宰府の梅花の宴に持ち換えてすべてを適用したのではなくて、一部を適用しているわけです。デーネーケ氏の引用にあるように、文学が適用されるときに、文と質の、それぞれの方向で適用されるわけですけれども、ここでは場合によって中国文学の文字を、そして場合によっては、この意味内容を用いていることがあると思います。梅の場合は、その香りが『万葉集』より前に成立された『懐風藻』に詠まれていますけれども、『万葉集』ではまだ詠まれていない。こういうような形が実はあったかと思います。その重なり方はどういう重なりかということを分析すれば、このようなことになるかと思います。

最後にまとめますが、今日は菅官房長官の令和二字のメディアによる伝わり方と、安倍首相の新元号に関する発言の中の『万葉集』の引用を先に言いました。令和の元号が歴史的記録に残るかぎり、その引用を意識しないで旅人の「梅花宴の序」を読むことはないでしょう。また、新しい視点で元の作品を考える機会にもなり、新しい発見が可能になると思います。令和が「beautiful harmony」という意味だと言われていますが、新しいコンテクストの中の意味は、注なしでは分かりづらいものでした。「梅花宴の序」を見るかぎりは、「淑《よ》き和《なご》やかさ」の意味にしかなりませんが、他の典拠と重ねれば新しい意味も作ることができるけれども、どういう典拠にしているかは、注意して研究を続けたいと思います。以上になります。（拍手）

田中：ウォーラー先生、ありがとうございました。ここでお二人のご発表、報告が終わったところで、一〇分間の休憩に入りたいと思います

〈休憩〉

田中：はい、時間となりましたので、再開したいと思います。それでは、本学教授の高西成介先生にご発表をお願いしたいと思います。よろしくお願いいたします。

〔発表Ⅲ　元号と『文選』——日本に於ける『文選』受容と関連して〕……高西成介

発表資料

3 元号と『文選』——日本に於ける『文選』受容と関連して——

高西成介

Ⅰ 「令和」の典故と『文選』

資料一 「梅花歌序」（天平二年（七三〇）正月十三日）

天平二年正月十三日、萃于帥老之宅、申宴会也。于時、初春令月、気淑風和。梅披鏡前之粉、蘭薫珮後之香。加以、曙嶺移雲、松掛羅而傾蓋、夕岫結霧、鳥封縠而迷林。庭舞新蝶、空帰故雁。於是、蓋天坐地、促膝飛觴。忘言一室之裏、開衿煙霞之外。淡然自放、快然自足。若非翰苑、何以攄情。詩紀落梅之篇。古今夫何異矣。宜賦園梅、聊成短詠。（新日本古典文学大系に拠る）

資料二 語彙としての『文選』

①張衡「帰田賦」(『文選』巻十五)

於是**仲春令月、時和気清**。原隰鬱茂、百草滋栄。王雎鼓翼、鶬鶊哀鳴。

是に於いて仲春の令月、時和《ときわ》し気清《す》み、原隰鬱茂《げんしふうつも》し、百草滋栄《ひやくさうじえい》す。王雎《わうしよ》翼《つばさ》を鼓《こ》し、鶬鶊《さうかう》哀《かな》しみ鳴《な》く。

さて、時は仲春二月のよき月、天気はなごやかで澄み渡り、湿原はうっそうと生い茂り、百草は花開く。王雎《みさご》は羽ばたき、鶬鶊《うぐいす》は哀しげに鳴く。

(李善注)儀礼曰、令月、吉日。鄭玄曰、令、善也。

②『儀礼』士冠礼

始加祝曰、「令月吉日、始加元服……」

始めて加うるとき祝して曰く、「令月吉日、始めて元服を加う……」

(鄭玄注)令、吉、皆善也。(令、言、皆な善なり)

③左思「呉都賦」(『文選』巻五)

里讌巷飲、飛觴挙白。(里《さと》に讌《えん》し巷《ちまた》に飲み、觴を飛ばし白を挙《あ》ぐ)

資料三　枠組みとしての「集団の文学」

④　石崇「金谷詩叙」（『世説新語』品藻篇劉孝標注に引く）

……有別廬在河南県界金谷澗中、或高或下、有清泉茂林、衆果竹柏、薬草之属、莫不畢備。又有水碓、魚池、土窟、其為娯目歓心之物備矣。時征西大将軍祭酒王詡当還長安、余与衆賢共送往澗中、昼夜遊宴、屡遷其坐。或登高臨下、或列坐水浜。時琴瑟笙筑、合載車中、道路並作。及住、令与鼓吹遞奏。遂各賦詩、以叙中懐。或不能者、罰酒三斗。感性命之不永、懼凋落之無期。……

（訳）……別荘は河南県の県境金谷澗の中にあったが、あるところは高く、あるところは低く、清らかな泉や茂った林があり、多くの果実や竹、柏、薬草の類など、ないものはなかった。また、水車、魚池、洞窟など、目を楽しませ心を歓ばせるものが備わっている。時に、征西大将軍、祭酒王詡《おうく》が長安に帰るにあたり、私と多くの名士はともにこの金谷園で送別の会を開き、昼夜宴会にふけり、しばしば場所も移動した。ある時は高く登って下を見下ろし、ある時は水辺に並んで座った。時には琴、瑟《しつ》、笙、筑を車に一緒に乗せて、道すがら演奏した。また到着すると鼓吹と互いに演奏させた。かくして各々が詩を作り、胸の中の懐《おも》いを述べた。

詩が作れなかった者は、罰杯三斗であった。その詩は生命の永遠でないことに感じ入り、凋落の定めなきことを懼《おそ》れるものであった。……（拙訳）

⑤「蘭亭序」王羲之（『晋書』巻八〇「王羲之伝」に引く）

永和九年、歳在癸丑、暮春之初、会于会稽山陰之蘭亭、修禊事也。群賢畢至、少長咸集。此地有崇山峻嶺、茂林修竹、又有清流激湍、映帯左右。引以為流觴曲水、列坐其次。雖無絲竹管絃之盛、一觴一詠、亦足以暢敘幽情。是日也、天朗気清、恵風和暢。仰観宇宙之大、俯察品類之盛、所以游目騁懐、足以極視聴之娯、信可楽也。

夫人之相与俯仰一世、或取諸懐抱、悟言一室之内、或因寄所託、放浪形骸之外。雖趣舎万殊、静躁不同、当其欣於所遇、暫得於己、快然自足、不知老之将至。……

（訳）永和九年（三五三）、干支《えと》は癸丑《みずのとうし》の年にあたる。暮春三月の月初め、会稽郡山陰県の蘭亭において会合を催し、みそぎの行事をおこなった。多くの賢者がことごとくやって来て、老いも若きもみなこの地に集ったのである。この地には高い山や険しい嶺、茂った林に長く伸びた竹があり、また清らかな流れに激しい急流があり、陽の光を受けながら左へ右へとうねっている。その流れを蘭亭の庭に引き入れてを流して詩作を楽しむ曲水を作り、人々はそのかたわらに順序に従い着席した。琴や琵琶などの管弦のにぎやかさはないけれども、一杯の觴《さかずき》に一首の詩は、また胸の奥底に秘めた情《おもい》を述べるのに十分である。この日は空は晴れわたって空気は清らかで、春のそよ風はなごやかに吹いている。空を仰いで宇宙の広大さを見渡し、俯《うつむ》いては万物の盛んな様子を観察し、そうして目を遊ばせて懐《おも》いをのびのびとめぐらし、視覚と聴覚の娯《たの》しみを十分に極めることができるのは、まことに楽しい限りである。

そもそも人が互いに一緒にこの世を生きていくにあたって、ある人は心の中の懐抱《おもい》を取り出して、同じ部屋の中で向かい合ってしんみりと語り合い、またある人は志のおもむくまま、外の世界で自由気ままに活動する。このように人の生き方は様々で、静と動でその態度は同じではないが、めぐり遇《あ》った境遇がよろこばしく、いっとき自分の思うとおりになるとき、人は心地よくみずから満足して、老いが我が身にやって来ようとしていることにまるで気がつかないのである。……（拙訳）

⑥顔延之「三月三日曲水詩並序」

資料四　音律（リズム）としての初唐の文体

○「梅花歌序」
于時初春令月、気淑風和、梅披鏡前之粉、蘭薫珮後之香。　6＋4＋6＋6

○王勃「三月上巳祓禊序」（『王子安集註』）
観夫天下四方、以宇宙為城池、人生百年、用林泉為窟宅。　6＋6＋4＋6

【参考】興膳宏「遊宴詩序の演変—「蘭亭序」から「梅花歌序」に至る表現形式—」
（『中国詩文の美学』創文社、二〇一六年所収）

Ⅱ　『文選』と日本

資料五　『文選』とは

『文選』は現存するなかでは、中国で最も早く編まれた文学作品のアンソロジーです。ここに選び取られたものは、紀元前二、三世紀のころから六世紀の前半に至るまで、王朝でいえば先秦（戦国時代）・秦・前漢・後漢・三国（魏・呉・蜀）・西晋・東晋・宋・南斉・梁、その長い期間の文学の精髄と受け止められ、そののちの文学の規範として受け継がれました。

・・・（中略）・・・

編纂された六世紀前半といえば、日本では古墳時代の後期、蘇我氏と物部氏の角逐が続いていたころに当たり、まだ口承文学しかなかった時代ですが、中国ではすでに文学の概念がかなりはっきりと固まってきていました。その時期に文学と考えられた作品を、韻文から散文まで三十七のジャンルに分け、ジャンルごとに選んで三十巻にまとめたものです。『文選』の代表的な注を著した唐の李善《りぜん》が六十巻に改めて以後、六十巻本として通行しています。

（『文選　詩篇（一）』「はじめに」岩波文庫、二〇一八年）

資料六　中国『文選』関係年表

526～531　『文選』成立。

587（開皇七）科挙試験開始。隋・煬帝の治世：伝統的詩文への回帰。

658（顕慶三）李善『文選注』初注本献上。唐・高宗の治世。その後の武后時代にかけて、数次にわたって補訂。李善（?～689）『文選』の地位確立。

684～705　則天武后時代。

718（開元六）五臣『文選注』献上。唐・玄宗の治世。

731（開元一九）吐蕃の使者が公主のために『毛詩』『礼記』『左伝』『文選』各一部を請う。

『文選』の中華世界外への浸透。

960頃　宋朝成立。宋初は『文選』が尊ばれる。「『文選』に習熟すれば、進士も半分受かったようなもの」（南宋・陸游『老学庵筆記』）

1044（慶暦四）　北宋第四代皇帝仁宗（在位1023〜1063）。進士科科目変更、古文重視、詩賦廃止へ。文人も、『文選』の陳腐さを嫌う。『文選』の地位低下。

『文選』由来の元号

通し番号	元号	西暦	時代	出典
023	嘉祥	848	平安	『文選』巻34曹植「七啓」の「散楽移風、国静民康、神応休臻、屢獲嘉祥」
033	延長	923	平安	『文選』巻1班固「西都賦」に引く「白雉詩」の「彰皇徳兮侔周成、永延長兮膺天慶」
043	貞元	976	平安	？『文選』巻15張衡「思玄賦」の「抨巫咸作占夢兮、乃貞吉之元符。滋令徳於正中兮、含嘉秀以為敷」
077	天仁	1108	平安	『文選』巻24潘岳「為賈謐作贈陸機」の「大晋統天、仁風遐揚」
086	保延	1135	平安	『文選』巻11王延寿「魯霊光殿賦」の「永安寧以祉福、長与大漢而久存、実至尊之所御、保延寿而宜子孫」

110	建仁	1201	鎌倉	『文選』巻47王子淵「聖主得賢臣頌」の「夫竭智附賢者、必**建仁**策」（五臣注）為人君、当竭尽知力、託附賢臣、必立仁恵之策、賢臣帰之」
112	建永	1206	鎌倉	『文選』巻42曹植「与楊徳祖書」の「流恵下民、**建永**世之業」
124	文暦	1234	鎌倉	『文選』巻46顔延之「三月三日曲水詩序」の「皇上以叡**文**承**暦**（歴）」
127	延応	1239	鎌倉	『文選』巻24潘岳「為賈謐作贈陸機」の「廊廟惟清、俊乂是**延**。擢**応**嘉挙、自国而遷。」
137	文永	1264	鎌倉	『文選』巻46顔延之「三月三日曲水詩序」の「皇上以叡**文**承歴、景属宸居。隆周之卜既**永**、宗漢之兆在焉。」
160	建徳（南朝）	1370	南北朝	『文選』巻5左思「呉都賦」の「**建**至**徳**以刱洪業」
180	康応（北朝）	1389	南北朝	『文選』巻34曹植「七啓」の「散楽移風、国富民**康**、神**応**休臻、屢獲嘉祥」
195	長享	1487	室町	『文選』巻42阮瑀「為曹公作書与孫権」の「喜得全功、**長享**其福」
197	明応	1492	室町	『文選』巻44陳琳「檄呉将校部曲文」の「徳行修**明**。皆宜**応**（膺）受多福、保乂子孫。」
201	享禄	1528	室町	『文選』巻44陳琳「檄呉将校部曲文」の「故乃建丘山之功、**享**不訾之**禄**」
205	元亀	1570	室町	『文選』巻4左思「蜀都賦」の「**元**（黿）**亀**水処。潜龍蟠於沮澤、応鳴鼓而興雨。」
206	天正	1573	戦国	『文選』巻7潘岳「藉田賦」の「高以下為基、民以食為**天**、**正**其末者端其本、善其後者慎其先」

220	元禄	1688	江戸	『文選』巻44陳琳「檄呉将校部曲文」の「建立元勲、以応顕禄、福之上也。」
224	元文	1736	江戸	『文選』巻11何晏「景福殿賦」の「武創元基、文集大命、皆体天作制、順時立政。至于帝皇、遂重熙而累盛。」
227	寛延	1748	江戸	『文選』巻47王褒「聖主得賢臣頌」の「開寛裕之路、以延天下之英俊也。」
230	安永	1772	江戸	「文選」巻3張華「東京賦」の「其内則含徳章台、天禄宣明。温飭迎春、寿安永寧。」
233	享和	1801	江戸	『文選』巻49干宝「晋紀総論」の「順乎天而享其運、応乎人而和其義」
234	文化	1804	江戸	(『文選』巻19束晳「補亡詩」其六「由儀」の「文化内輯、武功外悠。」)
243	慶応	1865	江戸	『文選』巻47陸機「漢高祖功臣頌」の、「慶雲応輝、皇階授木。」

※本表は、出典が明らかに記されることの多い延暦(782年)以降の年号に関して作成したものである。

※本表作成にあたっては、森本角蔵『日本年号大鑑』(目黒書店、昭和八年)、森鷗外『元号通覧』(講談社学術文庫、令和元年)、所功編『日本年号史大事典(普及版)』(雄山閣、平成二九年)、所功・久禮旦雄・吉野健一編著『元号読本』(創元社、令和元年)を用いた。なお、通し番号は『日本年号史大事典』のものである。

※年号の出典と引文回数に関しては、1位が『書経』（33回）、2位が『易経』と『文選』（25回）である。以下、『後漢書』『漢書』『晋書』と続く。（『日本年号史大事典』に拠る）

資料七　日本人と『文選』

・「ふみは、文集、文選、新賦、史記、五帝本紀、願文、表、はかせの申文」（枕草子）

・「文は、文選のあはれなる巻々、白氏文集、老子の言葉、南華の篇」（徒然草第十三段）

・「鬼云はく、『この朝《てう》の極めて読み難き古書なり。文選《もんぜん》と号《なづ》くとて、一部三十巻、諸家の集の神妙《しんべう》の物を撰《えら》び集むるところなり』と云々。」

（大江匡房《まさふさ》『江談抄』第三　雑事（一）吉備入唐の間の事）

・「儒者の僕　文選と聞き前町《ぜんまち》か」「細見《さいけん》を四書文選の間に読み」（江戸川柳）

高西：高西でございます。よろしくお願いいたします。今日は、私の専門が中国古典文学なものですから、中国学をやっている人間から令和について語れということなんだろうと思うんですけれども、先ほど上野先生とウォーラー先生の話を聞きながら、ああ、『万葉集』はなんて面白いんだと思いながら、どうして僕は日本文学をやらなかったのかと、本当に今すごく後悔をしているところなんです。

それに比べて、漢籍というのは固いお話になってしまうところがございますけれども、ちょっと気楽にお聞きいただければというふうに思います。私に与えられた時間は10分ということですので、最初に結論めいたものを先にお話させていただいて、いつ切られても大丈夫なようにしておきたいと思います。

まず、令和という元号に関してなんですけれども、『万葉集』、先ほどの「梅花歌」の序文に基づくという話が一般的になされているわけです。ただ、私のように中国のことを勉強している人間としては、これはやはりそれだけでなく、後漢の張衡《ちょうこう》という人物が書いた「帰田賦《きでんのふ》」というものの中に同じような文言が出ておりまして、典拠というのであれば、そちらも典拠の一つなのかなと思ったりもするんです。それだけではなく、新しい元号を通して日本文化と中国文化の関係に改めて光が当たったというのは大変ありがたいことだ、というのが一つ目のことでございます。

また、張衡の「帰田賦」という作品ですけれども、これは、『文選《もんぜん》』という詩文集に収められているんですけれども、これもけがの功名かもしれませんが、『万葉集』に次いで『文選』が注目されたというのも、これもまた非常に私たちにとってありがたいということです。これが二つ目のことです。

最後に、令和という年号のイメージといいますか、意味するもの、私はこの年号をはじめて聞いたときにいろいろなことを思ったんですけれども、まず第一印象として何とも言えないぽわんとしたところがあるなと。それはある意味、新しさでもあるんだろうというふうに思うんですけれども、そういう新しさというものを見てとることができると、私は考えております。

ここで話を終わってもいいんですがもう少し話を続けます。私は実は中国学と言いましても小説を中心に勉強しています。『万葉集』にも、元号にも、その他にも門外漢ですので、とんちんかんなことを言うかもしれないんですけれども、今日は他のパネラーのご専門の先生方や会場の皆さまから、いろいろ教えていただこうと思っております。

まず、令和の出典に関して改めて確認をしたいんですけれども、資料一のところに「梅花歌」の序文の原文を載せております。その傍線のところに、「初春の令月にして、気淑《よ》く風和《やは》らぐ」という一節があって、ここが出典だというふうに紹介されているわけです。ただ、この表現に関しましては、明らかに資料二①に引用しております、後漢の張衡の「帰田賦」の「仲春の令月、時和《ときわ》し気清《す》む」に基づいた表現であることは、字面を一見していただくと明らかであろうと思います。

そもそも中国の古典というのは、このように以前の表現を巧みに生かして、どういうふうに新たな表現を生み出すかというのが勝負、というところがございますので、もちろん大伴旅人は、この張衡の「帰田賦」の言葉を意識して、この表現を用いている可能性が高いだろうと。もちろん、この令月と和という字の組み合わせに関しましては、実は他にも、たくさんというほどでもないんですが、いくつか用例がありますので、意識したのは「帰田賦」ではない可能性ももちろんあるんですけれども、個人的にはやはり、張衡の「帰田賦」に学んだと考えるのが自然だろうと思っております。その上で例えば、仲春、二月のことですが、仲春を初春に変えたり、あるいは語順を入れ替えたりして、新しさを出していると私などは見てしまいます。

つまり、令和の出典というのはもちろん「梅花歌」の序文なわけですけれども、張衡の「帰田賦」でもあるといえるのではないか。先に平成の出典が、『尚書』（『書経』）と『史記』のダブル典拠であったというふうに一般的には言われて——実はここにも厄介な問題があるわけですけれども——いるわけですから[注5]、今回も個人的には、この「梅花歌」の序文と、張衡の「帰田賦」のダブル典拠として、日本と中国の文化の交流を示してもよかったのではないかというふうに思っております。

ところで、この張衡の「帰田賦」というのは、六世紀半ば頃に編纂されました『文選《もんぜん》』という詩文集に収められております。その成立から百年後に李善《りぜん》という人物が、この『文選』に注釈を付けます。その李善が、「帰田賦」のこの「令月」という語に関して、これは『儀礼《ぎらい》』に見える語であることを指摘するわけです。

注5：野間文史『五経入門』研文出版、2014年、第三章参照。

これは、資料二②のところなんですけれども、そこには、「令月、吉日、始めて元服を加う」ということで、令月の語がここに見えて、さらに、鄭玄《じょうげん》という後漢の学者により、「令、吉、皆な善なり」と、令と吉がともに善いという意味であるというふうに、注が付けられております。令和の令を一つ取っても、このようにとても古い来歴を持った語であることが、こういうことからも分かると思います。

さらに、この「梅花歌」の序文には、先ほど上野先生のほうからもお話がありましたけれども、飛觴などという言葉も、『文選』の中には出てくる言葉でして、資料にはいちいち載せておりませんけれども、この「梅花歌」の序文には多くの中国古典由来の言葉が用いられて作られているということになろうかと思います。

語彙《ごい》だけではなくて、「梅花歌」の序文の全体の枠組みというのは、先ほどから話題に出ております王羲之《おうぎし》の「蘭亭の序」が用いられておりますし、そういう集団の文学の流れを組むものであるということも明らかです。（資料三参照）

さらに、音律とかリズムに関しましては、資料四を見ていただきたいのですが、これは「蘭亭序《らんていのじょ》」や「帰田賦《きでんのふ》」とは異なりまして、六朝から唐の初めにかけて流行した四《し》六駢儷《ろくべんれい》文を用いて、さらに平仄《ひょうそく》にも気を配って、とりわけ、韋応物《いおうぶつ》の初唐の文章に学んでいるということは、近年、興膳宏氏によって、指摘[注6]がなされているところであります。つまり、この『万葉集』の「梅花歌」の序文というのは、語彙、枠組み、音律、リズム、そのすべてにわたって中国の優れた詩文をよく学んだ上で練り上げた文章なのです。このことは、当時の東アジアにおける、いわゆる漢文文化圏の広がりを意味していますし、グローバルな当時の教養の在り方も示しているのではないかと思います。その意味では、『万葉集』だけに出典を限定するのでは、当時の社会状況から見ても、また、グローバルな教養人であった大伴旅人に対しても、いささか失礼ではないかという気がします。

さて、この『文選』は、現代の日本人にとってあまりなじみのない書物かもしれませ

注6：興膳宏「遊宴詩序の演変―「蘭亭序」から「梅花歌序」に至る表現形式―」（『中国詩文の美学』創文社、2016年所収）を参照。

んけれども、『万葉集』の時代以降今に至るまで、日本人に大変よく読まれた中国の詩文集の一つであります。『文選』については、資料の五のところに簡単な説明を載せておりますので、ぜひご参照いただければと思います。紀元前二〜三世紀から六世紀ぐらいまでの優れた文学作品を集めたアンソロジーになっております。『文選』には、さまざまな文体、ジャンルの作品が収められているんですけれども、昨年より『文選』詩篇の翻訳が岩波文庫から出版されまして、ずいぶん手軽に読めるようになりました。ぜひまた、『万葉集』と合わせてお買い求めいただき、お読みいただければと思います。

ただ、『文選』は編纂されてすぐの段階から高い評価を得たわけではありませんでした。『文選』の評価が定まるのは、李善が『文選』に注釈を付けて、時の皇帝であった高宗に献上したときに始まります。中国では注釈を施すということが優れた書物の絶対条件でありまして、その上で注釈が皇帝に献上されることで地位が固まっていくということになります。（資料六参照）さらに、『文選』は日本でもよく読まれました。清少納言の「ふみは、文集、文選」というのがよく知られていますが、資料七のところにもいろいろな形で『文選』が読まれていたことがうかがえる資料を載せておりますのでぜひご参照ください。

残り一分ということですので、最後にもう一点だけ。資料六に『文選』由来元号の一覧表を載せていますが、『文選』が元号の出典としてしばしば用いられているということも、私としては非常に興味深いところです。元号の出典として最もよく用いられてきたのは、『尚書』(『書経』)で三三回も使われています。『尚書』が儒学の重要な経典の一つであり、古代の帝王の言葉を記載した書物ということからすれば、元号の出典によく用いられるのは当然かも知れません。そして、『尚書』について多いのが、『易経』と『文選』なのです。『易経』は、これもまた『尚書』と同様に、儒学の重要な経典です。『文選』以下は、『後漢書』『漢書』『晋書』と歴史書が続きます。ここから、日本人が『文選』をどのように受け止めていたのかがうかがえるように思います。『文選』は、実は文学というよりは経書の一種として日本人に読まれていたのではないか、そんなふうに思っております。はい、ということで時間がまいりました。以上で話を終わらせていただきます。ありがとうございました。(拍手)

田中:高西先生、ありがとうございました。それでは最後のご発表者は、本学教授の東原先生です。どうぞよろしくお願いいたします。

〔発表Ⅳ　元号の常套と「令和」の特異性——韻文ではない散文の意味生成〕

……東　原　伸　明

発表資料

4 元号の常套と「令和」の特異性 ――韻文ではない散文の意味生成

東原伸明

1 「明治」・「大正」・「昭和」・「平成」と新元号「令和」とでは何が異なるのか

i 「明治」の典拠 『易経』下、「説卦伝」

聖人南面而聴㆓天下㆒、嚮㆑明而治。

聖人《せいじん》、南面《なんめん》して天下《てんか》を聴《き》き、明《めい》に嚮《むか》ひて治《をさ》む。

聖人が南面して明に向かい天下の政務を処理する。

ii 「大正」の典拠 『易経』上「臨」

大亨以正、天之道也。

大《おお》いに亨《とほ》りて以《もっ》て正《ただ》しきは、天《てん》の道《みち》なり。
大いに亨通するが貞正を固守するがよい。

iii「昭和」の典拠　『書経』「真古文尚書・堯典、第一節　堯頌」

百姓昭明、協二和萬邦一。
百姓《ひやくせい》昭明《せうめい》にして、萬邦《ばんぱう》を協和《けふわ》す。
百姓の身分が明らかになってから、万《よろず》の邦《くに》を協同和合させた。

・修飾語と被修飾語の関係　**昭明**（熟語、形容語）**昭らかに明らか**（修飾－被修飾ナシ）
協（修飾）－**和《わ》す**（被修飾、漢語）

iv「平成」の典拠　『書経（偽古文尚書）』「大禹謨」

地平天成。
地《ち》平《たひ》らぎ天《てん》成《な》る。
地も天もおだやかに治まる。

v「令和」の典拠!?『万葉集』巻第五「梅花の歌三十二首併せて序」

初春令月、気淑風和。

初春《しょしゅん》の令月《れいげつ》にして、気淑《よ》く風和《やはら》ぐ。

・修飾語と被修飾語の関係　**令月（名詞）、令（修飾）―月（被修飾）**

風（主語）―和《やはら》ぐ（述語、和語）

2 「令和」の「令」は、「命令」の「令」――誤報道は、あながち「誤報」ともいえず

i 令和の令、政府「命令を意図せず」　海外の報道を否定

（清宮涼２０１９年４月３日19時48分 朝日新聞デジタル）

新元号「令和」の意味について、日本政府は海外向けに「美しい調和（beautiful harmony）を意味している」との説明を始めている。

1日夜、各国の日本大使館に新元号の意味を「美しい調和」だと説明するよう指示した。「令」の字が「命令」を意味すると複数の海外メディアが報道したが、「命令を意図していない」と否定している。／「令和」の英訳は海外メディアでも分かれた。ロイター通信は、「令」は主に「命令（command, order）」の意味で使われるとし、「権威主義的なニュアンスが一部に不快

感を与えている」と指摘。英BBC電子版は「令」が「命令」、「和」は「調和（harmony）」や「平和（peace）」を意味すると報道した。その後、「令」には「良い」の意味もあると追記した。

外務省は1日の新元号発表後すぐに、政府が承認している195カ国と国際機関に新元号が「令和」に決まったと通知したが、元号の意味の説明はしていなかった。外務省関係者は、英訳をめぐり「若干の混乱を招いた」と振り返った。

（清宮涼）

ii　天皇代替わりで児童・生徒に「令和」教育、文科省が祝意を〝強制〟

（6／3（月）10：13配信 YAHOO！ JAPAN ニュース　週刊金曜日）

「5月1日に部活で登校すると、ポールに大きな国旗が揚がっていた。ふだん休日は来ない校長を見たので、校長が揚げたのでは」〝天皇代替わり連休〟中、ある東京都立高校の生徒に取材すると、そんな言葉が返ってきた。

連休後の5月7日、沖縄県那覇市立のある小学校では、体育館での朝礼で校長が「令和」と大きくマジックで書き、横に赤で振り仮名を付けたカードを手に、元号が変わったと講話。5年生の総合学習の授業で「令和の出典は日本の万葉集。意味＝あしたへの希望を持ち、一人一人が大きな花を咲かせ」と黒板に板書後、児童らに一斉に読ませ、女性教諭が「という思いを込めて付けた名前だそうです」と説明した。

これら過剰な対応の元凶は文部科学省の永山賀久初等中等教育局長が4月22日、全国の都道府県教育委員会教育長等に出した通知「天皇陛下の御退位及び皇太子殿下の御即位に際しての学校における児童生徒への指導について」で、主な内容は以下の2点だ。

（1）「4月2日付で御即位当日における祝意奉表について閣議決定が行われ、皇太子殿下の御即位当日の学校における祝意奉表について同日付『御即位当日における祝意奉表について（通知）』（略）で文部科学事務次官から通知したところです」とある。なお、右の文科事務次官（藤原誠氏）通知では「（5月1日に）学校、会社、その他一般においても、国旗を掲揚するよう協力方を要望すること」との閣議決定を添付。

（2）「天皇の退位等に関する皇室典範特例法」を引用したうえで「各学校においては、あらかじめ適宜な方法により、本特例法に基づく天皇陛下の御退位及び皇太子殿下の御即位について（略）国民こぞって祝意を表する意義について、児童生徒に理解させるようにすることが適当と思われますので（略）御配慮願います」としている。

【天皇敬愛教育を要求する赤池・元文科大臣政務官】

関東地方のある教育委員会の担当者は、筆者の取材に「文科省通知が来たので学校に周知したが、『天皇を敬え』等、思想的な教育を求めるつもりはない。連休前後は交通事故に遭わないよう安全教育が一番大事」「文科省から各学校に調査する指示はなく、各学校に調査はしない」と語った。前出の那覇市の小学校も、「天皇」には一切触れなかった。

だが、大多数の教委や校長が購読している週刊の『日本教育新聞』4月22日号は、「新元号『令和』をテーマに」「校長経験者5人に講話例を作ってもらった」とし、岩瀬正司・元全日本中学校長会長（元都教委主任指導主事）の「今上天皇の『平和への願い』振り返る」との講話例を掲載。これに触発される校長が出る可能性はある。

安倍晋三首相側近の自民党・赤池誠章参議院議員（57歳・元文部科学大臣政務官）は5月2日、「学校において御代替わりをどう教えるか『理解と敬愛』」と題し、学校教育への介入を強める次の主張を、自身のブログに載せた。

〈私共は、昨年来から（略）学校において、御代替わりのことをしっかり教えるべきであると文部科学省に求めてきました。教育基本法にある通り（略）「伝統と文化を尊重し、我が国と郷土を愛する」ことに繋がるからです〉

〈（「天皇についての理解と敬愛の念を深めるようにすること」とする小学校学習指導要領を「中学校」と誤記し引用後）その内容を、小中高の発達段階に応じて、分かりやすく教えることができる

ような具体的な対応を文部科学省に要望してきたいたのです〉
〈4月中に学校において、教えることができたのでしょうか。（略）126代目の天皇陛下の御即位と248番目の改元を受け、私が部会長を務める自民党文部科学部会として、子供たちへの指導内容について、検討したいと思っています〉

来年2月の新天皇誕生日までのスパンの中、保守系政治家や文科省官僚の動向への監視が必要だ。

（永野厚男・教育ジャーナリスト、2019年5月17日号）

3 政治的利用＝「昭和」と「令和」万葉集の周縁的な引用

――「海ゆかば…」と「初春令月…」本編ではない部分の利用

万葉集巻第十八、四〇九四

陸奥国《みちのくに》より金《くがね》を出《いだ》せる詔書を賀《ほ》ける歌一首併せて短歌

葦原《あしはら》の　瑞穂《みづほ》の国を　天降《あまくだ》り　領《し》らしめしける　皇御祖《すめろき》の　神の命《みこと》の　御代重《かさ》ね天の
日嗣《ひつぎ》と　領《し》らし来《く》る　君の御代御代　敷《し》きませる　四方《よも》の国には　山川を　広み厚《あつ》みと
奉《たてまつ》る　御調宝《みつきたから》は　数へ得ず　尽《つく》しもかねつ　然《しか》れども　わご大君の　諸人《もろひと》を　誘《いざな》

ひ給ひ　善き事を　始め給ひて　黄金《くがね》かも　たしけくあらむと　思ほして下《した》悩ますに
鶏《とり》が鳴く　東《あづま》の国の　陸奥《みちのく》の　小田《をだ》なる山に　黄金《くがね》ありと　申し給へれ　御《み》心を　明《あき》
らめ給ひ　天地《あめつち》の　神相珍《あひうづ》なひ　皇御祖《すめろき》の　御霊《みたま》助けて　遠《とほ》き代に　かかりし事を　朕《わ》
が御代《みよ》に　顕《あら》はしてあれば　食国《をすくに》は　栄えむものと　神《かむ》ながら　思ほしめして　物部《もののふ》の
八十伴《やそとも》の緒《を》を　服従《まつろへ》の　向けのまにまに　老人《おいひと》も　女童児《をみなわらは》も其《し》が願ふ　心足《だら》ひに　撫で
給ひ　治め給へば　此《ここ》をしも　あやに貴《たふと》み　嬉《うれ》しけく　いよよ思ひて　大伴の　遠つ
神祖《かむおや》の　その名をば　大来目主《おおくめぬし》と　負《お》ひ持ちて　仕へし官《つかさ》　海行かば　水浸《みづ》く屍《かばね》　山
行かば　草生《む》す屍《かばね》　大君の　辺《へ》にこそ死なめ　顧《かへり》みは　せじと言立《ことだ》て　大夫《ますらを》の　清き
その名を　古《いにしへ》よ　今の現《をつつ》に　流さへる　祖《おや》の子等《こども》そ　大伴と　佐伯《さへき》の氏《うぢ》は　人の祖《おや》
の　立つる言立《ことだ》て　人の子は　祖《おや》の名絶たず　大君に　奉仕《まつろ》ふものと　言ひ継げる　言《こと》
の官《つかさ》そ　梓弓《あづさゆみ》　手に取り持ちて　剣《つるぎ》大刀　腰に取り佩《は》き　朝守り　夕《ゆふ》の守りに　大君
の　御門《みかど》の守《まも》り　われをおきて　人はあらじと　いや立《た》て　思ひし増《まさ》る　大君の　御言《みこと》
の幸《さき》の〔一《ある》は云はく、を〕聞けば貴《たふと》み〔一は云はく、貴くしあれば〕

（講談社文庫　中西進　全訳注原文付（四））

4　万葉集の散文学・「典拠論」の一義性と「テクスト論」（＝引用）の多義性
――読み手の価値観次第で意味は変容する

「明治」から「平成」までの漢籍を素材にした元号は、「典拠」という概念によって、ほぼ一義的に規定することができ特に異論は出なかった。対して今回の日本古典、『万葉集』の和歌の序文を素材とした場合は、奈良時代の歌人の高度な「教養」も相俟って、まさに「引用の織物」となっており、故に一義的に「典拠」を定めることはできないだろう。なぜならば、引用は読み手の価値観や欲望によるからである。好みやイデオロギーも含め、どう読むかは、読み手の裁量に任されている。『万葉集』に限定し、ひたすらめでたいものとして祝賀祝典的な理解をするか、対照的に『文選』の「帰田賦」を特化させた読みをするどうかは、読み手次第である。テクストを、一義的に規定することは不可能である。

村田右富実の『令和と万葉集』（西日本出版社、二〇一九年）は、いろんな「典拠」を指摘した有益な書物だが、村田の「数ある典拠の中から「帰田賦」だけを取り上げて、「令和」は「政治に失敗した時の典拠が踏まえられている」などと主張するのは、お門違いである。（…）「帰田賦」は、「梅花歌の序」のたくさんある典拠の一つに過ぎない」とする主張は、「学生運動の世代」を嫌う村田自身のイデオロギーを反映した、まさに一つの読みであり、そのような一義的な意味の規定をしているかぎり、「典拠論」の次元に止まる。

だから「蘭亭序」を重ねて読むことも「帰田賦」を重ねて読むことも、読み手の自由であり、その価値観やスタンスの違いを否定することはできない。むろん、村田のように読まないという自由もある。要は、説得力だろう。

5　令和とナショナリズム――「漢籍」からの離脱と日本古典の採用の意味

令和に潜む安倍首相の一国主義

（4／21（日）9：19配信 YAHOO！ JAPANニュース　毎日新聞）

令和は日本で初めて和書（万葉集）を出典とした元号になった。安倍晋三首相は和書から引いた理由について記者会見で「我が国の豊かな国民文化を象徴する」と説明した。

万葉集が国民文化を象徴するのはその通りだ。しかし、大化以来、漢籍を典拠としてきたのも日本の伝統ではなかっただろうか。

◇「からごころ」からの決別／明治維新は「からごころ」（中国の考え方）から「やまとごころ」（日

本の考え方）を峻別（しゅんべつ）しようとした国学の思想が背景にある。近代国家を形成するうえで、近隣の文化大国だった中国との関係を整理しなければならなかったという事情があった。／長州（山口県）出身の首相としては、元号がいまなお中国文化の影響下にあることは維新の元勲がやり残したことに見えたのだろう。／しかし、「漢籍からではなく国書から」「からごころではなくやまとごころ」「中国ではなく日本」という考え方には、「○○ではない」ことにこだわる偏狭さもつきまとう。

＊　漢籍を排したことにより、逆に和書（万葉集）の漢籍引用（＝引用の織物性）が露わになってしまった。漢籍離脱というのは、錯覚、思い違いに過ぎない。

東原：時間配分を決めたのは私なものですから、持ち時間一〇分は守らなきゃいけないということで。私の発表のタイトルは「元号の常套と、「令和」の特異性——韻文ではない散文の意味生成」と書いてあります。以降の見出しをご覧いただけば、私の主張が何なのか、一応全部分かる仕組みになっています。ので、配布の資料は、原則はあまり読まないようにしたいと思います。

元号なんですけれども、もちろんずっと長く用いられてきたのですが、結局、「明治」という時代、近代以降とそれ以前とは、〈やっぱり違うのだ〉という認識を私は持っています。だから「明治」、「大正」、「昭和」、「平成」、「令和」、これだけの範囲の中で傾向を見れば大体いいのではないか。もちろん、そこのところで異論が出てき

ても構わないわけですけれども、今回、日本古典を用いた、それによって何が変わったのかということなんです。どうもいろいろなマスコミ報道を見ていて、そして聴いていてすごく違和感を感じたのです。最初にウォーラーさんにメールを送ったときからの違和感そのままでありまして。残念なことに今日、高西さんの発表を聞いたところまであまりほとんど変わらない違和感です。〈残念だなぁ〉と思っているわけです。

何が〈残念なのか〉というと、これは第一に文脈の問題なんです。「令和」が話題としてマスコミに取り上げられたところは全部字面《じづら》だけの話で、「良い字」だとか「悪い字」だとか、表面的なことばかりいう。この出典を提示した張本人すらも、そんな無責任な訳のわからないことをおっしゃる。自分で『万葉集』東原：補注1・146頁を典拠として出してきたのに、なぜ『万葉集』の文脈から説明をしないのか、とても不思議です。そのことに怒りさえ感じます。それに関してまず皆様に申し上げたいと思います。

ところで従来の元号は、「明治」から、「大正」、「昭和」、「平成」と、今、高西先生がおっしゃったように、経書からの引用で、経書は思想性のある書物なんです。だから典拠としたときに非常に便利なんです。コンパクトに切り出してきて、そこのところから非常に字面のいいものを二つ取って並べても、その背景にある思想というものがコンパクトに切り出せるんです。もちろん瑣末《さまつ》的な部分では異論も出てくるでしょうけれども。しかし、これが大きく異なるということは今までなかったわけなんです。ところが今回はあくまでも文字の字面じたいが、とても問題なんです。それには、思想性というものがたぶんない。だからそんなところで「令」と「和」を結合させて、どんな意味があるんですかということです。思想的には無意味であること。だから、「和を以て貴しとなす」なんていう、取って付けた駄法螺を吹かなくちゃならなくなるんです。少なくとも典拠の『万葉集』の序文には、そんな思想性はありません。また、元号として同じ字を用いても、従来とは大きく違ってくることがあります。「漢語」と「和語」の問題。

「昭和」と「令和」、「和」が一緒なものですからまったく同じように感じます。似ているようですが、一体何が違うのでしょうか。「昭和」の典拠は、「百姓昭明《ひゃくせいせうめい》にして、萬邦《ばんぽう》を協和す」であり、「和」の字は「和す」と訓まれています。ずっと、従来どおり漢籍を用いているかぎりは、「明治」以前もきっと、「和」の字は、ほぼ「和す」という意味合いで使われてきたんだろう、と思われますが。「和」という漢字には、そういったイメージがあるわけですね。だからこのイメージのままで、受け取る側は〈受け取りたい〉と思う。またそう思わなくても、実際そのように受け取っています。現実に、マスコミの報道はそのとおりなんですから。

ところが、今回はどうなっているのか？「令和」の典拠は、「初春令月、気淑風和」、「初春の令月にして、気淑く風和らぐ」、なんです。「和《わ》」という漢語ではなくて、「和《やは》らぐ」という和語、大和言葉です。これは、少なくとも「harmony」ではありませんよね、「和らぐ」なんですから。これは政府の公式見解じたいが、まったく間違っているんです。だからこれはぜひ訂正されなくてはならない、されるべきなのです。しかし、私が今こんなことを申しても、所詮「ごまめの歯ぎしり」でしょう。だから、後でウォーラー先生に、「和らぐ」は一体英訳すると何になるのか、ぜひお聞きしたいと思います。「harmony」には、絶対ならないと思います。そこのところです。関係性の問題が、あらゆるところでぶち切られているんです。「良い字」だとか「悪い字」だとか、「辞書にどうある」だとか、そんなことは関係ないんです。典拠の『万葉集』の文脈、コンテクストにおいて、どのような意味、どのようなコンテクストでもちいられているのか。それが急所です。

『万葉集』においては、まずこうなっているというところから最初に説明していかなきゃいけないのに、何でこういう基本的な説明が、今までなされてこなかったのか、不思議でしょうがありません。私は今までずっと意識して見てきましたけれども、この資料に書いた私の説明程度のものすらなされていないという現状です。この国のマスコミの程度に問題があるのか、あるいは政権に忖度して、官邸という「大本営」からの稚拙な発表を垂れ流すのか、これまた不思議でしょうがありません。「令月」という名詞を、関係をぶった切って、そこから「令」だけを持ってきているわけです。「よい月」という意味は全然構わないわけです。だから、用例としては、『万葉集』を離れればたしかに「令嬢」などということばもあります。つまらない忖度をして、「命令」の「令」の字が想起されることの批判に対する予防線を張るべきではありませんでした。これを出してきた本人は、まず『万葉集』の次元での説明をするべきだったのです。「『万葉集』が典拠なのだから…」と言えばいいのであって、「権威ある辞書にこうあるから」なんていう、なんでそんなつまらない一般論的な説明をするのか、私にはよく分か

らないです。出典の大事な文脈をまったく無視している。典拠の「風和らぐ」、主語と述語の関係。しかも大和言葉、和語、初めて『万葉集』から出してきたじゃないですか。「『万葉集』にこうある」といえば済む話です。「天のお告げがどうのこうの」と、訳の分からない何かオカルトチックな不思議なことを相変わらずおっしゃっているんです。おかしな話であって、堂々と言えばいいのです。「『万葉集』にこうあるからだ」と〈なんで言わないのか、よく分からないな〉と思っていたら、資料2のところですけれども、「「令和」の「令」は、「命令」の「令」」、…あと何分ですか。

タイムキーパーの学生：あと三分半ぐらいです。

東原：はい。資料2「「令和」の「令」は「命令」の「令」――「誤報道は、あながち「誤報」とも言えず」のⅰ「令和の令、政府「命令を意図せず」海外報道を否定」というところを御覧ください。

まさに危惧していたとおり、海外では「令」というのは「命令」の「令」の意味で受け止められているという報道がなされてしまっています。だから慌てて、「beautiful harmony」だと説明をしたと言うのですけれども、これが「beautiful harmony」ではないことは、さきほど申したとおりなんです。「調和」ではないですからね。仮に「調和」だと言ったら、まさに従来の漢籍の「和す」なんですから。その出典が異なるにもかかわらず「和す」という説明を相変わらずしているというわけです。さきほどのウォーラーさんの発表では、ちょっと皮肉を込めて、「悪い調和もあるんだ」というようなことをおっしゃっていいましたが、そもそも「和す」じゃないんですから、この説明は間違いです。だから「和らぐ」、「和らぐ」という意味合いのことばとして英訳し海外に向けて、政府は公式見解としなければいけないはずです。そうしないからこんなことになってしまったのです。

次に資料2のⅱ「天皇代替わりで児童生徒に「令和」教育、文科省が祝意を〝強制〟」とあります。政権の側は「意図していない、そんなことは考えていない」と弁解するのですが、「していない」といいながらそのくせ、文部科学省は官邸に向かって「忖度」しているわけです。だからこういう皮肉な事が現実の出来事として起こってしまうのです。それと「令和」という元号の文字面《づら》とが絶妙に響き合い符合してしまっている。やはり、「命令」の「令」じゃないか」と。「論より証拠だ」と国民は理解しています。

三つ目にやっぱり危惧することは、新元号が『万葉集』から採られていて、『万葉集』の研究者の方々はスポットライトを浴びそれなりにうれしいのかもしれないし、そのおこぼれに預かってブームの渦中にいる私のような『万葉集』以外が専門の古典の研究者の立場は、うれしい気持ちはありますが、心中少し複雑です。そういう意味での「令和バブル」で、『万葉集』は、そして日本古典はいくらかなりとも世間から脚光を浴びているのかもしれないのですが、よく考えてみると〈これは怖いことだ〉という感じもするわけです。以前にも、『万葉集』がどういう具合に政治に利用されたていたのかです。歴史を振り返ってみます。

資料3「政治的利用＝「昭和」と「令和」万葉集の周縁的な引用――「海ゆかば…」と「初春令月…」本編では部分の利用」というところを御覧ください。大伴家持の『万葉集』巻第十八の四〇九四番の長歌です。戦争讃美に利用された有名な「海ゆかば…」は、長大な歌の中ではごくわずかな部分で、本編の歌の主題にはまったく関わらない、関係ない部分です。

ごくわずかな一節に過ぎません。大伴氏の祖先神がどういう具合に天皇家の祖先に生命を捧げ忠義を尽くしたかという内容が、大げさな叙述として語られているところです。こんな「海行かば…」の、意味のない一節だけを切り出してきて特化し、日本国民を皇民として、教育洗脳するために歌わされてきました。このフレーズによって先の戦争でどのぐらいの人が死んでいったのか…。こういう本編とは異なる使われ方を、『万葉集』はしてきたわけです。前科です。今回も、本編の和歌ではなくて、その歌の意味を説明する序文から採られています。「それは意図したものではない」ときっと回答するでしょうが、結果的にはそうなってしまっている。〈非常に怖いことだ〉と思います。

四つ目。典拠の捉え方が、ちょっと私はウォーラーさんや高西さんとはアクセントが違いまして、お二人は、ほんとうにお上品で穏当、優等生的なんですが、私は例えるならば自己の存在を賭けた読みをしたいですね。どの典拠を重ねるかによって、立場の違いによって出てくる意味が違うんですから、今日はちょっと危険な賭けというか、冒険をしてみたい。お二人の今日のお話は、とても穏当で言ってみれば、まだまだプレテクストの段階のように、私には聞こえました。源泉・影響論とそれほど変わらない次元に聞こえてしまったと、あえて悪口をいっておきましょう。もっと意外なところと重ね合わせて読めないものかなあ…。これもちろん、無いものねだりでしょうから、心にもない、いえこころある挑発ですよ（笑）。悪役のプロレスラーの心境です。ひとまず、終わりにします。

田中：時間を守っていただき東原先生、ありがとうございました。

フリーディスカッション

〔パネリスト相互の質問・確認〕

田中：ここで、各パネリストのご発表が、すべて終わりましたので、各人の補足と相互の質問・確認を行いたいと思います。発表者の方々で補足説明をしたい、もしくは、問題点の整理、あるいは他の報告者に質問したいというようなことがございましたら、どなたからでも、よろしくお願いいたします。

東原：司会者にお願いです。上野先生から始めて順々に訊いてみてください。

田中：はい、分かりました。それでは上野先生から順番にいきましょう。

上野：令和バブルに浮かれている上野でございます。僕は一番長い時間を使わせてもらったので基本的にはないのですが、東原先生が言われたように、基本的に『万葉集』から採ったというふうに言ったのならば、『万葉集』から理解をしはじめて、その『万葉集』の元はどこにあるのかというふうにたどっていくのは正当な手続きだと思うんです。恐らく菅官房長官が発表した段階では、『万葉集』から採ったという説明を政府側も受けていたわけだから、出典は、「梅花宴序」でよいはずです。それを、さらにさかのぼってというようなことを考えるにして、『万葉集』から出発しなければいけない。

そうすると、風和らぐといったときに、私がイメージしたのは、こういう比喩は年号として、相応しいと思ったのです。お花見のときに風が和らいだらいいよね。新しくやってくる時代に、いろんな厳しい国際情勢はあるけれども、風が和らいだらいいよね。あくまでも、その激しい風、強い風が和らいだところに平安があるよというようなイメージですよね。『万葉集』の風和らぐからそれを読んでいくというのは、そこまでは出典一次資料を作った人の意味をくみ取った解釈者側の想像力として極めて正当な読解方法だというふうに私は思っています。今、東原先生の問いには、バブルに浮かれている私のほうからは以上のように答えておきます。

ウォーラー：東原先生の問いの一つに対して、私の時間の関係でちょっと省略した部分についてもう少し説明したいと思います。旅人の序と王羲之の序を合わせて読んだときにどういう意味が作られてくるのか。旅人の序にある意味と王羲之の序の意味、または概算的な意味が作られてくるんですけれども、一つ面白いところは、旅人の序では、「言《こと》を一室の裏《うち》に忘れる」という表現があるんです。それに対して「蘭亭の序」では、「忘れる」ではなくて、「悟る」になっています。それぞれの文脈を読んでどういう意味なのかを考えなければいけませんけれども、旅人の序の場合は、上野先生も少しおっしゃいましたけれども、膝を向け合って、共通の意志になって言葉はいらなくなるほどということで、これは『荘子』の有名な「言は意にある所以なり、意を得て言を忘る」を踏まえていると言われています。意志が伝わったら言葉自体は

いらなくなるという概念です。それをまた、旅人がうまく「蘭亭の序」を踏まえていると言われていますけれども、それに合わせてまた『荘子』の考え方をうまく利用して、自分なりの新しい作品を作り上げているのです。王羲之の序の場合は、宇宙論だとか死生論が文脈の内容にあるんですけれども、旅人の序の場合は自然とか現実的なもの、風景を表しているのが全体の文脈になるんです。そういうふうに細かく見ると、それぞれの作品の良さがあって関係しているけれども、それぞれ違う鑑賞の仕方、そして意味の仕方がある。そういう引用を通して文学を楽しむということは、こういう引用する文学の特徴だと思います。

東原：和らぐは？

ウォーラー：「和らぐ」について、ひと言ですけれども、風に対して使う場合は、英語で「gentle」になるんです。英訳に関してもうひと言、合わせて言えば、私のレジュメに載せた外務省が出した指示については、ＢＢＣでは令和の「令」は「秩序」という意味で、報道で出しているというふうな記事が出てきていますけれども、ＢＢＣの記事はここに手元にないんですけれども、確かに「order」という言葉を使って、「order」は「命令」という言葉です。そうすると、ＢＢＣが出した「order」という言葉は普通「命令」と訳すものですけれども、「order」は「秩序」という意味もあります。そうすると翻訳によって、BBCが言おうとしていた意味がずれてくるんです。BBCは、「令和」は「秩序を表している」というふうに報道しているんだと日本語訳を付けるんですけれども、実はメディアは、BBCが出しているのは多分「命令」という意味の「order」を考えていたのではないかと思います。翻訳すると、面白いずれが出てきます。

東原：和らぐは？　いかがでしょうか。

ウォーラー：「和らぐ」は「gentle」、「やわらかい」。

東原：いや、だから政府見解への対案を出さなきゃいけないわけですから、「令和」の英訳の。

ウォーラー：そうすると「令」の字は本当に「beautiful」と読んでいいのかちょっと疑問があるんですけれども、「good」のほうがいいのではないかと思います。そうすると、ここでは形容詞的な意味で使われていますので、「good gentleness」という訳はできると思います。

東原：それは果たして採用されるんでしょうか（笑）。

高西：横で熱い話を聞きながら、私は何を答えていいのか非常に困っているのですけれども、『万葉集』の文脈の中でのみ語るということであるならば、私は中国文学が専門ですので、あまりここにいる意味がなくなってくるところもやっぱりありまして…。ただ、今日問題となっている箇所は、漢文で書かれています。ですから、『万葉集』の中の漢文として読むということと、『万葉集』という枠を外して漢文、東アジア共通言語としての漢文として読むということでは、少し意味合いが違うのではないでしょうか。この出典を探る、出典はこれだというのが単にプレテクストの指摘、そこで止まっていると言われればそうなのかもしれないのですが、そんなことを少し思いました。それと、最後に少し時間があれば話をしようと思っていたのですが、

個人的には、私はさほど「令和」という年号には悪いイメージを持っておりません。『文選』由来の年号を見ていても、あるいは、最近の明治、大正、昭和も、『尚書』や『易経』から採られているわけですけれども、元

号は何のためにあるのかというふうなことを考えたときに、やはりそこには、時の為政者とその治世を称え、その治世が良からんことを願う思いが込められることが多かったはずです。『文選』は文学作品集なんですけれども、その中で採られている言葉も基本的にはそういうものが多いわけなんです。

それに対して今回の「令和」は、そういうオーソドックスな年号とは少し毛色が違っているように思います。従来のような、直接そうした世界の平和とか安寧とかを祈るものではなくて、漠然としたその空気感でもって、穏やかな社会であれと願うといいますか・・・。張衡の「帰田賦」を取り上げるのはここでは不適切なのかもしれないんですけれども、「於是仲春令月（是に於いて仲春令月）」で、「ここにおいて」という表現からわかるんですが、ここで話が切り替わるんですね。俗世と関わりを断つ理由をひとしきり述べて、「さて」と話を切り替えて、「時は仲春二月のよき月、天気はなごやかで澄み渡り」と続きます。だからこの箇所はいわゆる時候のあいさつ、決まり文句に近いそういう言葉ですから、特別な意味、メッセージを持ちません。[注7]「非常にぽわんとした」、と最初に申し上げたのはそういうことなんです。強いメッセージというよりは、穏やかな空気感が漂っている、という意味では、非常に今までにない元号なのかもしれません。そ

注7：金文京「中国文学から見た『万葉集』」103頁参照（『現代思想』第47巻第11号、2019年）。

ういうふうに読める、ある意味、現代の日本らしいと言えばらしい元号なのかな、というような感想を、私自身は持ったということです。

東原：時間配分を、私、上野先生を三〇分、ウォーラーさんを二〇分、高西さん一〇分、私も一〇分と決めたのは、これ必要最低な時間でした。最初に一人一人の発表は、あくまでも発表者の目の高さからの「独白　モノローグ」なわけです。各自述べたいことを勝手に述べたわけですが、これでは会場の皆さんに趣旨の理解がなされたかどうかは、よく分かりません。しかし、今、パネリスト同士が話し合ったことで、ある種の啓蒙がなされたのではないでしょうか。多分、先ほどとは段違い。お聴きいただいた皆さんの中で、〈ああ、なるほどなあ〉という理解がなされたのではないでしょうか。単に「モノローグ」であったものが、相互の「対話　ダイアローグ」になったわけです。このようなシンポジウムとしては、対話の時間を、できるだけたくさん持ちたいと考えます。だからモノローグの時間は、最低必要でいいというわけです。また、かなり高度で学術的な内容ですから、舐《な》めるように分かるというのはどだい無理な話です。分からないなりに、分かっていただければいいのです。その時点で分からないことも、徐々に対話の中で解き明かされていけばいいわけです。この方が時間の使い方としては、有効で意味のあるものではないでしょうか。

さてそれでは、私の手許にある本の紹介からいたしたいと思います。ここに『万葉びとの宴』という上野先生のご著書がありまして。今回の件、私はこれで一生懸命予習をしました。お陰で目覚めたというか、高度な知恵が付いた中学生、高校生みたいな気分です。今日は著者にいろいろ訊いてみたくてしょうがなくて、遠足の朝の子どもみたいな気分です。まず、上野先生は序文のあの部分を「うめ」と訓《よ》みました。なんでそんな阿呆なことを訊くんだろうと思われるかもしれませんけれども、漢字表記なのでどう訓むのか、ぜひ知りたいわけです。注釈書にはどれも「ふりがな」が付いていません。

それからもう一冊、私の手許には村田右富美《みぎふみ》さんのご本があります。ほとんどすべての典拠を洗い出してあるとても有益な書物で、会場の皆さんもぜひお買い求めいただ

いたらいいと思います。わずか千円ほどで、西日本出版社から出ています。なかなかの啓蒙書です。さてこの同じ箇所を村田さんは、「バイ」と訓んでいるんですね。なぜ、「バイ」と訓んでいるかというと、ちゃんと理由があるんです。先ほど、四六駢儷体の話が出ました。これは、四六駢儷体を駆使した形で書かれているんですよね。だから、村田さんはそれを考慮されて、「バイ」と訓まれた。今日は、だから「上野さんは何と訓むのかな」と楽しみに来てみたら、「うめ」と訓んでくれた。〈これ、どう考えたらいいのか、これをまた聞こうかな〉と思っていることが一つです。

それから『万葉集』の典拠に関して、村田さんが述べられていることは、たぶん『万葉集』の専門の研究者は、村田さんぐらいの考え方がほぼスタンダードで、上野さんはどう考えているのか私には分からないけれども、ウォーラーさんもおそらく村田さんとどっこいぐらいではないでしょうか、つまりほとんど「文飾」のレベルでしか出典を見ていないのではないかと思うんですが。私がこれから主張するような突っ込んだ読みの次元では、つまりテクストとしては見ていないのではないでしょうか。重ねて、そこのところから新しい意味の生成を読もうという形では見ていない。重ねるものが変われば出てくる意味も異なるのですが。

〔『帰田賦』を重ね合わせて読まない理由は何か〕

だから、どういうスタンス、研究の姿勢を取るかで違ってくるんです。中で、彼は〈「帰田賦」は重ねて読みたくない〉という読み方を〈たぶんしているんじゃないか〉と思うし、今日の上野さんのご発表も、蘭亭は重ねていますけれども、「帰田賦」は重ねて読まないですよね。上野さんは、どうでしょう、後で聞きます。だから今日高西さんが紹介してくださいました「帰田賦」を重ねて読んだときの読みと、蘭亭だけの読みと、その違いを私は知りたい。簡単に言ってしまうとそういうことなんです。出典がいくつか挙げられています。ほとんど字面レベルで飾りのものとしてあるものと、もっと『万葉集』の中身を規定してくるものとがある。村田右富美さんは、重ねては読まないんだけれども、ちゃんと蘭亭の序の『文選』、それから張衡の「帰田賦」も律儀に全部解説をされています。読めば素人にも中身がよく分かるようになっていまして、私なんかでも理解できたぐらいです。皆さんも、読めばよく分かるはずです。

だから村田さんはそこまでやってくれているけれども、重ねて読むとどうなのか、どういう意味になってくるのかというところまではやっていません。その先に果敢に挑戦していくのが、実は一九八〇年代からの『源氏物語』のテクスト論的な研究なんです。もう歴史的には中世の段階で古註は、出典をほぼ洗い出しているわけで、あとはそれをどうやって重ねて読むかということが、私が学問を修めた頃の『源氏物語』の研究者に課せられていました。たくさん論文が書かれました。私もテクスト論者の一人だとレッテルを貼っていただいたものですから、おかげで〈テクスト論者なのかな〉と自分でも思っていますけれども、そういう体質が染みついていますから。この間出した『土左日記』の著書も、あれは言ってみれば『土左日記』のテクスト論的な研究なんです。けっして公言はしていませんが、そういう考え方でたしかに論文は書かれている、対話させています。先行する文学作品の文脈と、『土左日記』の文脈とを重ね合わせながら、ズレをどうやって読み込んでいくのかということを考えていました。つまり、そういう読み方をしています。だから、今日まだ余った時間のところでそのことにちょっと触れてみて、「皆さんいかがですか」という方向に、私はもっていきたいとも思っています。

最後に言い残したことですけれども、「令和」という元号が出されたときに、〈これでようやく漢籍から離脱して日本古典で〉という極めてナショナルな空気が一部にありました。しかし、胸に手をあててみると、それは思想的に右側の方だけではなく、左の方においてもだから、どなたもみんなそうだったと思います。『万葉集』が典拠になったというときに感じたささやかなナショナルな感覚です。それはそれでいいんですけれども、しかし、よく『万葉集』を見てください。さっきの序文を見てください。これほどたくさん漢籍が引用されているとは知らなかった。どれを典拠にするんだといったときに出てくる、今までそんなことはなかった感覚です。大体、一義的な規定のされ方をしても、文句を言う人はいなかったんですけれども、今回はいっぱい出てくるわけです。漢籍を脱したことにより、逆に『万葉集』のどれだけたくさん漢籍を引用しているのかという不都合な真実があらわになってしまったんです。「不都合な」というのは、もちろんそちらの立場の方々にとってですが（笑）、『万葉集』は漢籍の織物。「これじゃあ脱中国化ができないじゃないか」、ですか。そんなばかなことはないんです。漢文を音読すれば中国文学です。漢文を訓読した瞬間に日本文学になります。漢文は、訓読するときに、漢文訓読語などというものも生成するわけです。訓読語は、いままでに無かった、新しい日本語です。私はそういう区別を付けています。取りあえずのところはそんなところです。

上野：まず私がなぜ、「梅は、鏡前の粉《ふん》を披《ひら》きて」の「梅」を「ばい」と読まないのか、というご質問ですね。それは、基本的に、書き下し文というものは、耳で聞いて分かるということを前提に作るものなので、それは、「うめ」でよいだろうと。

東原：すみません。別に、ケチを付けたわけじゃないんです。

上野：うん。「梅」は、現在の中国音だと「メイ」ですが、これを二音節化して、「うめ」というふうに言っているわけです。今は、これを訓読みと考えてもいいと思うのですが、音読みと考えてもおかしくはない。

「バイ」という音もあり、「メイ」という音もあるわけですので。高西先生、これでいいですよね。

次に、「帰田賦」をなぜ踏まえないかということを、少し私のほうから、東原先生のことを引き取って説明させてもらいます。「帰田賦」は、役人として見込みがないので役人を辞めますという詩文なんです。だから、陶淵明の「帰去来の辞」も当然この文学の系譜に入ります。われわれは、そういった文脈を踏まえるということも大切だと思います。しかし、もう自分はしがらみを離れたいから役人を辞めます。すがすがしいなというときの気分と、いやあ、今日、仕事がなくてみんなと梅の花見をするんだ、楽しいな、という気分を比べてみましょう。違いますよね。でも、似たところもある。国のおめでたい元号に「帰田賦」を重ね合わせないのはなぜかということでしたが、似たところもあります。職を辞めてすがすがしいというのと、宴会をしてすがすがしいというのは、すがすがしいという点だけは、似ています。逆にテクスト論は、その文脈を踏まえて読むということで一見、科学的な方法に見えながら、それのテクストをどう解釈するか、どこの部分を取るかというところになると、恣意《しい》的になってしまうところがありますよね。それは、すべての文章は作者の心情を表しているものだという、極めて近代的な読解法のような気がしてなりません。恐らく、そういうのは、近代の主情主義的な読みですね。ですから、似ているからいいじゃんでも、かつてはよかったのだと思います。とすれば、私は一応「帰田賦」というものも踏まえてもよいと思います。なぜかと言うと、それは、すがすがしい気分になれるような、よき日の景として、というぐらいの感じでお答えしておきます。

東原：ちょっと反論してよろしいでしょうか。

上野：はい。

〔科学の一義的な論理によらないテクストの論理と多義性〕

東原：まず、テクストが科学的だとする認識は、まったくの誤解です。テクストの論理は、ポスト構造主義の思想として、0-1、科学の一義的な法則と論理を批判して登場してきます。だから、テクストは一義的・科学的な方法ではないのです。一義的・科学的なのは、構造主義の構造分析です。テクスト論は、第三項を排除しないので、意味が一つだけじゃなくて、0-2、二つ以上多義的に生成します。それがテクストの論理なのです。それから上野さんの考え方は、あくまでも「正対《せいたい》」を前提におっしゃっていると思うんですが、引用の踏まえ方としては、「反対《はんたい》」という踏まえ方もあるわけです。「帰田賦」は、「正対」としては踏まえられないだろう、しかし、「反対」という形で踏まえることができるのではないか、それがテクスト論ですと、一応反論しておきます。東原：補注2・147頁

上野：もうちょっと分かるように説明してくれますかぁ？　私が再反論できるように、もうちょっと話していただけますか。

東原：だから、「正対」としては、踏まえることができません。つまり「反対」の引用なのです。「官」を辞さずに、全《まっと》うすることになります。まず旅人がいるところは、「鄙」の大宰府、

もう既に田園・田舎にいるわけです。奈良はまさに「都」なのですから、「都を懐かしむ」という、それは「望郷」ならぬ「望京」になります。位置からして既に「帰田」とは反対の「帰京」です。だから「帰田」ならぬ「帰京賦」としてでも理解できるのではないか…と。[注8]

上野：梅の花の宴をどういうふうに位置付けるか、それが、例えば旅人が左遷に近い形で大宰府に行っているとか、さらには奥さんを大宰府で失ったことをどう踏まえているのか。それは、梅花宴の外にある情報を梅花宴序の中に盛り込むことであって、宴会をするときに、その前の日に妻が亡くなろうが、自分たちの政治的な立場が極めて厳しい立場にあろうが、宴会は宴会として成り立つものです。宴会の歌は宴会の歌として成り立ち、宴会の情報は宴会の情報として成り立つものなので、そういうふうに重ね絵にして読み込んじゃうと、逆に梅花宴序から離れるというふうに私は取りますが、いかがでしょう。

東原：宴会の歌はその場限りの「祝祭の論理」によるでしょうから、上野さんの宴席の歌だという理解は私も賛成です。そのとおりでいいと思います。けれども、序文は、韻文ではなく散文ですから、いろんなものが引き込まれてきてしまい、互いに響き合ってしまいます。だから解釈は一義的ではありえません。ちょっと話をすると、この三つの春を相互に関係付けずに皆さん話をしているんですが、蘭亭の序は暮春の、三月。「帰田賦」

注8：本書第二部掲載、東原の論文「梅花の宴歌群と序文および関連歌群のテクスト分析―もしくは散文としての『万葉集』とその間テスト性―」を参照。

は仲春の、二月なんです。先行するものを踏まえ、旅人が書こうとしたら、最後に余っているところは、初春の一月しかないという形ではないのか…。

上野：いや、そう読んじゃったら、結局過去のものを読者もみんな知っていることを前提として書き手が書くということになりますよ。恐らくこの序文が言いたいところは、「こんな天気のいい日に梅の花見ができてよかったね」と、これを表わさんがためにいろんなものをもってくるのであって、私はこの序文のそういうふうなところを重ね合わせて読むとミスリードになってしまう気がするんですが、いかがでしょう。いやぁ、こりゃまいった！

東原：いや、ミス・プリジオン、大いにけっこうです。そもそも一義的な正読なんて規定できないですから。東原：補注3・148頁上野さんは書き手の立場からの説明、私は読み手の立場からの説明です。だから、話が噛み合わないんですよね。

田中：先生方、時間も迫っています。次は全体討論なので、ここで一旦切って、もう一回続きとしてやりたいと思いますが、いかがでしょう。

東原：休憩ですね。

田中：はい。休憩に入りたいと思います。資料を配った際に、同封されていた質問用紙を、ここで回収いたします。もし、各ご発表者に質問等がございましたら、そちらにお書きください。必ずどなたに質問があるのか、その方の名前に○をしていただいて、質問を書いていただければと思います。

高西：恐縮ですが、いっぱい疑問が湧いてきたと思いますけれども、お一人一つで簡潔にお願いいたします。すいません。

〈休憩〉

田中：時間が参りました。再開したいと思います。ここからは全体討論ということにしていきたいと思いま

す。恐らく令和の典拠を考えるとしては、ものすごく熱い議論になってきています。けれども、まさしくわれわれ文学研究者が解るという水準で、意味が規定されていたり、しかし、〈それもありかな〉みたいですが、そんな次元で講師の皆さん議論をされていると私は思っております。再開にあたり、このご発表の先生方から、既に東原先生と上野先生は熱い討議をされていましたけれども、先ほどの続きから始めていただいても結構ですし、他の……。

東原：仕切り直しをしましょう。話題を変えて、大相撲でいう「水入り」です。

田中：では、仕切り直しということで始めたいと思いますので、何かご質問等は？

東原：会場から回収されたご意見を、読んでいただけませんか。

田中：それは後ほどに…と思っていましたが。

東原：今、そこからやったほうがいいと思いますよ。せっかく質問をいただいたんですから、それにお答えしないと…。

田中：それでは会場からのご質問から先にやりましょう。分かりました。ちょっと順番を変えます。先ほど皆さんからの質問用紙を集めたんですけれども、その中でいくつかご質問がありましたので、全員にということで質問があったものから読み上げたいと思います。

こちらの方は、本日欠席のヨース先生の資料をお読みになって、ご質問ということなんですけれども、ヨース先生の資料では、元号について暦との関係を抑えた上で、恐らくレジュメに書かれたことですね。「大陸文化の産物であり、決定的な決別は、制度の廃止しかない」と書いてあります。「グローバル的均一性に対するささやかな抵抗ともいえる」。これも書いていることですかね。箇条書きみたいになっているので、続けていきますけれども、「タブー化や他の文化の排除ではなく雑種で対処するのも悪くない」と書いておられますが、元号の功罪と今後についてどのようにお考えか、パネリストの先生方にご見解をいただければありがたく存じます。

東原：これも順に、一人ずつ、それについてのご意見・ご感想を述べてください。

田中：分かりました。それでは上野先生からお願いします。

上野：簡単に言えば、元号制度は中国の皇帝制度に基づいてできているものですので、中国の皇帝が治めている領土では元号を使うことが強制されていた。私に年号を使うことは反乱行為となっていた。それは新憲法の理念と合うか合わないかということが大きな問題にはなると思います。私の意見を申し上げます。いろいろ紆余《うよ》曲折ありながら、戦争の反省がありながらも、日本国憲法は天皇制を残し、なおかつ、その上でいわゆる国権の機関との権力調和を図っているわけですから、そういうものが天皇制のモデルとなった、中国皇帝制度から引き継いだ文化というものを継承しているということは何の問題もないというふうに考えます。

それは、じゃあキリスト教の暦を使えばよいのか、イスラム教の暦を使えばよいのか、仏暦を使えばよいのかということになって、何らかの尺度というものを持つべきであるならば、独自の尺度というものを持っていてもおかしくない。ただし、独自の尺度を持っている場合、他の尺度というものを否定するというようだと、いけません。自分なりの時間尺度を持つなら、他人のそれも尊重しないといけない。そこのところの調和をどうするかというのが日本政治の大きな課題ではないかというのが、私の意見であります。

東原：そうです。一人一人、全員に。ウォーラーさんは、まだ無理ですか。では、高西先生に。

高西：急に番が来ましたので、ちょっとまだまとまってはいないのですが、個人的には上野先生とほぼ同じです。元号の制度はもちろん中国から来たわけですけれども、そこには中国に対立といいますか、中国と張り合う意識が恐らくあったんだろうとは思います。それで紆余曲折ありながら、今日まで続いてきているということですので、その多様性の中で、例えば西暦だけに統一するということではなくて、それとは別にまた世の中に一つ伝統的な暦があるということも、それはそれで一つの在り方であろうと、個人的には思っております。
　しかし、とは言え日本国の主権はわれわれにあるわけですから、われわれの総意がそれを廃止ということになれば、それはそれでまた話は変わってくる。今のところ、私自身は取り立てて今すぐやめようというような意識はなくて、ここまで続いてきたもので、比較的定着をしているものであれば、多様性の中で保持していくというのが一つの在り方だろうというふうに考えております。

東原：残念ですが（笑）、私もその考え方に賛成なんです。上野さんと今日は、思いがけずバトルを展開いたしてしまいましたが、元号に関しては反対じゃないです。上野さんとは、方法論が違うだけであって……、だって今日のテーマを考えてみてください。令和バブルに乗っかった形でのシンポジウム開催なのですよ。そもそも、「無い」と話にならない。だからその意味でも、私は、文化としての元号賛成論者でございます。
　また、先ほど私が述べたことの中で、中心ではなく、周縁的な引用ということを申したと思います。これはよく考えてみる中途半端な主張でした。「……ではない」という否定の形は、主張ではありません。主張というのは、肯定形で「……である」ということを、堂々と述べなければいけないでしょう。今後も日本古典に典拠を求めていくのだとしたら、その作品の「中心」となる部分を引用できる古典を見つけることです。そうでない限り、まだまだ結着はついておらず、終わってはいないわけです。この問題に、国文学者としてずっと関わってきた方のお一人に秋山虔という方がおられました。今は亡き秋山さんは、恐らく今回の帰結をもって「和風元号」が実現したなどとは思っておいではないでしょう。だから、恐らく無念だろうと私は思っていますが。東原：補注4・148頁

中心となる部分を典拠として主張できる古典を、次はぜひ見つけてほしいと思います。そうなると、かならずしも『万葉集』ではない可能性もあります。その目的が達成されて後、初めて「日本古典を用いた」と、胸を張れるのではないでしょうか。その時、右の思想の方も左の思想の方も、どちらも互いに喜び合えばいいのです。

それでは、ウォーラーさん、お願いします。

ウォーラー：そうですね。日本の元号についての意見ということでしょうか。

東原：あくまでも、日本文学研究者として。

ウォーラー：研究者としては個人的な意見よりは、根拠に基づいた議論に注目したいですが、東原先生がおっしゃったとおりそういう違いがあるからこそ仕事があるわけです。また、

元号を一つのテクストとして考えると、二字だけで出来上がっているテクストだけれども、実は面白いです。この前、あんまり文学に興味がない友達と話をして、今日はこのシンポジウムに来られなくてごめんなさいというメールが来て、「後で簡潔に説明して、一言でいいですよ」と言ってきました。例えば、詩歌でしたらタイトルを付けて、そのタイトルを通して全体を考えることができます。短い簡潔なテクストは、非常に面白いものだと思います。そういう視点ではぜひ続けてほしいです。

また、元号というか暦というのは、権力を示すものです。誰が暦を決めるかという問題は関わってきますので、日本で西暦を使わなければいけないと誰が決めるんでしょうか。私は、そういう意味では特に意見はないんです。また、ヨース先生がおっしゃるようにそれと抵抗していいんじゃないかと思うんです。西洋でも世界的にも暦を巡る問題はいっぱいありますから、ややこしい問題ですけれども、多様、いろんな形であっていいのではないかと思います。

東原：もうひと言、言わせてください。このように会場から素晴らしい意見が出ていいじゃないですか。対話ですよ。初めてシンポジウムとしての意味がここに出てきた。モノローグで好き勝手にしゃべっては駄目なんです。……蛇足でした。

田中：質問としては恐らく感想のようですが、東原先生に来ているものがあるのでは…。

東原：たしかに感想ですね。そのまま読み上げてみます。

「「令和」と元号が発表された時、私は「えーっ？　和して命令に従えということ？」と思わず口走っていました。非常な違和感を覚えました。「花冷えや、墨書の「令」の線硬し」の気分でした。その上殊更「国書を典拠とした」と強調し、最後に「美しく集い合う」という耳ざわりの良いことばまで。時の首相の思惑が見え見えなのが腹立たしいです。／『万葉集』を典拠としたことに異議はないのですが、真意が歪められてしまったようで、愛読者の私としては、やりきれません。政治利用されたようで……。」

田中：とのことだそうです。他の方のものは、この方も感想のようですが……。

東原：それも読み上げてみてください。

田中：全員に向けての感想です。

「七〇歳の私です。高校時代に学んだ古典を思い出しました、ありがとうございました。先生方のお話を思い出しながら、本棚から古典の本を引っ張り出して読んでみたくなりました。大変感謝いたします。」

ということだそうです。

東原：ありがとうございます。

田中：こうやって古典が読まれるということが、恐らくわれわれ文学の業界の中でも本当にありがたいことですので、ぜひ。

東原：『万葉集』ブームに乗っかって、古典の研究者としては非常にうれしいわけです。バブルに乗っかっております。

田中：最近の本などもたくさんありますので買っていただけると、われわれの業界はうるおいます（笑）。

東原：ネット通販で買ってください。アマゾンで買ってください（笑）。もちろん、冗談です。

田中：もう一つも高西先生への感想なんですけれども、「漢文で日本人が作った漢文と中国人が書いていた漢文は、読み手の受け取るニュアンスが違いますか。日本人作のものは、書き下し文にしたとき、日本人のニュアンスが要求されますか」という質問です。

高西：非常に答えにくいですが……。日本人が作ったものには、「和習《わしゅう》」という日本人臭さがあるということは、よく言われます。それだけではなくて、例えば、今日は梅が問題になっていましたけれども、梅というものを見たときに感じる感じ方というものが中国人とは違う可能性ももちろんあるわけです。ということは、中国では梅というものはこういうものだと学んだ知識の中で漢文を作っている場合もあれば、日本人の感性で梅を描く場合もあります。さらに、読み手がそれをどう受け取るかという問題もまた出てくるわけで。漢文というのは東アジアの共通言語なんですけれども、それは作り手、読み手の文化的な背景がそこに反映されることもあるし、学んでそれを消そうとする努力を一方で当然するわけなのですが、そうした消そうとする努力をした上でもなお、出てしまうものも多分あろうかというふうには思います。

ですので、その辺りは難しい問題がいろいろあるのと、万葉の時代はどんなふうに漢文を読んでいたのかというのは私はよく分からないんですけれども、訓読というのは、長い歴史を積み重ねてここ五百年ぐらいの間に完成し

た読み方ですので、万葉人が漢文をどんなふうに読んでいたのか、中国語で読んでいたのか、あるいはまた別の読み方をしていたのかというのは個人的には興味のあるところではあります。ちょっと、あんまり答えになっていないかもしれませんけれども。

東原：『古事記』という書物の成立が、一つあるんじゃないですか。その辺り、上野先生いかがですか。

上野：『古事記』は、どういう課題を持っていたかというと、稗田阿礼が死んでしまった後にも、大和言葉で自分たちの歴史を語りたいという願いから生まれた。しかし、まだ散文は未発達であります。そこで漢文を書くんだけれども、普通の漢文とはいえないものである。一部、歌等はちゃんと読んでほしいので一字一音でまず記すんだけれども、そうすると極めて長くなってしまう。これが『古事記』の大きな課題だったんですね。そのことに引き付けて申し上げれば、その『古事記』の課題というものは今日のシンポジウムの課題でもあるわけです。

つまり、歌はそれぞれ自分たちの言葉で書けるぞ。ところが、それを束ねる序文を付けようとした場合、和文の散文の表記法というのは確立していなかったのです。そうすると、漢文で書くということになる。漢文で書くということになると、漢文の出典というものが常にあるという状況で書くということになる。だから、先ほど高西先生が言われたように、東アジアの共通言語である漢文で書かれたのです。

東原：あと、『古事記』や時代がさがり例えば平安時代の『御堂関白記』などの、俗に「日本漢文」などと呼ばれてきたものになると中国人には理解できない敬意表現が入ってきますから、その意味では漢文ではなくて、「漢式和文」だと、日本語の文章になってしまうというあたりのこと、山口仲美さんなどがよく言っておられますが。東原：補注5・150頁大事な事だと思うんですけれども、その辺りはどうですか。

上野：今日のシンポジウムに引き寄せて、そこから展開したいと思うんですが、ウォーラーさんの資料の歌がずっと並んでいるところがあって、表記の特徴というところがあります。八百番台の歌がずっと並べてあって、表記の特徴。ウォーラー先生は、「楽しき終へめ」、これはそんなにたくさん用

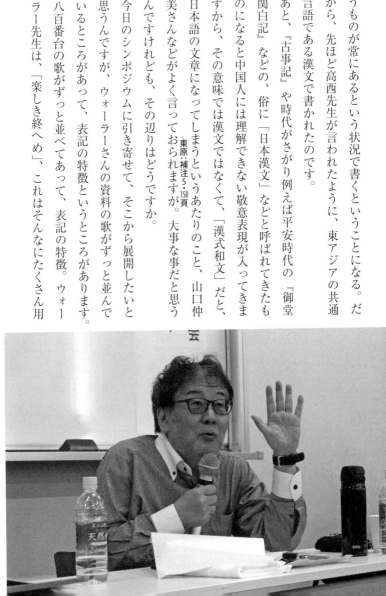

例があるものではないですので、「尽歓」という言葉を翻訳したんだろうといわれる。「竹と林」、これが結び付くというのも、これは竹林の七賢人という中国の『世説新語』などに出てくる「竹林」のこれは翻訳語ではないか。「ももとり」のというような、つまり散文は漢文で書く。歌は大和言葉で書く。ところがその大和言葉の中にもその漢語を取り込んでいくという営為があって、そこのところが、非常に歌に展開したときに重要ではないかというのがウォーラーさんの問いだったと思うんですが、そこのところをちょっとウォーラーさん、補足していただけますか

ウォーラー：はい。『古事記』から展開してまた話を進めますと、『古事記』はほとんど漢文で書かれていますけれども中に和語が含まれていますので、そこは大和言葉で読むしかないんです。ただ、『古事記』を全部大和言葉に置き換えられるかどうか、実はいろんな読みが可能なんです。ですから大和言葉の声を漢文という表記を通して正確に表せるかというと実はそういうずれがあるんです。英語圏で日本の漢文のことを今、「Sino-Japanese」というふうに呼んでいます。というのは、日本人が漢文で書いて日本語として読んでいたということを考えると、日本語を表記する一つの表記法ですけれども、同時に中国語の発音で中国の読みも可能ですよね。ですから面白い表記法です。ヨー

ロッパの場合とは似ているところもあれば違うところもあるんです。ヨーロッパの言葉は、同じつづりで書いて違う言語で違う発音するというのがありますよね。ですけれども、漢字圏、東アジアの中では。

東原：東アジアの漢字文化圏ですね。

ウォーラー：そう東アジアの漢字文化圏の中では、同じ文字をそれぞれのローカルな言語で読む場合は、実は両方の読みが可能になるんです。『万葉集』という作品は、そのテンションを意識していて非常に歴史的に面白い本だと思います。平仮名が成立してからはその面白さがなくなるんです。全部平仮名表記すると音が決まってくるんですけれども、レジュメに書いたように、『万葉集』の表記を見ると二つ、漢語としての意味と大和言葉としての意味、戯書がその一つだと発表で言いましたけれども、そういうような表記がいっぱいあります。または、この三二首の中で、実は漢語を大和言葉として訳しているのではないかというところが、いくつかあります。

例えば、レジュメの2ページで示したように、「楽しき終へめ」「竹の林」「ももとり」は「尽歓」「竹林」「百鳥」という漢語からの翻訳語だと指摘されています。それから八一九番歌の「ものを」の「を」は漢字本文の「怨」の音だけでなく、「満たされない思いの意味をも重ねた用字であろう」というふうに漢字の意味を重ねています。八二四番歌も同様です。和歌は大和言葉でないといけないんです。だけれどもその背景に漢語がありますので、その二重性が『万葉集』の面白さの一つ。もし平仮名が作られなかったのであれば、どれほどこのような文学の可能性が変わったかということを想像するしかありません。

上野：このシンポジウムには高校生のみなさんもおられるのですが、漢文が、なぜ歴史的仮名遣いで読み下しされなければいけないのかという理由は、じつはここにあるのです。ほんとうは、どう読んでもいいのですよ。中国音で読んでもいいし、現代語に置き換えてもよいはずです。それを日本の古典として漢文を読もうとするから難しくなってしまう……。でも、それが、訓読という文化なんですよ。君たちが習っている漢文は、そういうものだということを、ちょっと意識して勉強して帰ってほしいです。ちょっとその話、私が仕切っちゃってもいいですか。もうあと一〇分。

東原：どうぞ。

上野：やっぱり『文選』をどういうふうに踏まえるのか、ということが大問題。高西先生のところで、『文選』からも、これだけ年号がとられている。そういうことで言うと、この資料の六を見てほしいんですが、資料の六の「中国『文選』関係年表」は、これは極めて重要だと思うんです。というのは、高西先生の資料が、資料一、資料二とかいうふうにあって、資料六というところに「中国『文選』関係年表」というのがあって、西暦五二六年~五三一年とある。実は、『万葉集』が成立していく時代というのは、六五八年に李善の注ができた時代なんです。注がなければ読めません。そして、科挙に『文選』が採用されて、中国の『文選』五臣注ができて、中国の『文選』学がピークに達していて、『文選』が最も重んじられるときに『万葉集』ができ、日本の古典文学の基礎ができたのです。だから、日本の古典は、『文選』というものの重みが極めて大きいときに出発しているということを忘れてはいけない。つまり、最初に入れたものは、影響力が大きいのですよ。これが非常に重要で、中国ではそれが『文選』の地位が低下したり新しいものが起こったとしても、日本は、取り入れたらそれがずっと続いてゆくわけです。ちなみにハッシュドビーフは日本でしか食べられません。つまりそれは十九世紀末の西洋料理ですよね。

　ということで言うと、これは難しいことになりますが、『文選』ということの日本的利用の特性、日本的な『文選』の受け入れ方の特性というのが決定的に今日のシンポジウムに影響を与えると思うので、そこを先生、お願い申し上げます。

高西：そんな大きな問題を問われると、私は、日本のことが正直言って、よく分かりませんので何とも言えないところではあるんですけれども。ただし、中国において『文選』というのは非常に重要な書物だとされたのは、結局なぜかというと、それは科挙なんです。科挙の試験科目として『文選』が取り入れられた。試験科目にあるから勉強する、どこかで聞いたような話ですけれども、結局そこなんだと思うんです。ですから、中国で『文選』が珍重され、それは確かに素晴らしい文章なんですけれども、しかしそれは、例えば唐代になって古文復興のような運動が起こってきたときに、批判の対象になるわけです。飾り立てた美文というのはごてごてしすぎていて時代に合わないということで批判をされていくわけなんです。しかし、試験科目ですから当然勉強していく。試験科目だから勉強するんだけれども、これこそが中国の伝統的な文学であるという意識も、それもまた試験と同時に出来上がっていくところがあるんだろうというふうには思います。

それが、ピークを迎えるのが宋という時代、唐宋の宋です。宋の時代の初期になるということになります。資料には、陸游の『老学案筆記』のよく知られる一節を引きましたけれども、『文選』に習熟すれば進士も半分受かったようなものだということで、『文選』をしっかり勉強したらほとんど合格したも当然というぐらいに、非常に試験対策として合理的な書物でもあったわけです。『文選』を勉強すれば受かる。

その後、結局文学偏重ということに対する批判が中国で起こってきまして、すいません、長くなっていますけれども。これは今わたしたちがまさに直面している問題と重なるのかもしれません。要するに、文学偏重が試験としてはおかしい。どこかで聞いたような言葉ですけれど、文学偏重はよろしくないということで『文選』を試験科目から外すと同時に、『文選』というのは一気に中国で読まれなくなっていくということが起こりました。ですので、『文選』、それは一体なんの本なんだ、みたいなレベルにまで落ち込むわけです。しっかり読んでいる人たちは、最近の若い進士は『文選』も知らないのかと言って怒っている、というのが明代の文章なんかに見えますので[注9]、そういう意味では地位が低下してくる。

しかし、それが一方で、人間なんでもそうなんですけれども、功利的なことばかりやっていいのかと、やはり文学的なものも大事じゃないか、伝統的な美文などというのも勉強しなければいけないんじゃないかというのが一方で明代にも起こってくるわけで

注9：例えば明・田藝蘅『留青日札』巻五など参照。

す。そういう形で、中国の『文選』に対する意識というのはかなり揺れがあるというのが現実だろうと思います。

一方日本はというと、もちろん日本文学の先生方のほうが詳しいと思うんですけれども、広く読まれたかどうかはまた別の問題だろうとは思うんです。資料に『枕草子』、『徒然草』を引いていますけれども、例えば、五山の文学なんかであれば、五山僧などというのは、『文選』をかなり勉強している。それから、いいテキストと言われているものが日本にはかなり残っているわけです。ですので、私たちは、『文選』を読むときには、いろんなものを照合しながら読みますけれども、日本には、極めて良いテキストがたくさん残っている。それから、朝鮮半島にも残っていますので、中国で地位が落ちていったものが、中華圏の周辺では引き続き珍重されているということなんだろうと思うんです。

ですから、江戸時代になると、今度はさらに広い範囲で『文選』は読まれるんですけれども、それは武士のたしなみとして、もちろん『文選』は文学の書なんですが、『唐詩選』などを読むのとは、またちょっとまた違う読み方をされていたのではないでしょうか。最後に、江戸川柳を引いているんですが、「儒者の僕、文選と聞き前町《ぜんまち》か」、儒者の従僕が『文選』と言っているのを聞いて、ああ、それは門前町かと思って勘違いをしたとか、細見という吉原の評判書みたいなガイドブックを「四書文選の間に読み」などと詠まれるぐらい、要するに四書五経的な教養として読まれていたのではないかと思います。『文選』に関しては、訓点を施した和刻本といわれるものも江戸時代には出版されています。ですので、日本ではずっと『文選』需要はあった。もちろん濃淡はあったでしょうし、非常に読みにくく難しいものなんで、実際のところどれほど読まれたか分からないですけれども、珍重もされてきたということは間違いないだろうと思います。

上野：『文選』は、これ木簡で『文選』を勉強している跡がありますよね。それともう一つ、この関係年表で僕が思い浮かんだことがあったのは、阿倍仲麻呂と王維と聖武天皇は、ほぼ生まれは一年、二年しか変わらないんです。阿倍仲麻呂が、どういう形で受かったかは別として科挙に受かったと言われているんですが、これはやっぱり日本において、『文選』の需要というのはある程度進んでいて、それで向こうに行って勉強したのは当然でしょうけれども、科挙に受かる水準に達することができると。

つまり、『文選』というものが東アジア文化圏、漢字文化圏の中で非常に広く利用されていた。そのときのものが、やっぱり梅花宴序というふうに私は思って、そこのところを今日、奈良にいいおみやげを持って帰ることができます。ありがとうございます。

東原：吉備大臣入唐絵巻、入唐絵詞ですね。

上野：そう。

高西：資料七に『江談抄《ごうだんしょう》』を引いています。本当はここで『吉備大臣入唐絵巻《きびだいじんにっとう》』をスライドでお見せしたかったのですが、スライドが使えそうにありませんでしたので、説話のほうを、一部分だけですが引いておいた次第です。この話は、遣唐使として唐に赴いた吉《き》備真備《びのまきび》が、中国側から三つの難題を課せられるものの、鬼となった阿倍仲麻呂《あべのなかまろ》の助けを得て、その難題を克服するというもので、その三つの難題というのが、「『文選』解読」「囲碁対局」「『野馬台詩《やまたいし》』解読」なんです。『野馬台詩』のものが一番有名かもしれません。その最初の難題が、『文選』を吉備真備に読ませて、読めなかったらばかにしてやろうということなんですけれども、阿倍仲麻呂が幽鬼となって空を飛んで行って、のぞき見をして、明日はあそこが出るらしいというのを聞いて帰ると、こそこそと真備に耳打ちをして、中国側をぎゃふんと言わせるという内容です。この話からも、「この朝の極めて読み難き古書なり」と評されるほど、『文選』は難解な書物だという意識が、『文選』は優れた書物であるという一方であったんではないでしょうか。この話が語られた十二世紀ぐらいには、もうすでに難解な書物となっていたんだろうとは思います。

東原： 高西先生はご存じないかもしれませんが、実は、吉備大臣の、入唐絵詞・絵巻の解説を、ずいぶん昔に私、書いていまして（笑）、後で、こっそりお知らせいたします。注10

もうこれで時間ですから、最後に学部長のあいさつの方に向けてください。

田中： はい。恐らく東原先生ももっとお話ししたいことがおありだろうと存じますが、そちらは本の中にお書きくださるだろうと思います（笑）。お話は尽きませんが、お時間となりましたので、ひとまずシンポジウムは、ここで終了といたします。ご発表の皆さま、ありがとうございました。それではパネリストの先生方に、もう一度拍手をお願いいたします。（拍手）

さて、閉会に当たりまして本学文化学部学部長、三浦要一先生から、ご挨拶を頂戴いたしたいと思います。よろしくお願いいたします。

〔**三浦文化学部長の挨拶**〕

三浦： 上野先生とウォーラー先生、どうもありがとうございました。それから今日は本当にた

注10：「吉備大臣入唐絵詞」三谷榮一編『体系物語文学史』（有精堂、1989年）。

くさんの方にご来場いただきまして、たいへんうれしく思います。ウォーラー先生は、実は四年前まで高知県立大学の文化学部の教員だったので、「お帰りなさい」と挨拶をしました。上野先生の話をお聞きすると、八回くらいは宴会をしてアメリカに送り出さないといけなかったのに、実は僕たち一回しかやっていなくてたいへん申し訳ない、〈もっと盛大にやっておけばよかったな〉とちょっと後悔をしております。

最後に挨拶をするというのは初めてのことで、普通、主催者は最初にご挨拶をして、あとは、もうよろしくなんですけれども。それと、あと、もう一つ変わっていたのが、挨拶だけの私にも文章を書いてくれと言われましてみなさんに配布されている資料に、ちょっと書かせていただきました。それで、〈今日はお役御免なのかな〉と思ったら、東原先生に、最後は「挨拶をしてくれ」と、それでご挨拶することになりました（笑）。

私は、日本建築の歴史を専

門に研究しています。近世が専門なのですが、今日のまとめという訳でもないですけれども、大宰府政庁、梅花の宴、大伴旅人の邸宅についてちょっとお話をさせていただきます。『万葉集』の梅花の歌は、天平二（七三〇）年に催された宴の様相が描かれており、場所は大宰府政庁の北西にあった大伴旅人の邸宅と伝えられています。上野先生の「大宰府文学圏の思想」では、大宰府が筑紫歌壇と呼ばれた天平の文学サロンが論じられておりまして、私はその建築に関心を寄せせます。大宰府跡は大正十（一九二一）年に国の史跡に指定され、「大宰府政庁復元模型」（九州歴史資料館）をみると、瓦葺で朱塗りの外観が壮麗であり、東アジアの文化圏の拠点に相応しい建築群です。おそらく図書館にあたる府庫を備え、大宰府が「天下の一都会なり」を象徴する建築が政庁であったとみています。

つぎに、梅花の宴についてですが、ウォーラー先生のご発表のなかに万葉時代は梅が渡来して間もない時期だというところがありました。序文の「天を蓋として地を坐として、膝を促けて觴を飛ばしたり」という部分は、渡来して間もなくの頃ですから、貴族など限られた階級が知る珍しい梅をみるため、日差しを遮るために仮設のテントを張り、シートを敷き、膝を近づけ、盃を酌み交わしていた、……現在あまりかわらない花見の風景が想像できますね。「あをによし　奈良の都」のことも触れられていました。平城京は和同三（七一〇）年に藤原京から遷都され、延暦三（七八四）年に都を長岡に移すまで、七五年間にわたって万葉の都として文化が華開きました。天皇の即位などの国家儀式や外国使節の歓迎の儀式が執り行われた第一次大極殿、平城宮の正門である朱雀門は、実寸大で荘厳性を有した建築が復元されています。『続日本紀』は神亀元（七二四）年に都城の景観を整備するため、瓦を葺き、柱に丹を塗ることを奨励していました。大宰府における大伴旅人の邸宅は、掘立柱、屋根材が板葺、柱に丹を塗らず、ごく簡素な建物であったと思われます。

最後に、大宰府と土佐の関係について一言。高知市天神町に鎮座する潮江天満宮は、初詣でや夏越の祭「わぬけさま」でよく知られていますが、大宰府に流された菅原道真を祀っています。土佐には長男の高視が居住し、邸跡のあった山は高視の名前から「高見山」と呼ばれ、麓に高見町という町名が残っています。楼門は明治二〇（一八八七）年の建築で、昭和四二年に高知市保護有形文化財に指定されました。潮江天満宮を参拝する機会があれば、楼門を潜り、拝殿から本殿を拝みながら、遠く九州の大宰府に思いをはせてみてください。

たくさんの方々にご来場をいただき、盛会となったシンポジウムの閉会にあたり、文化学部を代表して心よりお礼を申し上げます。それではみなさま、武蔵野書院からのご刊行を楽しみにお待ち願います。今日は、本当にどうもありがとうございました。（拍手）

田中：三浦先生、ありがとうございました。それでは、本日の「シンポジウム新元号「令和」の典拠を考える――万葉集の散文学――」を終了させていただきます。皆さん、長時間にわたるご参加、ありがとうございました。

一同：ありがとうございました。（拍手）

ウォーラー補注

補注1・50頁：ツイッターのウェッブページによれば、ツイートTweet（投稿メッセージ）に対して「「リツイート」Retweetとは「フォロワーに公開して共有するツイートは『リツイート』と呼ばれます。リツイート機能はTwitter上で見つけたニュースや耳寄り情報を伝えるのに便利です。このリツイートに自分のコメントや画像／動画を追加して公開することもできます。リツイートアイコンを使うと、リツイートおよびコメント付きのリツイートに既存ツイートが引用された形で共有されます。」」

https://help.twitter.com/ja/using-twitter/how-to-retweet（二〇二〇年一月二五日閲覧）

補注2・59頁：流觴《りゅうしょう》は觴《さかずき》を流す、曲水《きょくすい》は曲がった流れ。一觴一詠と、さかずきを浮かべて、漢詩一首を詠じる娯楽の場でもあったが、本来は禊《みそぎ》と祓《はらい》の祭事であった。

東原補注

補注1・94頁：『読売新聞』令和元（二〇一九）年十月一六日、「[時代の証言者」令和の心　万葉の旅　中西進《なかにしすすむ》90〈1〉元号 天の声で決まるもの」というインタビュー記事において、中西は、「…万葉集「梅花の宴」の序文にある「初春の令月にして気淑《よ》く風和《やはら》ぎ」から新元号は生まれましたね。令和と声に出すと語感がいいですねえ。命令が思い浮かぶと批判する学者もいますが、改めて中国の国語辞典で確認すると「令は善なり」とある」。善は「論語」で最高の価値を与えられていて、やはりいい言葉です。善だからこそ規律は法令とされ、人は自らを律し、令に従う。実に「令しい」日本語です。／元号では20回目となる「和」といえば、「十七条憲法の「和を以《もっ》て貴《とうと》しとなす」ですね。令しい整った和を願う元号は、熟柿《じゅくし》が落ちるように生まれたのでしょう」とする。「…新元号発表前には「次の元号は何か」と政治記者に聞かれ、発表されるや「考案者はあなたですか？」」。これぱっかり。困りましたよ。元号は天の声で決まるものですから」。

補注2・117頁：構造主義の考え方（＝構造分析・科学主義）は、第三項を排除してしまうので、必然的に真理は一つとなる、0-1の科学の論理によっている。その体系内を一義的に腑分けし、対して、同じ関係概念ながら、ポスト構造主義のテクストの考え方は、第三項を排除せずに0-2の論理により、真理、つまり意味の生成を二つ以上多義的に認めてしまう。AIは0-1の科学の論理でしか分析できないが、第三項を矛盾とは考えないで、個々の感性から分析を行う人間は、0-2のテクストの論理によって、多義的に分析ができるのである。多義的な分析は、また恣意的な分析とは異なるのである。

補注3・119頁：ミスプリジオン（misprision 創造的誤読）。米国の脱構築（Deconstruction）を推進したイェール大学のハロルド・ブルーム（Harold Bloom）が、「カバラ」の伝統に想を得て提唱した解釈の原理。存在するのは誤読のみで、正読などは規定しえない。

補注4・125頁：秋山虔（一九二四〜二〇一五）は、東京大学名誉教授、日本学士院会員、文化功労者。『源氏物語』を中心とした平安文学の研究者であった。

さて「令和」への改元をドキュメント的に扱った書籍として、毎日新聞出版刊行の『令和改元の舞台裏』（毎日新聞「代替わり」取材班著、二〇一九年六月一五日発行）がある。七年半の取材によるもので、二〇一八年春から翌一九年春にかけて掲載された企画記事「代替わりへ」（全7シリーズ26回）を中心に、政治部取材出稿の雑報記事を組み合わせて誌面が再構成されている。毎日新聞の読者であった私が新聞記事の段階で、〈これは明らかに事実誤認だ〉と感じていたものが、当該書籍として刊行された時点においても訂正がなされていないのを発見し、愕然とした。それは、「第一章 代替わりへ 黒衣による準備」の「考案者も代替わり 常時3人確保――一角に「国書枠」」の部分で、「平成改元時に日本古典の専門家で唯一関わった市古貞次《いちこていじ》・東京大学名誉教授（日本文学）は2004年3月に92歳で亡くなった。市古の弟子だった秋山虔《けん》・東京大学名誉教授（日本文学）が依頼を受けたのが２００３年ごろだった。その秋山氏は２０１５年11月に死去。「令和」の考案者の中西進・大阪女子大学名誉教授（89）＝日本文学＝への依頼は、政府関係者によると２０１３年以降だという。日本古典の研究者が一貫して考案者の一角を占め続けてきたことは明白だ」（45～46頁）。同様の誤認は、「第三章　和風元号と「中華」研究者、首相らの「宿願」一致」においても、「２００３年ごろに元号考案の依頼を受けた秋山虔《けん》・東京大学名誉教授」（二〇一五年死去）は市古氏の弟子だ。『源氏物語』研究の第一人者で、２００１年に皇太子さまの長女、愛子さまが誕生した際お名前と、称号「敬宮《としのみや》」を命名した学者グループの一人だった。考案を依頼したのは、１９８７年から一貫して「元号研究官」として働いた尼子昭彦・国立公文書館公文書研究官。秋山氏は「出典が漢籍だけなのはおかしい。日本にも立派な古典がある」と尼子氏に伝え続け、「日本人が書いた漢文」を出典とする元号案を提出した。／生前の秋山氏は毎日新聞の取材に対し、案そのものは明かさなかった。しかし、典拠となりうる国書は示した。朝廷の公式な歴史書「日本書記」、菅原道真の漢詩文集「菅家文草《かんけぶんそう》」、日本人が書いた漢文の名文を集めた「本朝文粋《ほんちょうもんずい》」、和歌と日中の漢詩を集めた「和漢朗詠集」――だった」（88～89頁）。

しかし、秋山虔は、市古貞次の「弟子」ではない。島津久基（東京帝国大学教授）を同じ師と仰ぐ兄弟関係で、市古が兄弟子、秋山が弟弟子の関係である。学統（＝学問継承の系統）として市古は、島津の説話研究を、そして秋山は源氏研究の衣鉢を継いだのである。

さてこれは、秋山の人柄によるものと思われるが、東京大学の教え子以外で秋山の謦咳に接しその薫陶を受けた研究者は存外に多く、私もその一人である。自分の師匠ではないので秋山を「先生」とは称呼しないが…。秋山は自己の学問形成を語る機会がある毎に必ず、「病床の師・島津久基」に関する思い出をエピソードとして語っており、私も生前秋山から数えきれぬほど拝聴した口である。だから、これらの事実の誤認をとても悲しく思う。記者たちも取材を通じて、当然秋山から幾度も聴かされていたはずだと思うのだが……。

「エピローグ 新元号取材記 満開の桜の下で」において、政治部の野口武則記者（「代替わり取材班」の中軸）が、「令和公表後、最後の週末となった4月6日の昼。私は再び養源寺を訪れ、秋山氏の墓前で「和風元号」が実現したことを報告した」（203〜204頁）と記されている。しかし、泉下の秋山はなんと答えたことだろうか。

補注5・131頁：山口仲美。埼玉大学名誉教授。国語学者。日本古典の文章論に関しては、もっともすぐれた研究者。『山口仲美著作集　第4巻　日本語の歴史・古典 通史・個別史・日本語の古典』（風間書房、二〇一九年）所収「Ⅰ日本語の歴史―通史―　三 文章をこころみる―平安時代―」において、「①日本語の語順で書かれていることが多い、②敬語表現が入っている、などの特色」がある文章を、山口は、「漢式和文」と称呼している。

従来「変体漢文」などと呼ばれていたが、その呼称は、第一に「中国語で書かれた「漢文」の一種のような」誤解を与えしまう。日本語の文であり、「和文」の一種であること。第二に「変体」の称呼は、中国人の書いた「漢文」を「正格」なものとし、それに至らなかったという認識が潜んでおり、それは正しくない。最初から読み手を日本人対象にして創られていること。なお、「漢式和文」の名称の提案は、山口佳紀であるという。

山口仲美は、法隆寺金堂薬師仏の「光背銘」を例に次のように説明している。

池辺大宮治夫下天皇、大御身労賜時、歳次丙午年、召於大王天皇与太子而誓願賜、我大御病太平欲坐故、将造寺薬師像作仕奉詔。然、当時崩賜、造不堪者、小治田大宮治天下大王天皇及東宮聖王、大命受賜而、歳次丁卯年仕奉。

池辺の大宮に天の下治らしめす天皇（いけのへのおほみやにあめのしたしらしめすすめらみこと）、大御身労れ賜ひし時に（おほみつかれたまひしときに）、歳丙午に次りし年に（ほしひのえうまにやどりしとしに）、大王の子とを召して（おほきみのすめらみことひつぎのみことをめして）、誓ひ願ひ賜ひしく（ちかひねがひたまひしく）、「我が大御病太平かに坐さむと欲ほすが故に（あがおほみやまひたひらかにいまさむとおもほすがゆゑに）、寺を造り（てらをつくり）、薬師の像を作りて仕へ奉らむと将（くすりしのかたをつくりてつかへまつらむとす）」と詔りたまひき（とのりたまひき）。然あれども（しかあれども）、当時に崩り賜ひて（そのときにかむあがりたまひて）、造るに堪へ不ば（つくるにたへねば）、治田の大宮に天の下治らしめす大王の天皇と東宮の聖王（をはりたのおほみやにあめのしたしらしめすおほきみのすめらみこととひつぎのみこのひじりのきみ）、大命を受け賜ひて（おほみことをうけたまひて）、歳丁卯に次る年に仕へ奉りつ（ほしひのとのうにやどるとしにつかへまつりつ）。（…）

「「光背銘」は漢字ばかりですが、日本語文です。なぜかといいますと、返り読みをしなくてはならない箇所はありますけれど、基本的には日本語の語順で書かれているからです。「薬師像作」「造不堪」「大命受」などは、中国語文の「漢文」であれば、「作薬師像」「不造堪」「受大命」のようになっているはずです。／それから、「大御身」「大御病」という接頭辞による敬語表現、「労賜」「誓願賜」「崩賜」「受賜」「仕賜」という補助動詞による敬語表現、「坐」という動詞による敬語表現も入っています。ですから、中国人には、読めません。日本人に向けて日本語の文章を書いているのです。」と。

「ヨースの部屋」へようこそ

シンポジウムの当日、体調不良で欠席してしまいました。発表ができなかったことはもちろん皆さま方と質疑応答、また、討論ができなかったことを残念に思っておりました。

ここでは、パネリストの皆さんの発表と討論を振り返りながら、皆さんに質問をしてそれにお答えいただき、逆に皆さんが私に質問して私がお答えするという機会を設けたいです。

「ヨースの部屋」へようこそ。

政治権力と時間　日本と世界の歴史思想を比較して

執筆者は、本シンポジウムで発表する予定でしたが、緊急入院したため参加できませんでした。本稿は、当日発表のために用意した原稿に多少手を加えたものですが、当日に口頭発表した内容と思ってお読みいただけましたら幸いです。

言うまでもありませんが、天皇は英語で emperor と訳されます。逆に、emperor は、日本語に直しますと、皇帝もしくは帝王と訳するのが一般的です。二十世紀初頭には、皇帝と称される君主がまだ多く、一見して不動の地位を占めていました。しかし、数十年経たないうちに、皇帝の君臨する帝国が次々と地上から姿を消していきました。そして、皇帝たちもどんどん退けられました。日本は、かつて「帝国」(empire) という看板を掲げていましたが、御周知のとおり、emperor が empire と共に消えないで済んだという、実に稀有な運命をたどりました。結果、二十一世紀において、emperor と称されるのは、日本の天皇だけになってしまいました。

希少な存在であるに違いありませんが、同じく珍しいのは、それとセットになっている年号(正式は：元号)という制度です。日本では、新しい元号の発表は一大メディアイベントとなっていますが、国際的に見れば、漢字文化圏の歴史に詳しい学者を除けば、なじみの薄い仕組みです。もしも好奇心ある外国人に、年号を定めたり変えたりすることにどのような意味があるか、その由来は…と聞かれたらどう答えますか。日本社会の近代化以前の名残である、という答えはあながち誤りではありませんが、それだけでは物足りません。たしかに、中国の古代に由来し、正統なる君主に欠かせなかったという歴史がありますが、現行の日本の元号制は、むしろ、近代天皇制が産み出したものであると言わざるを得ません。維新前までは、国だけでなく、宇宙や自然の力を視野に収めそれらを制御しようとする装置である暦と緊密に結びつけられていました。そして、明治以降の制度においては、そのような繋がりが大分薄れてゆきました。それでも、天皇という存在と共に、戦後の改革を生き延びる結果となりました。では、日本のこの独特な「新旧混合」をどのように理解すればよいでしょうか。一つの視点にすぎませんが、今日は、世界史というプリズムを通して、日本の〈元号〉にも見受けられる権力と時間との密接な関連に焦点を当てていきたいです。

Ⅰ　皇帝と暦

先ほど帝国の滅亡に触れましたが、その多くは、政治体制の崩壊と同時に、従来の世界観と時間意識の消滅を意味します。つまり、それはそれぞれの時代の暦に少なからぬ影響を及ぼしています。例はたくさんあります。一九一七年の革命の結果、ロシアと周辺国でソ連が創建されロシア皇帝の支配に終止符が打たれますが、それをきっかけに、三百年以上も拒まれてきたグレゴリ歴が導入されます。その他の多くの東ヨーロッパの国々にグレゴリ暦が導入されたのが、オーストリア・ハンガリー帝国とオスマン帝国の滅亡以降、つまり、一九一八年になってからです。考えてみれば、日本より四十五年遅いです。中国でも、一九一二年の辛亥革命がグレゴリ暦を採用するきっかけとなりました。

世界史の実例を見渡しますと、絶大な権力を掌中に収めた革命勢力は、皇帝に代わって、また、その旧体制の名残を一掃するために、暦の改定に着手することが度々あります。一七八九年にフランス革命が起き新しい体制が整えられていきますと、一日を十時間、一時間を百分、一分を百秒に分けるといったような、徹底的な合理主義を取り入れようとしたフランス共和暦が導入されます。しかし、ナポレオン・ボナパルテの帝政が始まると、さっそく革命前のグレゴリ暦に戻されます（一八〇六年）。もっと最近の例もあります。一九七〇年代のイランは、皇帝と訳される shah がまだ君臨しています。一九七五年に、ペルシア帝国の建国から二千五百年が経ったことを祝う「イラン建国二五〇〇年祭」が行われます。それに際して、イスラム教のヒジュラ暦の代わりに、イラン歴が公式な暦に採用されます。しかし、一九七九年のイスラム革命でshahが追放されると、西暦七三二年から始まるヒジュラ暦が復帰します。皇帝だけでなく、国王が介入することもあります。国王が絶大な権威をもつタイでは、一八八八年にラーマ五世国王、また一九一二年にラーマ六世国王が暦に手を加えます。今も西暦と併用されるのが仏滅紀元をもとにした暦です。ちなみに、二〇一九年は仏歴二五六二年に当たります。実は、タイでのグレゴリ暦の導入は、一九四一年の出来事です。それはピブーンソンクラームという強権的な首相による、タイの文化革命とも言われる政策の一環として行われます。東南アジアに侵攻してくる日本軍と距離を縮める最中の出来事でした。

実を言いますと、当のグレゴリ暦そのものも、決して科学的合理主義だけが産み出したものではありません。月は地球の周りを一定の速さで公転しますが、グレゴリ暦上では月の長さがバラバラです。グレゴリ暦以前、欧州で一般的だったユリウス暦は、ユリウス・カエサルという、共和制が産み出した最強のコンスル（執政官）の命令でつくられた暦ですが、カエサルの後継者で古代ローマ帝国の初代皇帝となるオクタヴィアヌスが、ユリウス暦の六番目の月を自らの称号〈アウグストゥス〉にちなんで改名し、しかも二月から日を削り八月に強引に付け足した故事もよく知られています。平たく言えば、暦をいじるというのは自分の権力を誇示する究極の手段です。すなわち、オクタヴィアヌスの細工によって生じた一か月の日数の不均衡が一五〇〇年後のグレゴリ暦作成にあたって修正されなかったのは、グレゴリウス十三世をはじめ、ルネサンス期のローマ法王たちが自らの権威と権力を高めるために古代ローマ帝国の建築様式をはじめ、皇帝たちの威厳とその象徴を好んで取り入れていたことと無関係ではありません。

太陽暦、太陰太陽暦、紀年法、元号——それぞれの違いとニュアンスについてはさておき、ここで重要なのは次の事です。つまり暦とは時間を管理する仕組みです。それは、庶民の日常生活に多大な影響を及ぼします。その仕組みに手を加えることは大きなエネルギーを必要とします。最高権威を体現する皇帝などの判断、あるいは逆に、強力な革命勢力の介入がなければ、なかなか難しいということなのです。

Ⅱ　年号と合理化

さて、日本の元号に話を戻しましょう。三十年ぶりの改元、しかも二百年ぶりの譲位ですので、世間が少々騒ぐのも当然です。しかし、その騒ぎもすぐ収まるでしょう。もう少し大きな歴史を見ていきましょう。実は、玉座を仁孝天皇に明け渡した一一九代目の光格天皇の代までは、存命中の譲位が普通でした。天皇が三歳で譲位するということすらありました。つまり、歴史的に見れば、近代になってからの皇室を取り巻く様々な仕組みこそ特殊です。明治が始まってからの「文明開化」は、多くの伝統的な権威を衰退させましたが、それと同時に、皇室にまつわる権威の著しい増長と拡大をもたらしました。十九世紀以降の皇室は、非常にプラクティカルな部分と極めて伝統主義的な部分の上で成り立っています。

元号をふくめた皇室の在り方をめぐる近代化は、たしかに一定の合理化を伴いました。例えば、一世一元制の採用です。近代以前の年号制は、お世辞にもわかりやすくて使いやすいものとは言えません。たとえば、上で述べた仁孝天皇が即位したのは一八一七年ですが、改元はその一年後の一八一八年四月です。在位中、改元はさらに三回行われます（文明→文政→天保→弘化）。明治天皇の前の孝明天皇の在位期間二十年の間に年号は何と六回も改められます（弘化→嘉永→安政→万延→文久→元治→慶應）。日本の歴史の中で最も短い年号は、三か月足らずで終わる「暦仁」（一二三八年）です。多くの改元は、災害、吉兆、甲子（きのえね）年など、自然あるいは暦上の〈要求〉に応えるものでした。実は、皇帝の名と違う「年号」がはじめて（漢の武帝＝「建元」）用いられた中国でも、短い周回での改元が一般的でした。唐の高宗は治世三十四年の間に十四回も改元に及んだとされます。その点では、一八七二年に日本で導入された一世一元制は、明らかな合理化です。しかし、その合理化は、民主化というよりも中央権力の強化という意味合いが強かったようです。中国では、一世一元制はすでに一三六八年（朱元璋が明朝を樹立、年号は「洪武」から取り入れられ、同じく年号を用いるベトナムでは、阮朝がはじまる一八〇二年からです。一世一元制への切り替えは、近代的合理化、つまり明治維新より八十年前のフランスで試みられた暦の合理化と同じニュアンスがありますが、同時に、天皇の権威を高める措置でもありました。年号を暦から切り離したことについても似たようなことが言えます。災害あるいは不吉な兆しにも、十二支の巡りが示す天地の神秘的な力にも左右されない、むしろそれをも上回る、皇帝の絶対的な存在感。日本でも、暦上の要因の無効力を宣言することで、明治政府は皇室を旧暦の呪縛から解き放ち、天皇を暦に左右されない「日本なる時間」を自らに内包する存在に仕立てました。その論理的な到達点は、しかし、元号制よりも、皇紀の使用ではないでしょうか。

皇紀は西暦紀元前六六〇年に神武天皇が即位したことを起源とする紀年法のことです。言うまでもなく、皇国史観と結びつく皇紀は、日本の優位性を誇示する大日本帝国のイデオロギーの象徴とされ、敗戦以降、公に使われることはありません。単純に、合理的根拠に乏しいという理由だけなら、紀元法として排除する必要はありません。聖なる過去に起源をおき、そこから歴史を整序し意味づけることなら、世界のあちらこちらでその類例がみられます。ヘブライ歴（紀元前三七六一年）やローマ歴（紀元前七五三年）をはじめ、キリスト教（イエスの誕生、〇年）やイスラム教（ヘジラ、六二二年）、また、紀元前五四三年の仏滅を起源とする仏暦、となりの韓国が独立後取り入れる動きもあった檀君紀元（紀元前二三三三年）など、枚挙にいとまがありません。問題は、神州だとか、権力者が選民思想をかざしてどのような行動を正当化したかというところにあります。

明治元年に改元詔書が出されますが、当時の明治天皇が十四歳であったこともあり、実権を握る為政者たちの意向が強く反映されています。間違いなく、皇室が実権から遠ざけられ、それこそ年号の改元についてもそのたび幕府の許可が必要であった江戸時代の権力の構図が受け継がれていきます。一方、数か月後に出された「王政復古の大号令」をみると、そこでは「神武創業の始に原づき、搢紳・武弁・堂上・地下の別なく、至当の公議を竭し…尽忠報国の誠を以て奉公致すべき候事」が強調されます。それにおいては、天皇のさらなる神格化と強力な君主としての確立が同時並行して推し進められています。強力な君主――それは神武のような天皇を望む尊王論の産物ですが、同時に欧州の皇帝と比較して何ら遜色のない近代的な君主の創造に道を開きます。和と洋、旧と新、合理と神秘などが融合するなかで、消されていくのが漢という要素です。一八七二年の新暦採用の知らせの直前に、つぎの太政官布告が公表されます。「今般、太陽暦御頒行、神武天皇の御即位を以て紀元と定められ候に付き、その旨を告げ為され候」――まさに太陽暦と紀元法＝皇紀のマリアージュです。同じ頃にオランダでの留学経験を持つ洋学者の津田真道が皇紀の公式採用を提案しているのは、けっして偶然ではありません。当の皇紀は、もちろん、旧暦ではなく、グレゴリ暦に一致するのが望ましいと考えられていました。所功の著作には、明治三十一年に閏年の算定法を定めた勅令に関して、「今なお有効だとみられるから、日本における公的紀年法は、元号と皇紀を併用していることになろう。」という記述がみられますが、決して牽強付会とは言えません。

Ⅲ　新暦と生活

一八七三年に、従来の五節句のかわりに、神武天皇の即位日＝紀元節と今上陛下の誕生日＝天長節が国家の祝日として定められましたが、これらの改革に対して、一般市民はどのように反応したのでしょうか。けっして好意的に受けとめられたばかりではないようです。

「其上改暦依頼は五節句盆などといふ大切なる物日を廃し、天長節、紀元節などといふわけもわからぬ日を祝ふ事でござる …中略… 元来祝日は世間の人の祝ふ料簡が寄合ひて祝ふ日なれば、世間の人の祝ふ料簡もなき日を強て祝わしむるは最無理なる事に心得ます。」

というのが、明治初期の段階では一般民衆の率直な感情であったと考えてよさそうです。複雑な気持ちだったでしょう。農業や漁業のように季節のリズムに大きく依存する生活圏では、西暦はその後も長らく異質なものと受けとめられていました。

一方の元号は、一般市民の生活の一部となっていると言えないでしょうか。恐ろしい均一化をもたらしかねないグローバル化の中で、豊かな歴史の産物である制度を残しておくことはそれ自体「悪」ではないし、時代錯誤という一言で片づけられるべきでもありません。ただ、気を付けなければいけない点があります。それは、数十年にわたって皇紀と歩みを共にした帝国という負の遺産とどう向き合うかだけではなく、現行の制度が成立した時の権力の構図がこの二十一世紀においても基本的に変わっているか否かという問題です。つまり、市民たちの自由な発言を封鎖する効果、そして皇室の権威をかざす権力者たちに立ち向かうとき、抵抗する原理を二十一世紀の日本人が持っているかどうかという問題です。そのような意味では、近代以降の制度の特殊性に危うい面があります。

Ⅳ　日本、アジア、世界

政治とは、権力闘争の場であると同時に、意味の戦域でもあります。中国の古典ではなく、万葉集という日本の古典が新しい元号の典拠となったこと——それは「漢」とのさらなる決別を意味するようにも見えます。ただし、本質的には、元号という制度じたいが大陸文化の産物であり、存在自体がその歴史の記憶をとどめています。かつての国学者が夢見たような、大陸文化との決定的な決別は、制度を廃止する方法しかないのです。なかなかややこしい矛盾です。

加藤周一は、日本における時間意識の特徴として、「今」を重んじる姿勢をあげています。その著しい例は、二十年ごとに建て替えられる伊勢神宮であるとしています。比較的に短いスパンとしての「今」の重視が、永遠に変わらないものを生み出すとも観察しています。元号とその度重なる改元にも似たような働きがあるかもしれません。元号は、少々不便でも、グローバル的均一性に対する、ささやかな抵抗ともいえます。大いに結構です。ですが、同じ加藤周一は、日本文化を雑種の文化と呼んでいます。年号制度も確かに和と漢と洋の雑種です。漢の要素から距離を置くことに新しい意味を見出すことに、無理があるのではないかともいえます。雑種は雑種で役割があります、というのも加藤の言葉です。もしかすると、グローバル的均一性へのもっとも有効な抵抗として、タブー化や他の文化の排除ではなく、その多様な要素を含んだ成立過程を意識すること、また権力側が描く構図だけにとらわれることのない雑種性というのもひとつの方法なのかもしれません。

各パネリストからヨースへのレスポンス

Q：〔会場から〕当日配布資料に関する質問。元号の功罪と今後について、どのようにお考えですか。

A：簡単に言いますと、けっして便利な制度とは言えないのですが、多くの人々にとって文化的自尊心やアイデンティティに関係しているようです。不便であり、非合理的であることを理由に「廃止するべきだ」と訴えることについては、制限したり自制を要求したりするべきではないと思います。しかし、地球規模で見ると、合理化の旗印の下ですでに多くの文化が姿を消しています。「我々列島の住民だけの時間」があってもよいでしょう。しかし、注意が必要です。それが優越意識、選民意識に結び付かないようにすることです。あるいは、国民が反論の余地もなく国策に従う時代への郷愁をあおるために利用されないように常に警戒する必要があります。

Q：〔高西〕一点目は、ヨーロッパには災異と暦（あるいは時間意識）との関連を見いだす考え方があったのか、ということです。そもそも、改元は日本において、災異改元が一般的でした。これは天と人間との関係性を考える上でとても興味深いことだと思うのですが、ヨーロッパにもこうした意識は見ることができるのでしょうか。

A：欧州をはじめ、キリスト教の世界では、自然現象は「神の摂理」とされます。地震や病気など、長い間「天罰」であるというような考え方が一般的でしたが、祈るほかに手段はありませんでした。もちろん、王権の神授説もありました。また、たとえば、クリスマス（イエスの誕生）＝あたらしい光の到来＝冬至が過ぎた、あるいは復活祭＝あたらしい命＝春＝種まきの季節の到来という具合に、エデンの楽園を追い出されてから人がつらい労働によって神の恵みを手に入れる営みである農業と、宗教上の暦との関係も深いです。権力も生活も時間も、神聖性に満ちていました。しかし、十八世紀以降、科学知識が飛躍的に進歩すると、神の領域と日常的な自然との間に亀裂が生まれ、自然は物理学的法則に支配される巧妙な機械として理解されるようになります。それでも、キリストの誕生＝紀元という従来の仕組みは、使い勝手が良かったためか、変わりませんでした。

Q：〔高西〕新暦と旧暦（農暦、太陰暦）との関係性です。ヨース先生のご指摘、明治の新暦採用が漢（＝中国的なもの）からの離脱を示す、というのは、きわめて興味深い指摘だと思います。中国や韓国では、今なお人々の生活に旧暦は息づいています。彼らは、新暦と旧暦をうまく使い分けています。それなのに、日本（あるいは日本人）が、伝統行事や季節意識と密接につながる旧暦をある意味簡単に捨ててしまっているように思います。もちろん、為政者が漢からの離脱を意識した、というのはよくわかるのですが、結局日本では旧暦が民間でも使われなくなってしまった理由を、ヨース先生はどのように考えられるでしょうか。何かお考えがあればお聞かせいただきたいと思います。

A：実に不思議な現象です。千年以上使っている暦であるだけでなく、江戸中期から日本の農業の実態に合う日本版が作られ、日本の土壌に深く根を張っていたと思われる暦です。それを、新政府のお達し一つで放ってしまうわけです。新政府といっても、岩倉具視ら政府の要人たちが数多く外国にわたり「留守政府」に政策が任されているなかでの大挙です。実は、その数週間前に、神武天皇即位を紀元とすることが決定されます。「天皇御自ら…」という、到底抗えない権威に裏付けられた改革（一種の「スーパー改元」？）であるという意識が幅広い反対運動を未然に防いだというのが秘訣ではないかと考えられます。

Q：〔上野〕権力論的視座から、現代の元号を見た場合、ヨースさんのご指摘も、充分な説得力があります。ありがとうございました。ただし、元号には、二つの側面があります。一つは、国内の権力関係です。天皇を中心とした国家を形成するというなかで、元号がさまざまに利用される側面はあると思います。しかしながら、もう一つの側面もあります。それは、中国皇帝との関係です。朝鮮半島においては、中国皇帝が定めた元号を用いていました。つまり、中国皇帝との距離感が、朝鮮半島と日本では違うわけです。そういった元号の多様な側面を捉える必要があると思います。いかがでしょうか。

A：おっしゃる通りです。江戸時代の初期、朝鮮出兵からしばらく時間がたった時点で、朝鮮との交流が再開されますが、半島から派遣される使節団は、日本側が明国の年号ではなく日本のそれを使うことに不満を顕わにしたと言われています。年号という制度自体は大陸から渡ったのですが、日本独自のものに変えています。この微妙なバランスは千年以上前から続いていると言えます。「はじめて和書を典拠とした」という誇示、つまり、日本vs中国という対立の構図の中に落とし込むことに、一種の浅はかさを感じます。

Q：〔ウォーラー〕「昭和」や「平成」という元号が発表されたときと比べて、現在の元号の意味はどう異なると思いますか。また、元号の意味を考えるうえで、メディアの役割は何だと思いますか。

A：「昭和」は「大正」につづき、十二月二十五日に改元されました。東京日日新聞が「『光文』が新元号である」という誤報をのせた事件がよく知られています。当時も今も、新元号は特大ニュースですので、一分でも早く報じることに新聞社のプライドがかかっていたのでしょう。結局は編集担当者が責任をとったそうですが、もしも一九二五年ではなく、一九三五年の政情の中での誤報であったなら、そう簡単にはすまなかったでしょう。昭和天皇の崩御のとき、それまでバブルに沸いていた日本が自粛ムードに浸ったということもよく知られています。確認はできていませんが、当時のことを覚えている知り合いに、「追悼番組が多すぎて、ビデオレンタル屋さんが大もうけしていた」と言われたことがあります。元号そのものに対する批判は、天皇制を批判する人たちからあったでしょうが、「平成」という元号じたいに対して、典拠および漢字の意味に関する疑問は少なかったような気がします。

Q：〔東原〕安倍政権は異常な程に、「明治」という時代を美化しています。
例えば、「明治一五〇年」を記念しての祝典がなされています。「平成三〇年（二〇一八年）は、明治元年（一八六八年）から起算して満一五〇年の年に当たります。／この「明治一五〇年」をきっかけとして、明治以降の歩みを次世代に遺すことや、明治の精神に学び、日本の強みを再認識することは、大変重要なことです。このため、政府においては、こうした基本的な考え方を踏まえ「明治一五〇年」に関連する施策を積極的に、進めてまいりました。／全体的な取組は首相官邸ホームページをご覧ください。（明治一五〇年ポータルサイトより）」その翌年、平成三十一年＝令和元年は、明治一五一年に相当します。どうやら、「令和」の改元は、美化された「明治」を意識してのことだと理解することができます。
さて、ヨースさんは「明治」という時代をどのように評価されますか。

A：ご指摘の通りだと思います。明治は、あくまでもサクセスストーリーとして描かれることが多いです。確かに、様々な偉業をなし遂げていると胸を張ってよい部分はあります。

教育に対する熱意、医学の進歩、文学や芸術の隆盛、実にすばらしいです。ただし、それらは指導者たちをまつりあげる英雄史観に隠れてしまいがちです。高知でいえば、坂本龍馬だけではなく、高知がメッカであった自由民権運動のような、当時の明治政府に異論を唱える勢力の活躍も視野に入れてほしいです。それこそ、普遍的な魅力がありま す。「どこどこの戦争に勝った」のではなく、明治期のソフトな部分、またその暗部にもっと光を当てるべきではないかと思います。

Q：〔東原〕その「明治」に関連して、吉川幸次郎に「古典について——あるいは明治について——」(「吉川幸次郎全集第十七巻」筑摩書房、一九六九年)という文章があります。明治の改元から百年の節目の年を意識して書かれたエッセイです。吉川幸次郎は、その中で以下のように述べています。

「この偉大な時代は、多くのものを得たとともに、多くのものを失った時代でもあったように、私には思われる。それはあまりにもいそがしすぎる時代であったことに、基因する。そうしていそがしさのせいとして、その文明の地色はきめの荒いものであった。…中略…明治文明のきめの荒さ、その一つの象徴となるのは、この時代におこったところの、あるいはこの時代にはじまるところの「万葉集」の一方的な尊重、またそれと反比例して、「古今集」の一方的な軽視である」。

（「三明治の得失」六一六〜六一七頁）

「従来の日本の文明には存在しながら、しかも明治のきめの荒い文明が失ったもののまた一つは、注釈の学である。／出現の順にかぞえて、十七世紀後半における契沖の「代匠記」、仁斎の「論語古義」、十八世紀前半における徂徠の「論語徴」、その後半における宣長の「古事記伝」、いずれも対象とした古書に対する精緻きわまる迫力ある注釈である」。

（「八 注釈の学」六二七頁）

「辞典の学と注釈の学とは、状態と効用とを一つにするように見える。実は必ずしもそうでない。／辞典の対象とするものは、単語である。単語は概念の符牒であり、それゆえに意味内容を一定するように見える。果たしてそうなのか。よい人は善人である。お人よしは善人すぎる人である。よい男は美貌の男子をいうものとして、堅気の男子にも用いられる。よい女は、美貌の女子をいうけれども、堅気の家の娘さんには用いられない。よい、というこの簡単な日本語が、いかなる他の語とむすびつくかによって、かくも意味を分裂させ、変化させる。辞典はその平均値をいい得るにすぎない。／更にいえば、単語という現象は、辞典に現れるだけで、実在の言語の現象としては存在しないといえる。実在するのは、常に文章である。いくつかの単語がつづりあわされた文章、それのみが口語としても、記載としても、実在である。そもそも実在ではない単語について、辞典のわり出す平均値は、いかに辞典家が努力しても、虚像であり、いずれの文章の中にあるその単語の、価値の実像でもない」。

（「九　辞典の学」六二九〜六三〇頁）

長い引用になりました。お訊きしたいことはこの度の改元における、「令和」の出典者の不可解な言動に関してです。なぜ出典の万葉集の用例から説明をしようとしないのか？

ヨースさんは、いかがお考えですか。さすがに万葉集の専門家、上野さん、ウォーラーさんにはお訊きできない質問ですね（笑）。

A：大変難しいですね。出典者の言動の真意については何とも言えませんが、思想史的な観点からいいますと、今回の「令和」の決定において、漢書ではなく万葉集から引用したという、いくらか誇らしげな宣言に、上の吉川幸次郎の思いに通じる、一種のバイアスを感じます。つまり、アジア的伝統と日本のそれとの間に、今一度線を引いて、純粋日本的なものへの回帰を夢見る、そのようなベクトルが垣間見えます。二十一世紀においても、明治への憧れと、大陸との文化的繋がりの白眼視とは無関係ではないと思います。

Q：〔東原〕さてヨースさんならば、新元号の「令和」をどのようなことば（＝思想）として、翻訳しますか。

A：「和」は、かなり一般的と言いましょうか、無難な選択だったように感じますが、「令」は、「うつくしい」という解釈だけで済まないと思います。「命令」や「律令」といったような言葉が実際に存在する中で、そのニュアンスがまるでないかのように「令」を使えというのは無理な注文です。しかも、「うつくしい」という意味があっても、冷たくて近寄りがたい美しさでしょう。もちろん「冷和」ではありませんが。

ヨースから各パネリストへのレスポンス

上野先生へ

Q：大宰府の文学圏に関する発表はとても興味深いです。とくに宴会に関する部分は、時代と空間を超えるような普遍性を感じました。プラトーンの『饗宴』でも、ソクラテスが弟子らと愛の哲学を語ったのですが、ワインがなければ同じように盛り上がらなかったでしょう。「作者の心情」へのこだわりが近代的な文学観の産物であるという観察についても同感です。大宰府にいた彼らがつくる詩にどのような意図があったか――その点だけに「真意」を求めるのは、あまりにも単純でしょう。この二つの観察を考え合わせての質問になりますが、なぜわざわざこの宴の様子に関する記録を残すことになったのでしょうか。言葉（詩）より、言葉を残す営みの意味を同時代の人々がどのように考えたのだろうか、ということですが、ご教示くださいませ。

A：日本文学研究者や、日本歴史研究者の悪い癖で、影響関係を日中に限定してしまう悪癖があります。ヨースさんのおっしゃったように、多極的、多元的に見なければならないと思います。ここは、反省の弁とさせていただきます。

高西先生へ

Q：『文選』は広く読まれているとおっしゃっていました。明治時代の人々は漢学の教養もあったというイメージがあります。それに対して、今は、万葉集をはじめ日本文学を大陸の伝統から完全に切り離して理解する人が少なくないような気がします。先生のご存知の限りでよいのですが、いつからそうなったのでしょうか。そして、二十一世紀において、中国の古典を一般の人々に（少しだけでも）理解してもらう余地があるでしょうか。

A：大きな質問なので一言で答えることはなかなか難しいのですが、ヨース先生が新暦採用のところでおっしゃった「漢（＝中国的なもの）からの離脱」と関係することだと思います。なので、明治がやはり大きな画期となったといえるのではないでしょうか。明治は、漢文の素養を持つことが当たり前だった一方で、漢文的なものに対する新たな動きが起こってくる時代でもありました。

例えば、哲学者井上哲次郎が「漢字全廃」論を主張します。これは、日清戦争時期に発表されたものですが、漢字（漢文）を現実の中国や文化と表裏一体なものとみなし、日本文化から中国的なものを排除しようとする、ナショナリズム的な主張にほかなりません。そして、このような主張は時代時代のナショナリズムと絡み合いながら、濃淡はあれども今日まで引き継がれています。令和の時代になっても、ＳＮＳでしばしば「漢文不要論」が提議され一定の支持を集めていることもその証左になるでしょう。興味深いことに、こうした主張がしばしば伝統を重んじる保守的な論客からなされるところに、この問題の根深さがあるように思います。

また、江戸以前の意識としては、文藝の本流は漢文学でした。『万葉集』などが日本文学の本流とみなされるようになるのは、明治以降のことです。これもまた、西洋と対峙することになった明治という時代の、日本文化とは果たして一体何なのか、という日本人のアイデンティティ、そしてナショナリズムに関わる問題だろうと思います。

ただ、漢（＝中国的なもの）と和（＝日本的なもの）とは、相対立するものではなく、深く結びついて切り離せないものです。さらにいうならば、日本だけでなく東アジアの文化的基礎に、漢字文化・漢文文化があるのです。今回の元号「令和」の制定は、日本文化と漢字文化・漢文文化との深い結びつきを、多くの人々が思いだし理解するきっかけになれば良いなと思っています。

ウォーラー先生へ

Q：梅の木が輸入されたことに関する部分が新鮮で面白かったです。菅原道真などが有名ですが、梅はいつから何を象徴し、それがどのように定着していくかについてもう少し説明をしていただければと思います。

A：全体像を考えさせる質問をありがとうございます。日本では『万葉集』を先立つ751年成立の『懐風藻《かいふうそう》』に梅が見え、早い例に葛野王《かどののおおきみ》（七〇五年没）の五言漢詩「春日翫鶯梅」がある。その「素梅《そばい》素靨《そえふ》を開き、嬌鶯《けうあう》嬌聲《けうせい》を弄《もてあそ》ぶ」（白梅は白く咲きほころび、美しい鶯は美しい声をさえずる）では、中国南朝陳の江総《こうそう》（五一九―五九四）の「梅花落」「梅花の密《しげ》き処に嬌鶯を蔵《かく》す」のように、春の訪れを告げる梅と鶯の組み合わせが見えます。また、長屋王《ながやのおう》の邸宅の宴会で箭集虫麻呂《やつめのむしまろ》は五言漢詩で「柳條《りうでう》未だ緑を吐かね、梅蘂《ばいずゐ》已に裾に芳《かぐは》し」（柳の枝はまだ緑が芽生えつかないが、梅花のしべはすでに着物の裾に香ばしい）と、「柳と梅」の組み合わせや梅の香ばしさを詠んでいます。大伴旅人も『懐風藻』に五言漢詩一首「初春侍宴」が収まり、「梅雪残岸に乱れ」（梅の花は崩れた岸に乱れ散り）の句で、梅の白い花を雪に見立て、中国の漢詩の前例を踏まえています。ほかに、藤原史《ふじわらのふひと》（不比等）は「鹽梅《えんばい》の道尚《なほ》し故《ふ》り、文酒《ぶんしゅ》の事猶《なほ》し新し」で、梅と塩の加減が君主に対する臣下の助けを表象する比喩を使っています。

『万葉集』の梅の歌は中国から「影響」されているというより、日本の歌人はその美意識、宴などの習慣、言語学的な特徴に適したものを選んでいます。『万葉集』に花の香りは、「梅の花香をかぐはしみ遠けども心もしのに君をしぞ思ふ」（巻二〇・市原王）という歌以外に詠まれませんが、『古今集』になると梅歌の過半数はその香りを詠んでいます。「折りつれば袖こそにほへ梅の花ありとやここに鶯の鳴く」（春上・読人不知）という歌では、『万葉集』から定着していた折り枝や鶯と合わせて、みごとに袖に移った香りを媒介にして使わています。香りの技巧はまた「月夜にはそれとも見えず梅の花香をたづねてぞ知るべかりける」（春上）の凡河内躬恒《おおしこうちのみつね》の歌で見えるように、「夜の梅」の題として作り上げられました。

恋する人に対する思いを連想させる梅の歌は、また『詩経』（国風）の「標有梅」を思い起こします。「標《お》ちて梅あり　頃筐《けいきょう》に之を塈《と》る　我を求むるの庶士　其の之を謂るに迨《およ》ぶべし」（梅の実は落ちて　竹籠に拾う　私を求める人は声をかけてちょうだい）という歌の直接の引用ではありませんが、日本における梅と恋心の結び付きには、こういう文化的背景は無関係ではないでしょう。

菅原道真が梅で有名なのは、十一歳で初めて作った漢詩「月夜見梅花」の所以です（「月の耀くは晴れたる雪の如し、梅花は照れる星に似たり」）。ちなみに、室町時代の俳諧集の『竹馬狂吟集《ちくばきょうぎんしゅう》』の発句「北野どの御すきものや梅の花」は、和歌の固定された「本意《ほい》」を離れているからこそ「俳諧」になりますが、歌の数寄《すき》や色好みに加えて、梅の漬物を詠んでいることを、以上のような連想と合わせて考えれば、「日本文学」はどれほど深みがあることがわかります。

東原先生へ

Q：少し大胆な問いですが、もしも元号の典拠を「日本の古典」にすることが通例となれば、漢文・漢詩などを完全に離れ、『源氏物語』のような作品を使う可能性はありますでしょうか。あるいは、日ロ戦争の勝利に即して「征露」という私年号が考案されたように、古典とのつながりを切ってしまう選択方法も考えられますか。

A：元号は、ずっと漢字二字が原則で行ってきたでしょうから、これらを放棄してしまうような事態に至ってしまっては、元号として成り立たないのではないでしょうか。また古典から離れてしまったら、という想定も、どうでしょうか。やはり、元号ではなくなってしまうでしょうね。

ただし典拠に関しての考え方は、漢籍だけを使用してきた「平成」までは、音読みで問題が生じませんでしたが、今回の「令和」のように、日本古典の『万葉集』から採用されたことで、「和」という漢字の「わ」という音読みだけではなくて、「やわらぐ・やわらぎ」という訓読みも考慮されなくてはならないことに気づかされました。同じ「和」という漢字を用いた「昭和」とは、典拠が異なることにより、用いられている漢字の意味の説明も異なることになるわけです。

『万葉集』の当該箇所は、漢籍の『書経』や『易経』などのように明確な思想やイデオロギーを説いているわけではないので、従来と同じ次元で思想的な内容をここに求めることには無理があります。「風が和らぐ」という典拠の文脈ですが、その風を感じている「梅花の宴」に参加している人々は、風に「癒し」の感じを抱いているかもしれません。ごく穏やかなものですから、上野誠先生が指摘される解釈のイメージで、もう一度よく理解し直してみる必要はあるのでしょうね。

第二部　論　文

梅花の宴歌群と序文および関連歌群のテクスト分析
――もしくは散文としての『万葉集』とその間テクスト性――

東原伸明

はじめに――『万葉集』は漢籍の引用の織物

新元号「令和」の典拠として、日本古典の『万葉集』は一躍脚光を浴びた。漢籍（中国古典）から和書（日本古典）への転換によって、我々は従来とは異なる点にいくつか気づかされることになった。

開化の「明治」から「平成」までの元号は、漢籍が典拠であったために「漢語」同士の組み合わせであったが、「令和」は、『万葉集』という日本古典が採用されたことで、「漢語」だけではなく、「漢語」と「和語（やまとことば）」との組み合わせになってしまっている。この点に関して、マスコミ等の報道ではまったく言及されていない。そのせいか「令和」の政府の海外向けの公式見解は「Beautiful Harmony（美しい調和）」という翻訳がなされているが、これは、とんでもない誤訳だといえるだろう。

なぜならば、「昭和」と「令和」とは響きの上でもよく似ていて同一に思われるかもしれないが、実は大きく異なるのである。「昭和」は、漢籍の『書経』を典拠とし、「百姓昭明、協和萬邦」。百姓昭明《ひやくせいせうめい》にして、萬邦《ばんぱう》を協和《けふわ》す」。「漢語」＋「漢語」の組み合わせで、ここに用いられている「和（わ）」には、たしかに「Harmony（調和）」という訳語も適用されよう。しかし、「令和」はまったく異なるのである。「初春令月、気淑風和。初春《しよしゆん》の令月《れいげつ》にして、気淑《よ》く風和《やはら》ぐ」は、「漢語」＋「和語」の組み合わせで、「かぜ」が、「やはらぐ」の意。これはあくまでも和語の「やはらぐ」であって、漢語の「わ」ではない。また「やはらぐ」「やはらぎ」の語の英訳には、「Harmony（調和）」はないだろう。ちなみに「令月」の「令」も、「よいつき」の意だが、この「よい」は、縁起が良い、験《げん》がいいくらいの意味合いだから、これにも「Beautiful」のニュアンスはまったくない。したがって「Beautiful Harmony」は、とんでもないでたらめにも等しい誤訳であるといえる。用いられている漢字の辞書的な一般的な意味で翻訳することは、出典に対する冒瀆であり、典拠に鑑みて『万葉集』の文脈に沿った解釈により再考されるべきである。

さらにここで問題となってくることは、「明治」から「平成」までの元号が発表された時点において、その典拠・出典となるものはぼ一義的に規定され異論が噴出するような事態はなかったと記憶するが、当該「初春令月、気淑風和」という部分の典拠が漢籍、張衡《ちょうこう》（張平子）の「帰田の賦」（『文選』巻十五）であり、また、梅花の序文の大枠が、王羲之の「蘭亭の序」によっているのではないかという典拠の複数性の指摘もなされており、してみると漢籍から和書への転換は、和書であるにもかかわらず『万葉集』そのもの性格が、実は漢籍の引用の織物であるという事実が、ここに明らかになってしまったといえるだろう。

一 「作品」論から「テクスト」論へ――意味生成の自覚的な方法論

散文作品である『源氏物語』は、一九八〇年代に意味生成のコペルニクス的な転換として、いわゆるテクスト論の洗礼を受けている。

思想のパラダイムの転換によって移入されたジュリア・クリステヴァ（Julia Kristeva）の間テクスト性（インターテクスチャリティ、仏 intertextuality）の概念は、「あらゆるテクスト（text）は、それ以前に存在するテクスト（=典拠、pretext）の引用と変形にほかならない」（J・クリステヴァ『セメイオチケ』）という理論によっている。これを『源氏物語』の意味生成にあてはめてみると、以下のように考えられる。

作家紫式部の全執筆活動（仏 écriture, 英 writing）を通して、彼女の意識から無意識の領域までの典拠の引用によって織られた織物《テクスト》こそが作品としての『源氏物語』の成立なのである。それを享受することは、読者による再度の引用行為として位置づけられる。すなわち読者の主体的な読み（レクチュール、仏 lecture）によって、典拠たるプレテクストが『源氏物語』のコンテクスト（context）に重ね合わせられ、その際ズレが生じる、つまり引用と変形によって、それは新たな意味が生成されたものと理解されるのである。典拠とされるプレテクストの織られ方、重ね合わせられ方の差異により、意味はそれぞれに変化して生成するのである。

このようなテクストの考え方が導入される以前の、実体的・個体的な作品という概念においては、その作物じたいに「在る」意味を探究することが最大の目的とされてきた。しかし、関係概念による構造主義、構造分析の考え方を通過したことで、意味は関係性によって生成するのであり、作物自身に絶対的な意味はないことを学習する。さらにその構造という考え方の科学性＝一義性が前掲のクリステヴァのテクストの複数性の概念から批判がなされ、文学の意味は、人間の主体的な読みを介して生成することが明らかになった。関係性の視座からなるテクストの概念においては、作物同士の対話によって、読者は「成る」意味（意味生成）を自覚的に受けとめることになる。したがって当該コンテクストに重ね合わせる典拠が違えばまた、生成する意味も異なってくるという理屈である。

『万葉集』研究においても同様な事態は想定され、『源氏物語』研究における間テクスト性の考え方に準じた研究が、今後実践を通じ報告されることが期待されるのであり、小稿はそのささやかな試論にほかならない。

二　「梅花歌の序」と「蘭亭集の序」・「帰田の賦」との相互連関性

大伴旅人が大宰府において催したとされる「梅花の宴」は、『万葉集』巻第五に所収されている（本文の引用は、伊藤博校注『万葉集上巻 角川ソフィア文庫（旧版）』。傍線等ほかの強調およびレイアウトの変更は引用者、以下も同じ）。

梅花《ばいくわ》の歌三十二首并せて序

天平二年の正月の十三日に、a帥老《そちのおきな》の宅《いへ》に萃《あつ》まりて、b宴会を申《の》ぶ。

時に、c初春《しよしゆん》の令月《れいげつ》にして、気淑《よ》く風和《やはら》ぐ。d梅は鏡前《けいぜん》の粉《ふん》を披《ひら》く、蘭《らん》は珮後《はいご》の香《かう》を薫《くゆ》らす。

しかのみにあらず、曙《あした》の嶺《みね》に雲移り、松は羅《うすもの》を掛けて蓋《きぬがさ》を傾《かたぶ》く、夕《ゆふへ》の岫《くき》に霧結び、鳥は縠《うすもの》に封《と》ぢらえて林に迷《まと》ふ。庭には新蝶《しんてふ》舞ひ、空には故雁《こがん》帰る。ここに、天《あめ》を蓋《やね》にし地《つち》を坐《しきゐ》にし、膝《ひざ》を促《ちかづ》け觴《さかづき》を飛ばす。言《げん》を一室の裏《うち》に忘れ、衿《きん》を煙霞《えんか》の外《そと》に開く。淡然《たんぜん》自《みづか》ら放《ゆる》し、快然《くわいぜん》自ら足る。もし翰苑《かんゑん》にあらずは、何をもちてか情《こころ》を攄《の》べむ。e詩に落梅《らくばい》の篇《へん》を紀《しる》す、古今それ何ぞ異《こと》ならむ。よろしく園梅《ゑんばい》を賦《ふ》して、いささかに短詠《たんえい》を成すべし。

a序文の分析その1　呼称としての「帥老」

「梅花歌の序」は、大まかに五つの段落から構成されている。まず最初の序文に記されている「帥老《そちのおきな》（そちらう）」は、むろん作者の大伴旅人にほかならない。ただし、小稿で言うところの「作者」とは歴史社会に実際に存在した、つまり実存の大伴旅人とイコールではない。その点、区別しておきたい。大伴旅人≠作者ということになる。

歴史社会に実存した大伴旅人（著者）と、「帥老」という呼称でここに記されている人物（作者）とは、一応別の存在として区別しておく必要があるということだ。それはまた、歴史社会に実存した作家大伴旅人その人が、作品という虚構の作物の世界の中に姿を隠すための、韜晦《とうかい》するための方法だからである。したがって『万葉集』という文学作品の中に書き記されている「帥老」は、あくまでも紙の上の記号的な存在にすぎない。

天平二年（七三〇）の梅花の宴から二〇六年後の承平五年（九三六）に成立したと思われる散文文学の『土左日記』において、歴史社会に実存した紀貫之自身は日記の内側の虚構世界の中では、「我」という一人称で自己を綴ることはなかった。「ある人」「翁」「船長《ふなおさ》」等と三人称で称呼されていた。そのことと同様に「帥老」の呼称は古代の作家自身の、虚構への意思の表明と理解してみたいところである。(1) むろん旅人と貫之とでは身分差は歴然としているが、京（みやこ）から任国に派遣された律令官人として、両者は同じ位相にあるとみることができよう。

もう少しつけ加えるならば、小稿の立場は、作品として成立してしまった後に、あくまでも読者としてその作物と対話することによりテクストとしての意味の生成を自覚的に受け止める視座であり、方法論である。したがって作品そのものの成立を解き明かすことはできない。だから「帥老」の正体が、仮に当該箇所のほんとうの執筆者が歴史社会に存在した大伴旅人その人ではなくて、仮にゴーストライターとしての山上憶良であったとしても、そのことはいっこうにかまわないのである。

音楽的な比喩を用いるならば、テクストはオーケストラの総譜のように指揮者の解釈の違いによって異なった交響楽が奏でられるのである。

b序文の分析その2 「蘭亭集序」の引用

さて、当該序文は王羲之の『蘭亭集序』(漢詩集の序文)を典拠としているという指摘がなされている(契沖『万葉代匠記』)。

・天平二年の正月の十三日に、帥老《そちのおきな》の宅《いへ》に萃《あつ》まりて、宴会を申《の》ぶ。
・永和九年、歳癸丑に在り。暮春の初、会稽山の蘭亭に会す。禊事を修むるなり。群賢畢く至り、少長咸集まる。

蘭亭集序	**梅花歌の序**
漢詩集	倭歌集
永和九年、歳癸丑に在り。暮春の初	天平二年の正月の十三日
↓ 暮春(三月)	↓ 初春(一月)
会稽山の蘭亭に会す	帥老の宅に萃まりて、宴会を申ぶ

隠棲のイメージ　↓田園　／　↓大宰府（鄙）
群賢畢く至り、少長威集まる　／　帥配下の在九州地方官人たち
↓　王羲之を含む四二人　／　↓旅人を含む三二人

梅花の宴参会者は、すべて都の官人であることに注意したい。いま大久保廣行の研究から援用をするならば、次のようになる。(2)

（i）帥、大弐・少弐 大宰府の官人（二〇人）
（ii）筑前守・介・掾・目（四人）
（iii）豊後守・筑後守・笠沙弥 上位賓客 （三人）
（iv）壱岐守・目、対馬目、大隅目、薩摩目（五人）

c 序文の分析その3 「帰田賦」の引用

第二段落。

・時に、初春《しよしゆん》の令月《れいげつ》にして、気淑《よ》く風和《やはら》ぐ。

於是、仲春令月、時和気清。

（是に、仲春《ちゆうしゆん》の令月《れいげつ》にして、時和《ときわ》し、気清《ききよ》し「帰田賦」）

于時、初春令月、気淑風和。

（時に、初春《しよしゆん》の令月《れいげつ》にして、気淑《きよ》く風和《かぜやはら》ぐ　「梅花歌の序」）

暮春（三月、蘭亭集序）／仲春（二月、帰田賦）／初春（一月、梅花歌の序）

このように並べてみると、先行する「帰田賦」が二月、「蘭亭集序」が三月なので、当該「梅花歌の序」は、残りの一月に開催するしか仕方なかったのだともいえるのだ。

なぜそのように考えるのかというと、この時期の梅の開花の状況を鑑みた場合に、木下正俊も指摘をしているように、この梅花の歌群が満開から散る梅を詠じていることの不可解さを花の開化時期から捉えてみた時どう考えても不自然さがともなうからである。(3)

陰暦の一月十五日は、太陽暦では二月の八日頃に相当するという。大宰府天満宮の梅の開花は、今日でも三月の上旬だとするならば、素朴に実景を写生し歌を詠じたものとはとうてい考えられない。

たとえば伊藤博は、「五分咲き程度の花を見て満開を幻想することは文学の世界ではいくらでもある」(4)という。「歌々には柳や鴬や雪や竹が多く登場するけれども、その大部分は見立てであったはずだ」と実景ではなく、虚構の幻想的な風景であることを認めている。

さて、「令」と「和」の組み合わせから、新元号「令和」の典拠ともなった「帰田賦」を典拠として最初に指摘したのは、契沖の『万葉代匠記　初稿本』であった。しかし、厳密には契沖単独の考えであったかどうかの確証はなく、あるいは師の下河辺長流の説であったのかもしれない。そうであるならば、長流＝契沖説とするのが穏当だろう。これを承け、井上通泰『万葉集新考』、金子元臣『万葉集評釈』、そして澤瀉久孝『万葉集通釈』に至って「文選（十五）張平子の「帰田賦」に「於是仲春令月、時和気清」とあり。注に「儀礼曰令月吉日、鄭玄曰令善也」としている。

さらに、伊藤博『萬葉集釋注』も「「令月」は善き月。ここは正月をほめていったもの。『文選』巻十五帰田賦にも「是ニ仲春ノ令月」ニシテ、時和カニ気清メリ」（於是仲春令月、時和気清）とある」とする。

『新日本古典文学大系　萬葉集一』（岩波書店）巻第五の語注にも、「「令月」は「仲春令月、時和し気清らかなり」」（後漢・張衡「帰田賦」・文選十五）とある」（五二九頁）。

中西進によれば、王羲之は、「隠逸思想の持主で、俗悪の世間から離れ、ここ会稽山山陰において風雅な隠逸の境地を楽しもうとしていた」とし、だから、「旅人が蘭亭の序のまねをして序を書いたということは、何も文章を借りたというのではなかった。隠逸の心を羲之に合せようとしたのであり、その暗示が文章の模倣だったのである」といい、また、王羲之が序の最後に付されているメッセージ、「後之覧者、亦将有感於斯文」（後に覧る者もまた、この文に感ずるところあらむ）に対する応答《レスポンス》こそが、当該序の文であったとする。(5)

辰巳正明は、「旅人の開いた「梅花の歌」の花宴は、精神性の上からいえば、世俗を離れて美しい梅花を愛でることが主意である。（中略）老荘的山水自然の中に理想の空間を得ようと」する「そのような精神性の源流は、張衡の「帰田賦」に始まり、続く六朝《りくちょう》から唐へといたる中国文人の精神を支えた。特に六朝時代の文人たちは山水へと分け入り、新しい自然観を創り上げた。／旅人の求めた花の宴も、俗塵を離れた物外《ぶつがい》の遊びであり、自然の趣への関心にもとづく。その意味では張衡の態度と等しいところにあろう」と説く。さらに辰巳は、「大切なことは、この花宴が官《かん》（公）という世俗から離れて梅花を愛でるという風雅を楽しむことが目的であり、それは奈良朝知識人が示した新たな遊びの態度だということである。そうした生き方は張衡や王羲之などの自由な精神に連なる中に存在したのである」(6)という指摘をしていた。

対して村田右富実は、「旅人が「梅花歌の序」を記すにあたって、その全体の枠組みの典拠としたのは、「蘭亭序」であり、「令和」を含むくだりの直接的典拠は「帰田賦」であった」（八三頁）とする。(7)ただし、村田の読みはどこまでも典拠（＝プレテクスト）の次元に踏み留まり、当該「仲春令月、時和気清」という記号表現じたいも、単なる「文飾」にすぎないと考えているようだ。すなわち、改元の「「令和」がなければ、「帰田賦」は「梅花歌の序」を彩る典拠の一つでしかない」（二一二頁）のだというのである。村田の持論では典拠の多くは奈良時代の歌人の教養なのであって、「現代人の眼からすれば「知識のひけらかし」、「パッチワーク」といったマイナスの評価と、「オマージュ」、「リスペクト」といったプラスの評価に分れるだろう」（二一五頁）という。

「仲春令月、時和気清」を、村田が説くような単なる文飾のレヴェルに留め置いた解釈のままで、果たしてよいのだろうか。「仲春令月、時和気清」という表示意《デノテーション》に対して、端的に含意《コノテーション》されているものは何なのか。それを理解するための努力を放棄すべきではない。新たな読みを模索する、読みの挑戦を諦めるべきではないと私は思うのである。

そもそも「帰田賦」は、

遊二都邑一以永久、無二明略以佐一レ時。

都邑《といふ》に遊《あそ》びて以《もつ》て永久《えいきう》なるも、明略《めいりやく》の以《もつ》て時《とき》を佐《たす》くる無《な》し。

（私は都に出てから、すでに長くなるが、時の君主を助けるほどの優れた政策を抱いていたわけでもなく、…）

（新釈漢文大系第81巻 文選（賦篇）下 明治書院）

という一文をもって開始されている。李善は、

張衡仕へて志を得ず、田に帰らんと欲す。因りて此の賦を作る。

と注し、それ以来「帰田」の解釈は、

官を辞して故郷の田園に帰る

意とされてきた。これをそのまま「梅花歌の序」に重ね合わせて読むことは、たしかに無理がある。だから「帰田賦」を引用として理解するためには、もうひと捻りした解釈が提示されなければならないにちがいない。ここはひとまず保留にして回答は後述することにする。

d序文の分析その4　四六駢儷体的な「対句」の構成の意味とその思考

「梅花歌の序」の分析を続けよう。第二段落の「令和」の後は、次々と「対句」をもった構成として綴られて行く。すなわち、

梅は鏡前《けいぜん》の粉《ふん》を披《ひら》く、／蘭《らん》は珮後《はいご》の香《かう》を薫《くゆ》らす。

「梅は…」と「蘭《らん》は…」とは対句である。第三段落の「しかのみにあらず、」に続く、

曙《あした》の嶺《みね》に雲移り、松は羅《うすもの》を掛けて蓋《きぬがさ》を傾《かたぶ》く、
夕《ゆふへ》の岫《くき》に霧結び、鳥は縠《うすもの》に封《と》ぢらえて林に迷《まと》ふ。

も「対句」である。さらに、

庭には新蝶《しんてふ》舞ひ、／空には故雁《こがん》帰る。

も「対句」であり、そして、第四段落の、

ここに、天《あめ》を蓋《やね》にし地《つち》を坐《しきゐ》にし、／膝《ひざ》を促《ちかづ》け觴《さかづき》を飛ばす。

も「対句」である。また、

言を一室の裏《うち》に忘れ、／衿《きん》を煙霞《えんか》の外《そと》に開く。

も「対句」であり、最後の、

淡然《たんぜん》自《みづか》ら放《ゆる》し、／快然《くわいぜん》自ら足る。

も「対句」である。

下敷きと目されている「蘭亭集の序」じたいは、対句では叙述されていなかったのに、書き手は、なぜこれほどまでに「対」の構成にこだわるのだろうか。

この序文は、六朝の四六駢儷体に倣ったのだとされているが、そもそも「対句」というのは、「正対《せいたい》」する概念に、「反対《はんたい》」の概念が「対」となって組み合わされ構成されているものだ。

だから、この序文は、常に「反対」の概念が志向され、かつ執拗に提示されてきているといえるのだ。そんな思想に拠って紡がれていることを、せめて、頭の片隅にでも留めておくべきである。そして、有力な典拠の一つである「蘭亭集の序」は、「対句」に偏した構成ではなかったという事実も忘却すべきではなかろう。

e序文の分析その5 「落梅の篇」

さて、最後の第五段落は、もはや「対句」ではない。

もし翰苑《かんゑん》にあらずは、何をもちてか情《こころ》を攄《の》べむ。

「翰苑《かんゑん》」とは文書のことで、ここでは「詩」、漢詩のことを意味している。

詩に落梅《らくばい》の篇《へん》を紀《しる》す、古今それ何ぞ異《こと》ならむ。よろしく園梅《ゑんばい》を賦《ふ》して、いささかに短詠《たんえい》を成すべし。

それでは、「落梅《らくばい》の篇《へん》」とは何か。『新日本古典文学大系　萬葉集一』（岩波書店）巻第五の脚注（五二九頁）において、「「詩に落梅の篇を紀す」は、六朝時代のの古楽府に「梅花落」を題とする諸作のあることを言う」としている。

辰巳正明も、「この花宴に先行して中国には「落梅」を詠んだ詩篇があることから、それに続くことを目的としたのである。「梅花の歌」とは中国の「落梅の詩篇」に続く、大和の「落梅の歌篇」であることを意図している」のだと説いていた(8)。

帥老の官邸庭園の梅花を題として、主人《あるじ》を含む三十二人の官人たちの歌が披露されるという趣向である。

三　読書過程の論――初読における意味の生成と再読による意味の修正

(1)　正月《むつき》立ち春の来《きた》らばかくしこそ梅を招きつつ楽《たの》しき終《を》へめ

大弐紀卿《だいにきのまへつきみ》（八一九　八一五）

(2)　梅の花今咲けるごと散り過ぎず我が家《へ》の園《その》にありこせぬかも

少弐小野大夫《せうにをののまへつきみ》（八二〇　八一六）

(3)　梅の花咲きたる園の青柳《あをやぎ》はかづらにすべくなりにけらずや

少弐粟田大夫《せうにあはたのまへつきみ》（八二一　八一七）

(4) 春さればまづ咲くやどの梅の花ひとり見つつや春日《はるひ》暮らさむ

筑前守山上大夫《つくしのみちのくちのかみやまのうへのまへつきみ》（八二二　八一八）

(5) 世の中は恋繁《しげ》しゑやかくしあらば梅の花にもならましものを

豊後守大伴大夫《とよのくにのみちのしりのかみおほとものまへつきみ》（八二三　八一九）

(6) 梅の花今盛《さか》りなり思ふどちかざしにしてな今盛りなり

筑後守葛井大夫《つくしのみちのしりのかみふぢゐのまへつきみ》（八二四　八二〇）

(7) 青柳《あをやなぎ》梅との花を折りかざし飲みての後《のち》は散りぬともよし

笠沙弥《かさのさみ》（八二五　八二一）

(8) 我が園《その》に梅の花散るひさかたの天《あめ》より雪の流れ来《く》るかも

主人（八二六　八二二）

(9) 梅の花散らくはいづくしかすがにこの城《き》の山に雪は降りつつ

大監伴氏百代《だいげんばんじのももよ》（八二七　八二三）

(10) 梅の花散らまく惜しみ我が園の竹の林にうぐひす鳴くも

少監阿氏奥島《せうげんあじのおきしま》（八二八　八二四）

(11) 梅の花咲きたる園の青柳《あをやぎ》をかづらにしつつ遊び暮らさな
少監土氏百村《せうげんとじのももむら》（八二九　八二五）

(12) うち靡《なび》く春の柳と我がやどの梅の花とをいかにか分《わ》かむ
大典史氏大原《だいてんしじのおほはら》（八三〇　八二六）

(13) 春されば木末《こぬれ》隠《がく》りてうぐひすぞ鳴きて去《い》ぬなる梅が下枝《しづえ》に
少典山氏若麻呂《せうてんさんじのわかまろ》（八三一　八二七）

(14) 人ごとに折りかざしつつ遊べどもいやめづらしき梅の花かも
大判事丹氏麻呂《だいはんじたんじのまろ》（八三二　八二八）

(15) 梅の花咲きて散りなば桜花《さくらばな》継ぎて咲くべくなりにてあらずや
薬師張氏福子《くすりしちやうじのふくし》（八三三　八二九）

(16) 万代《よろづよ》に年は来経《きふ》とも梅の花絶ゆることなく咲きわたるべし
筑前介佐氏子首《つくしのみちのくちのすけさじのこおびと》（八三四　八三〇）

(17) 春なればうべも咲きたる梅の花君を思ふと夜寐《よい》も寝《ね》なくに
壱岐守板氏安麻呂《いきのかみはんじのやすまろ》（八三五　八三一）

(18) 梅の花折りてかざせる諸人《もろひと》は今日《けふ》の間《あひだ》は楽しくあるべし

⑲ 年のはに春の来《きた》らばかくしこそ梅をかざして楽しく飲まめ

神司荒氏稲布《かむつかさくわうじのいなしき》（八三六 八三二）

⑳ 梅の花今盛《さか》りなり百鳥《ももとり》の声の恋《こほ》しき春来《きた》るらし

大令史野氏宿奈麻呂《だいりやうしやじのすくなまろ》（八三七 八三三）

㉑ 春さらば逢はむと思《も》ひし梅の花今日《けふ》の遊びに相見《あひみ》つるかも

少令史田氏肥人《せうりやうしでんじのこま》（八三八 八三四）

㉒ 梅の花手折《たを》りかざして遊べども飽《あ》き足《だ》らぬ日は今日《けふ》にしありけり

薬師高氏義通《くすりしかうじのよしみち》（八三九 八三五）

㉓ 春の野に鳴くやうぐひすなつけむと我が家《へ》の園《その》に梅が花咲く

陰陽師礒氏法麻呂《おんやうしぎじのりまろ》（八四〇 八三六）

㉔ 梅の花散り乱《まが》ひたる岡《をか》びにはうぐひす鳴くも春かたまけて

大隅目榎氏鉢麻呂《おほすみのさくわんかじのもひまろ》（八四一 八三七）

㉕ 春の野に霧《きり》立ちわたり降る雪と人の見るまで梅の花散る

筑前目田氏真上《つくしのみちのくにのさくわんでんじのまかみ》（八四三 八三九）

(26) 春柳《はるやなぎ》かづらに折りし梅の花誰《た》れか浮かべし酒坏《さかづき》の上《へ》に
壱岐目村氏彼方《いきのさくわんそんじのをちかた》（**八四四**　八四〇）

(27) うぐひすの音《おと》聞くなへに梅の花我家《わぎへ》の園に咲きて散る見《み》ゆ
対馬目高氏老《つしまのさくわんかうじのおゆ》（**八四五**　八四一）

(28) 我がやどの梅の下枝《しづえ》に遊びつつうぐひす鳴くも散らまく惜しみ
薩摩目高氏海人《さつまのさくわんかうじのあま》（**八四六**　八四二）

(29) 梅の花折りかざしつつ諸人《もろひと》の遊ぶを見れば都しぞ思ふ
土師氏御道《はにしうぢのみみち》（**八四七**　八四三）

(30) 妹《いも》が家《へ》に雪かも降ると見るまでにここだもまがふ梅の花かも
小野氏国堅《をのうぢのくにかた》（**八四八**　八四四）

(31) うぐひすの待ちかてにせし梅が花散らずありこそ思ふ子がため
筑前掾門氏石足《つくしのみちのくちのじょうもんじのいそたり》（**八四九**　八四五）

(32) 霞《かすみ》立つ長き春日《はるひ》をかざせれどいやなつかしき梅の花かも
小野氏淡理《をのうぢたもり》（**八五〇**　八四六）

序文の主張を踏まえ、まず全三十二首の歌群を⑴の大弐紀卿の歌から順番に見ていくことにしよう。最後の㉜の小野氏淡理の歌まで。直線的に目で追って行き一通り読んだ時点で、違和感とともにいくつかの疑問が湧いてくるにちがいない。

まず宴席の歌であるにもかかわらず、「梅花が散る」という発想の歌が⑵、⑺、⑻（＝主人の歌）、⑼、⑽、⒂、㉔、㉕、㉗、㉘、㉛の十一首ある。この十一首、つまり三分の一強もの歌が、梅の花が散ることに言及しているわけである。私のような『万葉集』の門外漢で、平安朝の『源氏物語』を専門とする研究者の目からみるとこれは、かなり異様な感覚である。また民俗の感覚からも、実りの予兆であるはずの花が散ることを、ことばに出し歌として詠ずることには違和感があり、とても縁起の悪いことである。

もっとも平安の和歌においても、次のような宴席における歌がないわけではない。

堀川大臣《ほりかはのおほいまうちぎみ》の大臣の四十《よそぢ》の賀、九條の家にてしけるときによめる

在原業平朝臣《ありはらのなりひらのあそむ》

桜花散りかひくもれ老いらくの来むといふなる道まがふがに

（新潮日本古典集成『古今和歌集』巻第七「賀歌」三四九）

しかし、これは変化球に過ぎるだろう。紀貫之から「その心あまりて、ことば足らず」（仮名序）と評された業平には相応しいといえなくもないが……。

梅花の宴の場合は、明らかに宴席の歌である。盛りの花を愛でてこそではないのかと思うのが、たぶん常識的な感覚だろう。にもかかわらず、自らが率先して「梅花が散る」という発想の歌を詠じているのだとすれば、これはやはり序文が説いている漢詩の「落梅《らくばい》の篇《へん》」を日本的に翻案し、「梅花が散る」という歌の形態で捉えたからにほかならないという理解と結論に落着する。そのように考えることで再読にあたっては、解釈に一定の修正がなされることになる。

次に主人《あるじ》ではなく、明らかに客人《まれびと》であるはずの詠者が、帥老の官邸の庭園の梅であるにも関わらず、⑵の歌のように、「我が家《へ》の園《その》」と詠じることへは不自然さと違和感をともなうが、これをどう理解したものだろうか。新日本古典文学大系（岩波書店）四六六頁脚注▽は、「以下の歌にも「我が園」「我がやど」とあるように、客人たちはしばしば主人の立場に立って歌う。「わがへ」は「我（わ）が家（いへ）」の転」とするが、この説明では納得できない。なぜしばしば主人の立場で歌うのかが、私には解らない。主である旅人の公館を、共同体の共有の施設として捉え、館褒めの発想なのか？⑻「我が園《その》」、⑽「我が園」、⑿「我がやど」、㉓「我が家《へ》」、(27)「我家《わぎへ》の園」、(28)「我がやど」、(30)「妹《いも》が家《へ》」。特に最後の「妹《いも》が家《へ》」は、どう理解をしていいのだろうか、…このままでは説明がつかないのではないだろうか。

併せて問題と思われるのが、(4)の歌である。帥老とは盟友と目される山上憶良の詠である。宴席の歌であり、今目の前にある官邸の梅を詠んでいるはずである。にも関わらず、「やどの梅の花ひとり見つつや」と歌う独居の姿勢をどう理解したものか解らない。

ここに至っては「落梅《らくばい》の篇《へん》」の実態を、より明確に考察した論を踏まえて理解する必要が出てくる。「梅花落」とは、辺境の望郷詩であると端的に説いているのは辰巳正明の研究である。(9)辰巳によれば、「梅花落」とは、辺境を防備する軍士(匈奴)が都から遠く離れた辺境の地で梅の花の散るのを見て、故郷や故郷に残してきた妻などを思う楽府詩一般に発したものであるという。例えば朱乾は、

梅花落、春和之候、軍士感物懐帰。故以為歌。
(梅花落、春和の候、軍士物に感じて帰らんことを懐ふ。故に以ちて歌を為す)

という説明をしているという。また、星川清孝も「梅の花が散るのを見て遠人や故郷との別離

を悲しむ曲」であると定義しているという（漢詩大系5『古詩源 下』）。辰巳は、

楽府「梅花落」は、故郷を遠く離れて辺境にある人々が、春に最も早く咲く梅の花を見て一年の廻り来たのを感じ、梅の花の散るのを見て懐かしい故郷を思う、その折に歌われる歌であったといえる。また、故郷に待つ妻の姿を詠むことで、懐かしい故郷を思うのもその一つであった。

と説いている。「梅花の歌三十二首」との関係性から「落梅の篇」が「梅花落」を指していると理解するならば、主人である旅人は歌人たちにお題として、「落梅之篇」を模すことを要求したものと仮定できることから、歌群の傾向として「梅花が散る」という発想の歌にならざるをえないとともに、そこから発する歌の主題として、「故郷や故郷に残してきた妻などを思う」楽府の詩で表現された世界が、倭の歌に転換した内容で再現され詠じられることは想定されることである。つまり、「梅花が散る」ことがそのまま「望郷」の主題に繋がり、連なってくるということである。

こうした辰巳の研究を踏まえることによって、再読する読者の読みは、初回とはまったく異

なった様相を帯びることになる。(2)の歌で梅の花が散ることと、官邸庭前の梅花が詠まれているにもかかわらず、「我が家《へ》の園《その》」と歌われることに若干の違和感を抱きつつも、続く(8)「我が園《その》」、(10)「我が園」、(12)「我がやど」、(23)「我が家《へ》」、(27)「我家《わぎへ》の園」、(28)「我がやど」の歌を通過しつつそれらを享受することによって、これらの歌はみな、中国楽府「梅花落」の翻案として、「望郷」の主題を詠じたものであると理解することになるのだ。そして読者が(29)に到って、

(29)　梅の花折りかざしつつ諸人《もろひと》の遊ぶを見れば都しぞ思ふ　土師氏御道

という歌を読んだ時点において、楽府の詩の「望郷」の主題が、まさに「望京」の主題に転じていることを確信することになるだろう。「梅花の歌三十二首」の構成の企画意図として、ここの時点で読み手は、主題の種明かしが成されていることに気づくことだろう。それとともにここからまた全篇を振り返り、再度読み直され、意味が修正されることに繋がるはずである。中国の「落梅の篇」の正体が「望郷」の「詩」であったのに対し、翻案としての日本の「短詠を成す」ことである「梅花の歌」においては「望京」の「歌」となってしまうことに、である。し

かし、なぜ「望郷」という漢詩の主題が、和歌においては、「望京」に転じてしまうのだろうか。

そうした疑問に関して、鈴木日出男の論は端的に答えてくれるだろう。鈴木は『万葉集』中の語彙を調査考察し、以下のような結論を導く。

「「奈良」の語のある歌は五一首。そのうち「奈良の都」とする連語は半数の二三首」であることを指摘しつつ、「この二十余首のほとんどが、奈良朝の、都から地方に下った貴族官僚たちの作に集中している」ことに注目し、「平城京の住人である貴族官僚たちが官命を受けて地方に下ったとき、その平城京がにわかに「都」として意識されてくる」のだと。


平城京という壮大華麗な政治都市の整備によって、律令官人たちはいよいよ都と鄙の二元的な発想を強め、自らを都の住人であると強く思い定めるようになった。そのことは、意識無意識を問わず、彼ら自らが官僚機構にきびしくからめとられるようになったということでもある。「奈良の都」は、基本的には政治的な都市空間であった。したがって、鄙に下った官人たちの「奈良の都」の意識も、鄙を都に集中せしめる奈良朝政治機構の一つの顕現とみることもできよう(10)。

前掲、大久保廣行の研究で指摘されていたように、(11)梅花の宴の参会者が、すべて都の官人であったことが、「望郷」の詩を「望京」の歌に転換し置換させてしまう契機となったものと考えられるのである。

さてまた、(29)に引き続いて(30)の歌の時点において、

(30) 妹《いも》が家《へ》に雪かも降ると見るまでにここだもまがふ梅の花かも

と、「妹《いも》が家《へ》」の語が用いられていることも、構成の上からは(29)の歌で「都しぞ思ふ」という「望京」の主題が提示されていたからこその連想だとして、理解することができるだろう。だから「妹《いも》が家《へ》」は、都に残して来た妻の家だという解釈になる。

ここまでが、梅花の宴三十二首の解釈ではあるが、当然のことながら、これら歌群の続編として位置づけられる、「員外《ゐんぐわい》、故郷を思ふ歌両首」と「後《のち》に梅の歌に追和《ついわ》する四首」にも触れないわけにはゆかないだろう。(12)便宜的に(33)〜(38)の連番を振っておこう。

員外《ゐんぐわい》、故郷を思ふ歌両首

(33) 我が盛《さか》りいたくたちぬ雲に飛ぶ薬食《くすりは》むともまたをちめやも　（八五一　八四七）

(34) 雲に飛ぶ薬食むよは都見ばいやしき我《あ》が身またをちぬべし　（八五二　八四八）

後《のち》に梅の歌に追和《ついわ》する四首

(35) 残りたる雪に交《まじ》れる梅の花早くな散りそ雪は消《け》ぬとも（八五三　八四九）

(36) 雪の色を奪《うば》ひて咲ける梅の花今盛りなり見む人もがも（八五四　八五〇）

(37) 我がやどに盛《さか》りに咲ける梅の花散るべくなりぬ見む人もがも（八五五　八五一）

(38) 梅の花夢《いめ》に語らくみやびたる花と我《あ》れ思《も》ふ酒に浮《う》かべこそ（八五六　八五二）

一には「いたづらに我れを散らすな酒に浮かべこそ」といふ

この(33)(34)の「員外」の二首は、梅花の宴三十二首の歌群の注釈的な意味合いを持っている。それというのも、「員外」の語が、梅花三十二首正規の「員数の外」とへりくだった、謙譲的な物言いであって、「故郷を思ふ歌」と題されているように、まさに「梅花落」の翻案の「望郷」の主題と響き合い、その共鳴を端的に詠じているからである。

まず(33)の歌が老いた自分が雲に飛ぶ薬を飲んだとしてもまた若返る（＝変若）ことがあろうかと詠み、それを受けるかたちで(34)の歌は、いや雲に飛ぶ薬を飲むよりは、むしろ都を見た方が若返る（＝変若）に違いないと断言しているからだ。「望京」の思いの方が薬を飲むことよりも若返りの効果があるというのである。

(35)〜(38)の歌四首も表題どおり「追和」、すなわちそれぞれ梅花の宴三十二首の歌を想起させ、それらの歌を擬《もど》き反復し、再生産しているといえるだろう。

これらの歌群は「梅花落」という古代中国の楽府の主題として歌われた「望郷」の詩の主題を「望京」に置換し、和歌の主題として反復・響合・共鳴しているのだ。これらの梅花に関わる歌群の主題は、すべて「望京」を主題としていたといえるのである。

四　「対」の思考「正対」に対する「反対」――「帰田の賦」引用の意味

さて、ここでもう一度序文に戻り、まず前述したことを繰り返す。「仲春令月、時和気清」という表示意《デノテーション》（Denotation）に対して、端的に含意《コノテーション》（Connotation）されているものは何なのか。

「梅花の歌序」には、四六騈儷体的な「対句」が多用されていた。このことは当該序文の言説が、「対」の思考・発想によって紡がれていることを意味している。そうであるのならば、「帰田の賦」引用＝間テクスト性は、正対《せいたい》的な意味がそのまま提示されているとのみ理解すべきではない。そうではなくて対句的な発想で裏の意味が反対のメッセージとして提示されている。そう考え、それが何かを読み解くべきである。

正対は、

　官を辞して故郷の田園に帰る

意であった。だからこそ、「帰田」が主題となったのであった。しかし、その「反対」は、

　官を全うして故郷の京に帰る

ということになろうから、それは「帰京」になるだろう。「帰田」の反対は、「帰京」だ。「仲春令月、時和気清」の含意《コノテーション》(Connotation)、すなわち「帰田の賦」引用は、その「反対」と理解することで、言うならば「帰京の賦」が、裏の意味・対の主題として提示されていたと理解することができるのである。

　ところで、この「反対」という術語《ターム》は、実は近世の国学者萩原廣道がその著『源氏物語評釈』(文久元年、一八六一刊行)において提示したもので、『源氏物語』という散文文学の研究ための概念なのであった。(13)

それによれば「此物語に種々の法則ある事」（総論）の一つとして提示されており、そこにおける「反対」の概念とは、「これは其事の反《ウラ》うへに相対《ヒカ》ふをいふ。たとへば雨ふると日てると。夜と昼となどのごとし。其《ノ》事同じからずといへども、表裏《ウラウヘ》に相対ふをもて反対といへり」（頭書評釈凡例）と解説している[14]。

ちなみに他の法則は凡例の条で「主客、正副、正対、反対、照対・照応、間隔、伏案・伏線、抑揚、緩急、反復、省筆、余波、種子、報応、諷諭、文脈・語脈、首尾、類例、用意、草子地、余光・余情」の二十一を挙げるほか、「奇対」「結構《シタガマヘ》」「伝文」等の語もみられる。「此《ノ》外にもなほあめれど、今は其大むねをのみ挙つ。他は准《ラ》へてもさとるべし」。ただし、これらの術語《ターム》は、廣道の独創というわけではない。総論で触れられている、安藤為章の『紫家七論』や、賀茂真淵の『源氏物語 新釈』（惣考）で言及されている「漢文学の法則」を主とし古注等にあるものを取り込んで作成されているのである。

この度の改元を機会に、門外漢の私が万葉研究に口を差し挟んだのは、気まぐれにほかならない。だが、漢学を基盤とした江戸の学問の層の厚さと底深さに驚嘆しつつ、この先どれだけそれらから学ぶことができるか甚だこころもとないが、契機として謙虚に学ぶべき必要性を感じたことをここに記し、ひとまず筆を擱きたいと思う[15]。

注

（1）東原伸明「はじめに―虚構の「土左」からの旅立ちと叙述の方法」『土左日記虚構論―初期散文文学の生成と国風文化』武蔵野書院、二〇一五年。
（2）大久保廣行「梅花の宴歌群の展開」『筑紫文学圏論 大伴旅人筑紫文学圏』笠間書院、一九九八年。
（3）木下正俊「旅人―自然と孤独―」『國文學』一九七四年五月。
（4）伊藤博「巻第五（梅花の歌序）」『萬葉集釋注 三 巻第五 第六』集英社文庫、二〇〇五年。以下の伊藤の発言も同書による。
（5）中西進「大伴旅人」『中西進 万葉論集 第三巻 万葉と海彼 万葉歌人論』講談社、一九九五年。
（6）辰巳正明「「梅花の歌」の漢文序とその典拠」『令和から読む万葉集』新典社新書、二〇一九年。
（7）村田右富実「梅花歌の序」『令和と万葉集』西日本出版社、二〇一九年。以下、村田の論の引用は同書による。
（8）注（6）の辰巳正明の論。
（9）辰巳正明「落梅の篇―楽府「梅花落」と大宰府梅花の宴―」『万葉集と中国文学』笠間書院、一九八七年。
（10）鈴木日出男「大伴旅人の方法」『古代和歌史論』東京大学出版会、一九九〇年。
（11）注（2）の大久保廣行の論。

（12）梅花の歌八一五〜八六三までの大伴旅人（作と目される）和歌は、在京の吉田連宜《きちだのむらじよろし》という人物宛てに送られており、宜の和歌をも含む八六四〜八七〇を考察の対象とすべきであるが、小稿にはそのゆとりがない。

（13）阿部好臣「反対」（「表現・発想事典」秋山虔編『別冊國文學 源氏物語事典』學燈社、一九八九年）。この文によって、私は初めて萩原廣道の源氏学の存在を知った。

（14）また「反対」に関しては、前記阿部稿も引く野口武彦「注釈から批評へ―萩原広道『源氏物語評釈』をめぐって」（『源氏物語を江戸から読む』）は、「「反対」という語句は、広道が日頃親しんでいた中国白話小説、なかんずく『永滸伝』の批評から得た用語の一つであって、まったく相反する性格の作中人物を組み合わせるコントラストの手法をいう」とする指摘をしていた。

（15）吉川幸次郎「万葉と古今」、「注釈の学」、「辞典の学」ほか『古典について―あるいは明治について―』（『吉川幸次郎全集 第十七巻』筑摩書房、一九六九年）所収一連の随筆は、江戸の「注釈」に象徴される厚みのある学問（＝注釈の学）と急速な欧化・開化に迫られて合理的な観点から成された明治の「辞典」の学問（＝辞典の学）の薄っぺらさを対照的に論じており興味深い内容である。この度の「令和」の改元に際し、再読してみたのであるが、新たに示唆を受けることが多くあり、私にとってとても有益な書物のひとつである。

「梅花歌の序」に見る古今の共感
――引用符のない引用の機能――

ローレン・ウォーラー

一　はじめに

「令和」の改号がその出典と言われた『万葉集』巻五（八一五～八四六番歌）の「梅花の歌三十二首　序を并《あは》せたり」に注目を浴び、これを再考する機会となった。天平二年（七三〇）正月十三日、大伴旅人《おおとものたびと》（六六五～七三一）の大宰府《だざいふ》の邸に三十二人が集まり「梅花」の和歌三十二首と、宴会主であった旅人が記した漢文の序文（以下「梅花歌の序」）が「并《あは》せ」られ、形成されている。歌と序文とが合わさった、いわば共同作品であるが、日本文学における「梅歌」の出発点であると言え、まさに称賛すべきものである。

序文全体が晋の永和九年（三五三）三月三日に会稽山《かいけいざん》の蘭亭で作られた詩二十七編「蘭亭集」に付された王羲之《おうぎし》（三〇七～三六五）の序文（以下「蘭亭の序」）をモデルにしていることはよく知られている。漢字文化圏の文学作品が多くそのように評価されるように、旅人の序文もまた先行する複数の中国文学の作品を巧みに引用しており、「令和」の引用部分は後漢の張衡《ちょうこう》（七八～一三九）「帰田賦《きでんふ》」を踏まえている。しかし、残念なことに新元号発表では、旅人の技巧的な引用には触れられず、『万葉集』が「国書」であることを強調するために、中国文学の影響を隠しているかのように見えた。

「梅花歌の序」の先行研究に当たれば、中国文学との緊密な関係が、既に詳しく指摘されている。特に「蘭亭の序」については、その構成全体との類似性と、引用部分が最も多いことを考えれば、旅人が第一に意識していたテクストとして注目されるのは妥当であると思う。ただ、王羲之のその序文に比べると、旅人の作は低く評価されることが多い。吉川忠夫は「『蘭亭序』にならったといわれながら、花鳥風月的な抒情に終始するが、『蘭亭序』そのものはけっしてそうでない」と評している。(1) また、古沢未知男は、王羲之の「議論的・哲理的」な宇宙観・死生論に対して、旅人の序文が「叙景的・現実的」であるとし、そこに「日華両国国民性」と文学の特徴の違いを見ている。(2)「梅花歌の序」の内容は表面的なものとして捉えられがちである。

一方、金文京は、天平二年正月十三日「初春」に大宰府の梅が咲いていたことが、「帰田賦」の季節が「仲春」になっていたことに対する表現であることに着目し、旅人が「こっちではもう梅も咲いているよ」というようである点にオリジナリティが表れていることを評価している。(3)また、村田右富実も旅人の「換骨奪胎《かんこつだったい》」の工夫が「奈良時代の教養」の高さを示し、「漢字文化圏における文章作成方法の王道」であるとしている。(4)本稿も「梅花歌の序」には創造性があると見、それは特に先行する漢籍との対話にかかっていることを論じていく。

「梅花歌の序」の述べる宴会の動機には、「若《も》し翰苑《かんゑん》に非《あら》ざれば、何を以てか情《こころ》を攄《の》べむ。詩《し》に落梅《らくばい》の篇《へん》を紀《しる》す。古今《ここん》それ何ぞ異《こと》ならむ」と記されており、詩歌を以て心情を記して残そうとしていることが分かる。後に詳しく述べるが、「楽府」という漢詩のジャンルがあり、それには漢代からの曲名に新たに詩を付し、以前の詩と新しい詩を合わせて一つの詩群として意識する伝統があった。旅人は「落梅花」という楽府を喚起しながら、自らの遊宴の歌群を紹介しているのである。旅人の作品はこのように「古今」の伝統の中で位置づけられるように書かれている。そして、三十二首の後に追加された「員外」の歌や、後の「追和」の歌によって、このような読み方がより明らかに確立されるのである。本稿では、「古今」の視点を重視しながら、「梅花歌の序」およびその作品群と先行する作品とを対話させた解釈を行い、また旅人が想定している後の作品にも視野を広げていく。

「引用」の「出典」を列挙する注釈書の方法では、予めテクストの系統的な関係が作り上げられ、示されることになる。しかし、実際には読者にとってあるテクストは、複数の他のテクストと繋がり、一つ一つの言葉を通して無限の他の「間テクスト」（英語 intertext）と関連し互いに連想させるものである。「間テクスト性」の提唱者の一人であるフランス人のロラン・バルトは、語源を呼び起こしながら、text＝テクストが「織物」であることを論じ、そのようなテクスト構成の「立体画的複数性」（英訳 stereographic plurality）を説いた。「作品からテクストへ」（一九七一年）では、バルトはテクストの関係性を次のように述べている。(5)

「テクスト」の読書は、全面的に、引用と参照と反響とで織りなされている。つまり、それ以前または同時代の種々の文化的言語活動（文化的でない言語活動があろうか？）が、広大な立体音響のなかで「テクスト」を端から端まで貫いているのだ。テクストはそれ自体が他のテクストの中間テクスト《アントル＝テクスト》であるから、あらゆるテクストはテクスト相互関連にとらえられるが、この関連をテクストの何らかの起源と混同することは許されない。ある作品の《源泉》や《影響》を探し求めることは、系譜の神話を満足させることだ。あるテクストを構成している引用は、作者不詳、出典不明であるが、しかしかつて読んだものである。
それは引用符のついていない引用である。

作者の意図および手に取ることのできる物質としての「作品」より、読者側の解釈の「方法論的な場」である「テクスト」を重視している。読者が実際に読み、連想する他のテクストとの関係を考え、どのように意味が生成されるかを分析するために、有意義な視点である。

天平二年の旅人邸で行われた遊宴を中心にして複数の作品が作られたが、読む視点によって、またはそれぞれの作品の組み合わせ方によって、より多くの「テクスト」の解釈が要される。序文のみで解釈することもできるが、序文と三十二首の歌を合わせて考えたり、「員外」や「追和」の歌と合わせたテクストで考えたりすることもできる。また、旅人の序文は楽府の作品群である「落梅花」や王羲之の「蘭亭の序」と対話《ダイアログ》をしている形で記されているため、このような間テクストとの関係は逃れることができない。そして言葉による意味の生成には、引用符が付けられる「引用」や「典拠」もあるが、むしろテクストの織物によるものとして考えたほうが「梅花歌」とその序文の実態をよく説明している。(6) このような理論の示唆するところは、作品に対して一つだけの起源や典拠の追求にこだわる従来の『万葉集』研究に、新風を吹き込む役を果たすのではないかと思う。

二　「梅花歌の序」の冒頭に見える「間テクスト性」

「梅花歌の序」における「引用と参照と反響」の網と、意味の生成の複雑さを確かめるために、「令和」の出典とされている次の二聯を詳しく分析しておきたい。そこでは、出典といわれる明確な「引用」の他にも、「引用符のついていない引用」による関係性―言葉と関連テクストによる連想―をも確認してみたい。どのようなテクストで読むかによって、その意味の受容のありかたが異なることが窺えるのである。

初春《しよしゆん》の令月《れいげつ》、気淑《うるは》しく風和《やは》らぐ。梅は鏡前《きやうぜん》の紛《こ》に披《ひら》き、蘭《らん》は珮後《はいご》の香《かをり》に薫《かを》る。(7)

まずは、「初春令月、気淑風和」は、張衡の「帰田賦」の「仲春令月、時和気清」を踏まえていると思われている。「帰田賦」は、まず『文選《もんぜん》』（六世紀前半成立）巻十五（志）に、賦の文体の典型として収められている。(8)『文選』の李善注（六五八年上呈）には「儀礼《ぎらい》曰はく令月吉日、鄭玄《じようげん》曰はく令は善なり」とあり、『儀礼』（『礼記《らいき》』『周礼《しゆらい》』と合わせ「礼」を記す儒教の経書）

の引用によって説明されている。そして「令」の字はさらに説明が必要とされ、鄭玄（一二七〜二〇〇）が「令は善なり」の注をつけている。『文選』は多くの書物から事項を抜粋し、文体や項目ごとに分類しているため、題目、抜粋、配列、または注の付し方によっても解釈する視点が異なってくる。

文体を基準とする『文選』に対して、『芸文類聚』は、「類書」として「天、歳時、地、…」などの配列で事例や詩文を寄せ集めている。その中「帰田賦」は「人部」において、他の隠逸文学とともにまとめられている。具体的には、孔子が逸民の「伯夷《はくい》、叔齊《しゆくせい》、虞仲《ぐちゆう》、夷逸《いいつ》、朱張《しゆちよう》、柳下恵《りゆうかけい》、少連《しようれん》」を称賛した『論語』の引用や、陶淵明《とうえんめい》の「帰去来の辞」が横に並べられている。これに比べて、北宋代（九七七〜九八四年）の類書『太平御《たいへいぎよ》』では、「春下」の巻に「仲春令月、時和気清」から始まる「帰田賦」の第二段のみが抜粋され、春の典型的な表現として注目している。『太平御覧』は『万葉集』より約二百年後の書物であるが、このように同じ内容の引用でもその引用先の文脈引用方法によって解釈の仕方も変わってくることは明瞭である。

類書によるこのような「横」の引用と比べて、同じ作品の中の「縦」の関係を示す引用もある。たとえば、「帰田賦」の一段目に「蔡子《さいし》の慷慨《かうがい》するに感ず、唐生《たうせい》に従ひて以て疑ひを決《けつ》せり」とあり、蔡沢という中国戦国時代の遊説家が我が身の不遇を嘆いていたが、唐生という人相見に明るい将来を判断され希望が芽生える場面の引用が見える。蔡沢が後に秦の宰相になったことを考えれば、この引用は「帰田賦」に楽観的なイメージを与えていることになる。

旅人は「帰田賦」の二句を引用したが、具体的にはその引用はどのように機能しているか考えてみよう。「縦」の関係では、「帰田賦」そのものの春の風景の表現を踏まえているだけであるが、「横」の関係を考えれば、類書に見えるようなイメージも借りていることになる。春の表現を引用しながら、類書の中で賦を代表する「帰田賦」の意義をもほのめかしている。その上、当時の知識人にとって、序文の最後の「園梅《ゑんばい》を賦《ふ》して、聊《いささ》かに短詠《たんえい》を成すべし」は、張衡との連想をさらに強めたはずである。旅人の「初春令月」は張衡の「仲春令月」より時期的には一か月早いが、「気淑風和」も「時和気清」と同様に、天平二年正月の時節と合わせて、蔡沢のように希望に満ちた感情を表す序文と捉えられる。

次に、続く「梅披鏡前之粉、蘭薫珮後之香」の一聯を見てみよう。梅と蘭（フジバカマ）の対句《ついく》は、六朝時代の詩の選集『玉台新詠《ぎょくだいしんえい》』（五三〇年頃成立）巻十・梁武帝「春歌三首」の「蘭葉《らんえふ》初めて地に満つ、梅花已《すで》に枝に落つ」にも見える。[9] 二句目の「蘭薫珮後之香」（フジバカマは匂い袋の後に従う香りに薫っている）を先に見るが、「珮」は帯に結ぶ飾りを意味する。蘭の匂い袋の表現は、『文選』にも収められる『楚辞』「離騒《りそう》」の「秋蘭《しゆらん》を紉《つな》いで以《もつ》て佩《はい》と為《な》す」[10]の句をほのめかしているのであろう。

一句目「(白い)梅花は鏡の前の化粧の白粉《おしろい》のように花開く」に関しては、特定の出典が見つかっていないが、小島憲之は「萬葉語の解釈と出典の問題」[11]で梅の白さと白粉の顔料、そして鏡前という表現について、複数の類似する漢詩を指摘する。

「楼朝の粧《よそほひ》を試みに、風花砌《みぎり》の傍に下る、鏡に入りては先に粉を飄《ひるがへ》し、衫を飜《ひるがへ》しては好く香を染む」(梁の元帝、「詠風」)

「鏡前《きやうぜん》に落粉《らくふん》飄《ひるがへ》り、琴上《きんじやう》に余声《よせい》響《ひび》く」(梁の何遜《かそん》、「詠春風」)

「楼上の落粉《らくふん》を争《あらそ》ふ」(梁の簡文帝、「梅花賦」)

「春の砌《みぎり》芳梅《はうばい》落ち、飄零《へうれい》として鳳台《ほうだい》に上る、妝《よそほひ》を払《はら》ひて粉《ふん》散るかと疑ひ、溜《みづたまり》を逐《お》ひて萍《うきくさ》の開くに似たり」(陳の後主、「梅花落」)

小島は以上を列挙した後、「旅人が漢詩をあれこれ読んだ結果生れたものであって確実な出典はなく、詩の例を多く求めることによって初めて解釈の糸口を見出すものである」と結論する。

ここで見出されるものは、まさに、典拠がありそうな「かつて読んだもの」による反響のようである。一つだけの典拠がなかったとは断言できないが、いずれにしても当時の文学通にとってこそ複数の間テクストが喚起され、彼らはまたそれを連想につなげたはずである。そういった意味の深さを探る現在のわれわれは、多くの資料を読む他ないということである。

以上のように、「離騒」が典拠であると想定される二句目に対して、一句目の例では、特定こそされないものの、むしろ網のような複数の関連テクストが有機的に存在しているようである。引用というものを概念的に考えれば、それぞれ「引用」と「引用符のついていない引用」という区別はできるが、その二つの差はさほど大きくない。典拠がないような場合にもある特定の関連テクストに着目し解釈することもあれば、典拠があるような場合にも他の複数のテクストとの関連にも注目してみることは、やはり価値あることである。また、一つの「作品」を典拠として見るにしても、複数の「テクスト」のありかた・つながりかたが存する。本句の場合でも二句目と「離騒」の関連を考えるとすれば、伝説の屈原（紀元前三世紀か）の憂いを連想するか、あるいは仙郷の世界を連想するか、読者の視点によって解釈が左右されるのである。

三　楽府「落梅花」という捉え方

現代人のわれわれが『万葉集』の歌を読む際に念頭に置かなければならないのは、古代の「作者の声」が現代のそれと異なることなのである。『古事記』『日本書紀』に見えるような「歌謡」は、共同体によって作られ、伝承されるものであり、歌の声は個人の声ではないのである。旅人の梅花宴の時代でも、例えば巻五の巻頭に、山上憶良が、妻を亡くした旅人に贈った作品群がある。その中の挽歌（七九四番）では憶良が旅人の立場に立って「恨《うら》めしき妹《いも》の命《みこと》の我《あれ》をばもいかにせよとか」と詠んだものがある。このような声の重なりは、「梅花歌の序」においては特に意識されていたようである。それというのも、「梅花歌の序」は、声の重なり合いを特色とするジャンルの一つである楽府の「落梅花」を踏まえているのである。

　中国の「落梅花」との緊密な関係については、「梅花歌の序」に直接書かれている。「天平二年正月十三日、帥老《そちらう》の宅《いへ》に萃《あつ》まり、宴会を申《の》ぶ」から始まり、宴会の場面設定が記されている。そして、序文の最後には「若《も》し翰苑《かんゑん》に非《あら》ざれば、何を以てか情《こころ》を攄《の》べむ。詩《し》に落梅《らくばい》の篇《へん》を紀《しる》す。古今《ここん》それ何ぞ異《こと》ならむ。宜しく園梅《ゑんばい》を賦《ふ》して、聊《いささ》かに短詠《たんえい》を成すべし」とある。現代語訳では、「詩歌を他にして、この思いを何によって述べようか。詩には落梅の篇を作るが、古も今もどんな違いがあろう。さあ、園梅を詠んで、ここに短き歌を試みようではないか」となる。

まずは、「翰苑」によって作品を庭園に譬えて表わしていることで、現実の旅人邸の園梅と序文および和歌の「翰苑」を一つにして、宴会の参加者と後の読者が時空を共有するようになる。第五節で序文の内容を詳細に見ることにするが、そこに記されている園の詩的風景と現実の梅花の宴の風景が重ねられる。そのような背景から、「古今それ何ぞ異ならむ」と、その落梅の風景を述べることは古も今も何も違いがないと述べている。また第二節でも述べたように、この序文が多くの漢籍を踏まえていることを考えると、旅人邸の詩的時空と「古」とは共に、和漢をも隔てなく扱っていることは言うまでもない。

そして「詩に落梅の篇」と特記されているのは、「落梅花」または「梅花落」という楽府を指しているのである。楽府は前漢の武帝が元狩年中（前一二二～一一七年）に設置した音楽をつかさどる役所を指す。一方、その役所が集めたとされている曲をも楽府と呼んでいる。楽府の曲は現存しないが、楽府の題や曲辞（歌詞）は古くから伝わっている。古い作者不詳の楽府は成立時代が特定し難いが、漢代の楽府と考えられるものは古楽府と呼ばれる。六朝時代の宋の詩人であった鮑照《ほうしょう》（四一三？～四六六）までには、古楽府の題を中心に新しい作品が作られ、双方享受されるようになった。

「落梅花」は楽府の題（曲）名の一つである。古楽府では伝わらないため、いつから存在したかはわからないが、十世紀後半の『太平御覧』巻五が引用する「楽志」(現存しない)によって晋代(二六五~四二〇)以後に伝えられた題とされている。しかし、最も早い「落梅花」は宋の鮑照による。(12) なお、楽府を題ごとに収録している十二世紀の『楽府詩集』第二十四「横吹曲辞四」には、「梅花落」を題とする楽府が十三首あり、詩人名を次のように時代順に並べている。(13)

宋代(四二〇~四七九)　鮑照《ほうしょう》
梁代(五〇二~五五七)　呉均《ごきん》
陳代(五五七~五八九)　陳の後主《ごしゅ》(二首)、徐陵《じょりょう》、蘇子卿《そしけい》、張正見《ちょうせいけん》、江総《こうそう》(三首)
唐代(六一八~九〇七)　盧照鄰《ろしょうりん》、沈佺期《しんせんき》、劉方平《りゅうほうへい》

旅人は「落梅《らくばい》の篇《へん》」でこの作品群を全体的に指していたと思われる。つまり、旅人は唐代初期沈佺期《しんせんき》あたりまでの「落梅花」十二首は意識していた可能性がある。

本稿では、この中の三首に焦点を当てるが、まず楽府を合計四十四首も残している鮑照の作を見よう。

中庭雑樹多
偏為梅咨嗟
問君何独然
念其霜中能作花
露中能作実
揺蕩春風媚春日
念爾零落逐風飇
徒有霜華無霜質

中庭に雑樹多し
偏《ひとへ》に梅のために咨嗟《ためいき》す
君に問ふ何ぞ独り然《しか》りと
念《おも》ふにその霜中能《よ》く花を作《な》し
露中能《よ》く実を作《な》す
春風に揺蕩《えうたう》して春日に媚《こ》ぶ
念《おも》ふに爾《なんぢ》零落《れいらく》して風飇《つむじかぜ》を逐《お》ふ
徒《いたづ》らに霜華ありて霜質なし(14)

詠み手は中庭の多くの雑樹の中で、梅の木「独り」のためにひたすらに憐れんでいる。梅というのは、寒いときに花が咲き実が成るものであるが、それにもかかわらず、霜に堪えるほどの性質はないことを悲しんでいる。

日本の漢詩にも「夙《つと》に宮樹《きゆうじゆ》と為《な》ることを分《ぶん》とし、栄《はな》を開きて寒さを畏れず」(『文華秀麗集』一三二)(15)のように、梅と雪の組み合わせが見られる。旅人邸の梅花の和歌でも大伴百代の「梅の花散らくはいづくしかすがにこの城の山に雪は降りつつ」(『万葉集』八二三)もある。旅人も「梅雪残岸に乱れ、煙霞早く接《つらら》く」(『懐風藻』四四)[16]というように梅と雪を含む漢詩を残している。そして、後述するように『万葉集』の「後に梅の歌に追和せし四首」も旅人の作だと考えられているが、次の二首に

残りたる　雪に交《ま》じれる　梅の花　早くな散りそ　雪は消《け》ぬとも(5・八四九)
雪の色を　奪《うば》ひて咲ける　梅の花　今盛りなり　見む人もがも(5・八五〇)

とある、「残(りたる)雪」と「雪(の)色」とは漢語の翻訳語とも指摘されているように、[17]先行する作品を前提とすることによって、より深みのあるイメージを与える効果がある。

他に梅と雪を取り合わせる顕著な例は、『初学記』や『芸文類聚』に収められている梁の簡文帝の「梅花賦」である。『初学記』では五十二句からなるが、その第一部に当たる(『芸文類聚』にはない)部分は季節の変化、第二部は梅の叙述である。第三部では妾の美を詠じるように展開され、梅の美と対照される。「楼上の落粉と争ひ、機中の織素を奪ふ」という聯では、梅花が雪や絹と争い、その白さを奪っている様子が描かれ、そして「早花の節を驚かすを憐れ

み、春光の寒遣《や》るを訝《いぶか》る」と、梅花に対する同情が妾にも及ぶのである。最後の四句では、女性の美の儚さに対する同情は次のように表されている。

春風吹梅畏落尽　春風　梅を吹き　落ち尽くすを畏る
賎妾為此斂娥眉　賎妾　此が為に　娥眉《がび》を斂《を》さむ
花色持相比　花・色　持して相ひ比すれば
恒愁恐失時　恒《つね》に愁《うれ》ひて　時を失ふを恐る(18)

『玉台新詠』(五三〇年頃成立)の編纂を徐陵に命じた簡文帝の以上の「梅花賦」は、その後の梅花のイメージを作り上げたテクストの一つであった。「落梅花」の詩群の中に、女性との組み合わせが展開されていくのである。徐陵(五〇七~五八三)の「落梅花」にも「一株」の梅と「独り」の妾に対する同情が窺える。

対戸一株梅　戸に対す一株の梅
新花落故栽　新花 故栽《ふるきには》に落つ

燕拾還蓮井
風吹上鏡台
倡家怨思妾
楼上独徘徊
啼看竹葉錦
簪罷未成裁

燕拾ひて蓮井に還り
風吹きて鏡台に上らしむ
倡《しやう》家怨思《かゑんし》の妾《せふ》
楼上独り徘徊す
啼きて看る竹葉の錦
簪《かんざし》罷《や》めていまだ裁《た》つを成さず(19)

鮑照は多くの雑樹の中、梅「独り」に同情する。抽象的な視点から、柳や蘭もその場にあったかもしれないが、梅という種類の木は霜が降りるときに花が咲くため、強くなってほしいという心が働いている。それに対して、徐陵の詩は戸の外にある一本の梅に注目している。その新しい花が古い庭にちょうど落ちるところに視線が行った途端、燕が花を拾って戸の上の蓮を刻んだ井桁に戻るところまで目がたどり着く。そして風が梅花を建物の中の鏡台の上に吹かせると、そこが倡家であったことに気づく。その楼上で行ったり来たりしている妾が一人でいるのを覗き、怨みの心緒に同情する。泣いている妾が竹葉模様の錦を見つめ、かんざしを抜き錦を切ろうとしているが、そこまではなかなか成し遂げない心緒に同情する。

風景全体から考えれば、妾も、故裁や蓮の彫刻で飾られた戸を誇るほどの倡家にふさわしく以前には隆盛していただろう。しかし今の怨みの表情と徘徊のしぐさを見れば、梅の新花がいつでも落ちかねないものであるように、盛りが過ぎ去った妾は、また新たな女性に取り換えられているだろうことの儚さを思い、より一層嘆き惜しむ。燕まで啼き、錦と庭が入り混じり、衰退する倡家の妾の身の危うい状態が痛感されてくる。

ここで徐陵の「落梅花」を鮑照の「落梅花」、または簡文帝の「梅花賦」と合わせて読むと、「春風に搖蕩して春日に媚」びたり、「春光の寒きを訝《いぶか》」ったりする梅の花も次第に寒風を追って零落する運命を知っているからこそ、倡家の妾の盛衰の様が肌で感じられる。このように、新しい楽府は、過去の楽府の世界を借景とし、鑑賞されるのである。

楽府の始まりについては漢武帝が創設した楽府が想起されるが、「落梅花」の曲が漢代までさかのぼる確証はない。しかし、陳の江総（五一九～五九四）の「落梅花」（『芸文類聚』巻八十六、果部上、梅）は、漢代の楽府を喚起させるものである。

臘月正月早驚春　　臘月《らふげつ》正月早く春なるに驚く
衆花未発梅花新　　衆花いまだ発《ひら》かざるに梅花新たなり

可憐芬芳臨玉台
朝攀晩折還復開
長安少年多軽薄
両両常唱梅花落
満酌金卮催玉柱
落梅樹下宜歌舞
金谷万株連綺甍
梅花密所蔵嬌鶯
桃李佳人欲相照
摘葉牽花來並笑
楊柳条青楼上軽
梅花色白雪中明
横笛短簫悽復切
誰知柏梁聲不絶

憐《あはれ》むべし芬芳《ふんはう》玉台《ぎよくだい》に臨み
朝に攀《ひ》き晩に折るもまたまた開く
長安の少年軽薄多く
両両と常に唱ふ梅花落
金卮《きんし》に満酌して玉柱を催し
落梅の樹下よろしく歌舞すべし
金谷の万株《まんしゆ》綺甍《きばう》に連なり
梅花密なる所嬌鶯《けうおう》を蔵《かく》す
桃李の佳人相照さむと欲し
葉を摘み花を牽《ひ》き来りて並に笑ふ
楊柳条《やうりうえだ》青く楼上に軽く
梅花色白く雪中に明らかなり
横笛短簫《たんせう》悽《かな》しくまた切に
誰か知らむ柏梁の声絶えざるを(20)

十二月が早くも正月に変わり、多くの木の中に梅の花だけが芳しく咲いている。長安の浮ついている少年は楽府の「梅花落」をしょっちゅう唱え、酒を飲んだり琴を奏でたり花が落ちる梅の木の下で歌舞したりしている。晋の石崇（二四九〜三〇〇）が別荘の金谷園で開いた宴会のように、宴会の風景の中には木や屋根が密集し、梅も茂っており、またそこに鶯が隠れている。佳人は葉や花を手折り恰好をつけている。楼上には青い柳、雪には白い梅が見え、音楽も悲しくて切実である。漢武帝が柏梁台に上り、群衆に作らせた七言の詩が絶えるようなことは考えられないというのである。（ちなみに『芸文類聚』所収の「梅花賦」にも「七言表柏梁之詠、三軍伝魏武之奇」の聯が見える。）

ここで注目したいのは、漢代に「落梅花」の曲が存在していた確証はないものの、江総は「梅花落」が今・ここに生きる音として唱えられる風景を、ありありと描いていることである。つまり古い楽府を踏まえているようであるが、実はそれが実在したと否とを問わず、古い楽府の世界を虚構として、しかし現前として作り上げているのである。また、長安の町の風景や、遊宴の梅花園の風景が交錯し、古今ともに一つの世界を共有する効果となっている。

また、六世紀の江総の作り上げた虚構の「落梅花」の世界を見てから五世紀の鮑照の「落梅花」の世界を見た場合は、その漢代に据えられた楽府のイメージが重なり合い、深められ、忘れられたかのような古代が創造されていく。徐陵が詠んだ「故栽《ふるきには》」にも、このような古の風景が反映されるようになるのである。その庭を背景にして倡家の妾が眺め忘れようとしていた「竹葉」の錦の風景も同じように複数の記憶が重なっていき、その交錯は、切り離そうにもなかなか切り離せないのである。

大宰府の梅花宴では、「落梅花」が想起されていたのは相違ないのであるが、旅人がその詩群のどの作品を念頭に置いていたかはわからない。「梅花賦」や江総の「落梅花」は『芸文類聚』に収められているが、徐陵の「落梅花」は日本に渡っていたかどうかは不詳である。ただ、大宰府の歌人たちは、徐陵と同様に簡文帝の「梅花賦」や先行する楽府をほのめかしていた点では、徐陵の作品と極めて近しい関係にあるのである。

旅人たちにとっての徐陵「落梅花」は、家系に譬えれば姉妹、あるいは従妹の関係であり、梅花の詩群と網のように繋がり合っていることは疑いない。それぞれの「落梅花」はバルトのいう「かつて読んだもの」であり、「引用符のついていない引用」のように捉えられる。たとえ旅人が徐陵の「落梅花」を読んでいなかったとしても、そうであればこそ、両者の共通性はむしろ注目に値するといえる。先行する梅花の漢詩に何を求めたのか、何を引きついだのか、またそれら他の作品と何が共通しているか、何が異なるか。大宰府の梅花の和歌は、これまで編まれてきた梅花のテクストを考えるために、重要な歴史的発展といえる存在であった。旅人邸の鶯と金谷園の鶯は似ていたのであろうか。八三六番歌の「今日」かざした梅の花の力は倡家の女のかんざしと比べられるのであろうか。三十二首のうちに「独り」は八一八番歌に一度だけ現れるが、それを先行する作品と照らし合わせる場合には、どのように解釈できるのであろうか。

ここまで鮑照・簡文帝・江総・徐陵と見てきたとおり、楽府はそれぞれのテクストを照らし合わせることで、読めば読むほどにさまざまな共通点が見え、多彩な解釈が可能になるのである。その全体を一つの作品群と捉えることもできる。(21) 一方、その中国における「落梅花」の組み合わせ方自体も多彩であり、むしろ複数の捉え方を想定できる。そこにさらに大宰府の梅花の歌を加えるときには、一つの解釈に定着させるよりは、やはり複数の方向から見たほうがいいと思う。

第五節では、大宰府の梅花宴の序文に見える、膝を近づける動作による心の共有やテクスト上の古今の共有のあり方、そして特に山上憶良の八一八番歌の「ひとり」の解釈を考えたい。ただしそれに先行して、まずは第四節で「蘭亭の序」に注目したい。遊宴詩序の踏まえ方にも楽府の作品群と類似するところがあり、他のテクストとの関係性を論じることなしには読めないことを、改めて明らかにしたいのである。

四　王羲之「蘭亭の序」とその間テクスト

「梅花宴の歌三十二首　序を并せたり」という題にあるように、まずは三十二首の和歌とその序文を一つの単位として考えるべきである。この形によって、数多くの遊宴詩というジャンルの一つとして意識されるのである。遊宴詩の序文で最も有名なのは、王羲之の「蘭亭の序」であり、その関係は早くも契沖の『万葉代匠記』（初稿本）で「これは羲之が蘭亭記の開端」とし、「この筆法にならへりとみゆ」と指摘されている。[22] 晋の永和九年（三五三）三月三日に会稽山《かいけいざん》山陰県《さんいんけん》（現在の浙江省《せっこうしょう》紹興市《しょうこうし》）の蘭亭で王羲之が他の四十一人と一緒に禊祓《ふっけい》（禊《みそぎ》と祓《はらい》）の年中行事として流行していた流觴曲水《りゅうしょうきょくすい》の宴を行った。[23]『晋書』（巻八〇、列伝第五〇）に収められる「蘭亭の序」は次の通りである。[24]

（一）永和《えいわ》九年《くねん》、歳《とし》は癸丑《きちう》に在《あ》り、暮春《ぼしゆん》の初《はじ》め、会稽山陰《くわいけいさんいん》の蘭亭《らんてい》に会《くわい》するは、禊事《けいじ》を修《をさ》むるなり。群賢《ぐんけん》畢《ことごと》く至《いた》り、少長《せうちやう》咸《み》な集《あつ》まる。此《こ》の地《ち》に崇山峻領《すうざんしゆんれい》、茂林脩竹《もりんしうちく》有《あ》り、又《ま》た清流激湍《せいりうげきたん》有《あ》りて、左右《さいう》に映帯《えいたい》し、引《ひ》きて以《もつ》て流觴《りうしやう》の曲水《きよくすゐ》と為《な》し、其《そ》の次《じ》に列坐《れつざ》す。

絲竹《しちく》管弦《くわんげん》の盛《さか》んなる無《な》しと雖《いへど》も、一觴《いつしやう》一詠《いちえい》、亦《ま》た以《もつ》て幽情《いうじやう》を暢叙《ちやうじよ》するに足《た》る。(二) 是《こ》の日《ひ》や、天朗《てんほがら》かにして気清《ききよ》く、恵風《けいふう》和暢《わちやう》す。仰《あふ》ぎて宇宙《うちう》の大《だい》を観《み》、俯《ふ》して品類《ひんるゐ》の盛を察《さつ》す、目《め》を遊《あそ》ばせ懐《おも》ひを騁《は》する所以《ゆゑん》にして、以《もつ》て視聴《しちやう》の娯《たの》しみを極《きは》むるに足《た》る、信《まこと》に楽《たの》しむ可《べ》きなり。(三) 夫《そ》れ人《ひと》の相《あ》ひ与《とも》に一世《いつせい》に俯仰《ふぎやう》する、或《ある》ひは諸《これ》を懐抱《くわいはう》に取《と》りて、一室《いつしつ》の内《うち》に悟言《ごげん》し、或《ある》ひは因《よ》りて託《たく》する所《ところ》に寄《よ》せて、形骸《けいがい》の外《ほか》に放浪《はうらう》す。趣舎万殊《しゆしやばんしゆ》にして、静躁《せいさう》同《おな》じからずと雖《いへど》も、其《そ》の遇《あ》ふ所《ところ》を欣《よろこ》び、暫《しばら》く己《おのれ》に得《う》るに当《あた》りては、快然《かいぜん》として自《みづか》ら足《た》り、老《おい》の将《まさ》に至《いた》らんとするを知《し》らず。其《そ》の之《ゆ》く所既《ところすで》に倦《う》み、情《じやう》 事《こと》に随《したが》ひて遷《うつ》るに及《およ》んで、感慨《かんがい》 之《これ》に係《かか》る。向《さき》の欣《よろこ》ぶ所《ところ》は、俛仰《ふぎやう》の間に、已《すで》に陳迹《ちんせき》と為《な》り、猶《な》ほ之《これ》を以《もつ》て懐《おも》ひを興《おこ》さざること能《あた》はず。況《いは》んや脩短《しゆたん》 化《くわ》に随《したが》ひて、終《つひ》に尽《つ》くるに期《き》するをや。古人《こじん》云《い》へらく、「死生《しせい》も亦《ま》た大《だい》なり」と、豈《あ》に痛《いた》まざらんや。(四) 毎《つね》に昔人《せきじん》興感《きようかん》の由《よし》を覧《み》るに、一契《いつけい》を合《がふ》するが若《ごと》し、未《いま》だ嘗《かつ》て文《ぶん》に臨《のぞ》みて嗟悼《せたう》せずんばあらざるも、之《これ》を懐《おも》ひに喩《さと》ること能《あた》はず。固《もと》より死生《しせい》を一《いつ》にするは虚誕《きよたん》為《た》り、彭殤《はうしやう》を斉《ひと》しくするは妄作《ばうさ》為《た》るを知《し》る。後《のち》の今《いま》を視《み》るは、亦《ま》た猶《な》ほ今《いま》の昔《むかし》を視《み》るがごとし、悲《かな》しいかな。(五) 故《ゆゑ》に時人《じじん》を列叙《れつじよ》して、其《そ》の述《の》ぶる所《ところ》を録《ろく》す、世殊《よこと》なり事異《ことこと》なると雖《いへど》も、懐ひを興《おこ》す所以《ゆゑん》は、其《そ》の致一《ちいつ》なり。後《のち》の覧《み》ん者《もの》、亦《ま》た将《まさ》に斯《こ》の文《ぶん》に感有《かんあ》らんとす。

この序を私なりに分析すれば、五段の構成がなされている。第一段では、まず王羲之が蘭亭の宴会について、その時期、場所、目的、参加者、風景、また宴会の詳しい様子まで、具体的に記している。実際には、風景の叙述は少なく、「此の地に崇山峻領、茂林脩竹有り」と蘭亭の周りの山や林を描写してから、すぐに「清流激湍有りて、左右に映帯」して宴会場に流れる川から、曲水の行事の説明に入る。音楽の演奏がない素朴な場であり、「一觴一詠」の飲酒と作詩の目的に傾注することになっている。そして「幽情を暢叙する」として参加者が奥深い心情を述べ合うに至っている。

第二段では、再び風景の描写に入り、「是の日や、天朗かに気清く、恵風和暢す」と天候ののどかさが示されている。風景が二回叙述されるのは、第一段は宴会の場を具体的に述べているのに対して、第二段は「仰ぎて宇宙の大を観、俯して品類の盛を察す」の「仰・・・俯・・・」の構造によって宇宙の膨大な視点から蘭亭を見つめているためである。参加者は一觴一詠ごとに現実の世界から宇宙の創造の世界に入っていく。そして「視聴の娯しみを極むるに足る、信に楽しむ可きなり」と、楽観的な格調を取っている。

それに対して、第三段は「夫れ人の相ひ与に一世に俯仰する」と、また別の抽象的空間において人々の日々の生活に目をつけなおす。ある人は心の中に抱いていることを「一室の内に悟言し」、ある人は自分の好みに身をまかせ「形骸の外に放浪す」るのである。性格は人それぞれであるが、だれも自分の好みによって気のおもむくままに生きる。そして、しばらくの間「快然自足」、快く自分で満足している内に思わず老いてしまう。やがて心がおもむいていたことにも飽き、思いが変わるのである。「死生も亦た大なり」（死生亦大矣）は『荘子』「徳充符」に見えるが、(25)死生や天地を見れば、異なるように見えても「万物みな一つなり」であることを説いている。ただ「古人云へらく」と王羲之もいうように、これは『淮南子』「精神訓」にも見え、典拠が一つだけというわけではなく、古くからの課題として捉えられているようである。王羲之もまた、人生は長くも短くも結局尽きものであると論じている。そこで、第二段で「楽しむべき」と断じていたことを、第三段では古人の「死生も亦た大なり」という言い伝えに対し、「豈に痛まざらんや」として展開している。

このように思い巡らしている王羲之は次の第四段で、昔の人の文章を見ても、同じ感情が共有されていることを述べる。悲しみを共にし、またそのような思いをしないように悟ることはできないのである。「固より死生を一にするは虚誕為り、彭殤を斉しくするは妄作為るを知る」と批判しているのは、『荘子』「斉物論」を踏まえている。

天下《てんか》に秋豪《しうがう》の末《すゑ》より大《だい》なるは莫《な》く、而《しか》も大山《たいさん》を小《せう》なりと為《な》す。殤子《しやうし》よりも寿《じゆ》なるは莫《な》く、而《しか》も彭祖《はうそ》を夭《えう》なりと為《な》す。天地《てんち》は我と並《なら》び生《しやう》じて、万物《ばんぶつ》は我《われ》と一為《いちた》り。既《すで》に已《すで》に一《いち》為《た》れば、且言《はたい》ふこと有《あ》るを得《え》んや。既《すで》に已《すで》に之《これ》を一《いち》と謂《い》へれば、且言《はたい》ふこと無《な》きを得《え》んや。一《いち》と言《げん》とは二為《にた》り。二《に》と一《いち》とは三為《さんた》り。[26]

『荘子』は秋の鳥獣の細毛の毛先が天下の最大のものであるといい、大山（泰山）が最小であると述べる。そして、若死にの子どもが最も長寿であり、伝説上の長寿者である彭祖《ほうそ》が最も短命であるという。その前後の文脈を読んでも、万物は斉等《せいとう》であり、無から生じ、天地・大小・長短・善悪などには絶対的な差はないと論じた上、ましてそれは、本来、有限な言語で言い尽くせるものではないと説いている。換言すれば、無と万物の差は人の言葉によるものに過ぎないということである。そして『荘子』の続く話では、「聖人《せいじん》は之《これ》を懐《うち》にす。衆人《しゆうじん》は之《これ》を弁《べん》じて、以《もつ》て相示《あひしめ》すなり。故《ゆゑ》に曰《いは》く、『弁《べん》なる者《もの》は、見《み》ざる有《あ》るなり』と」と論じ、聖人は道や言葉を心の内に秘めておいて外に表さないのに対して、一般の人はいろいろと説き立てるというのである。[27] これも『荘子』が新たに作った議論ではなく、弁ずることは道を知らないこ

とであるということは『老子』などにも言われる通りである。(28)

王羲之が第三段で「況や脩短 化に随ひて、終に尽くるに期するをや。古人云へらく、『死生も亦大なり』と。豈痛ましからずや」と寿命の長短を嘆いたことは、第四段では「彭殤を斉しくする」『荘子』などの論を「妄作」として、既存する論に対して具体的に自分の心を述べ上げるためである。そして、第三段で「或は諸を懐抱に取りて、一室の内に悟言し」と記したことを『荘子』に見える議論と合わせて考えれば、「悟言」することは道を悟っている人というより、それを説き立てている人と考えられる。死生を考える際、人の反応はそれぞれであるが、詩人である王羲之が、第四段で「悲しいかな」と繰り返すのは、死生はひとしいものだとの論説を引用し、その思いの深さを述べているのである。

最後に第五段では、王羲之自身が書いた序文と、その他の詩の列叙を取り立て、また将来の人が現在の詩を読んだ時に同じように感じるのではないかという意識を示している。王羲之の内面的な万物論・死生論の後の、この結び方の重要性を見逃してはならない。第二段から第三段では、蘭亭の現実的な世界から天地の抽象的な世界に視点を移し、第四段の哲学的な論じ方に入ったが、第五段でまた現実の世界に戻っている。すなわち、その現実の蘭亭の遊宴という特定の空間を、宇宙・万物・死生の視点から改めて見直すことになるのである。

王羲之の序文に続く、延べ五十九首の四言詩と五言詩はこのようなフレームに囲まれている。そして、遊宴の詩の後にも王羲之の後序が付いており、序文と同じような万物論も説かれている。旅人が引用した蘭亭の序はどのような形で伝えられていたか明らかでないが、後世には序文のみの流布もあったため、序文に特に注目していたかもしれない。いずれにしても、そのような日本における受容史・研究史の事情も考え、本稿でも序文の分析のみにとどめておくことにする。しかし、本稿の論において注意したいのは、王羲之が作った「作品」と読者に受容された「テクスト」は必ずしも同一ではなく、むしろ読者に伝わり解釈される「テクスト」のほうが重要であることであり、これは間テクスト性理論の指摘するところでもある。蘭亭の五十九首が王羲之の序文と後文によってフレーミングされているが、それも『荘子』などの古人の論によってもフレーミングされている。

そして、王羲之が序文で「後《のち》の覧《み》ん者《もの》」を登場させ、「後の今」と「今の昔」という言葉で時代を超えた空間を作り、後の読者を遊宴の一員に入れているかのように表現している。王羲之の序文と『荘子』の間に対話《ダイアログ》がなされているように、王羲之も後人に共感の展開を願っている。「蘭亭の序」を襲用している後の作品は多いが、「梅花歌の序」もその一つであり、旅人自身が王羲之に呼びかけられている「後《のち》の覧《み》ん者《もの》」になっているのである。

したがって、旅人の序は王羲之の序をフレームに（それもまた『荘子』などをフレームに）しているため、それぞれの序文の間テクスト性を十分考察する必要があるのである。

五　「梅花宴の歌三十二首　序を并せたり」と　そのテクスト、およびその間テクスト

これまで、楽府の「落梅花」と王羲之の「蘭亭の序」それぞれが、過去と将来の「間テクスト」を意識しているテクスト構成であることを論じてきた。したがってここでは、旅人がその「落梅花」を直接提示し、「蘭亭の序」をほのめかしていることを改めて重視し、「梅花歌の序」も同様にこれらの作品との対話となっていることを論じたい。

以下にまず、「梅花歌の序」の漢文本文と読み下し文を岩波書店の「新日本古典文学大系」から引用する。その際に、序文の構成を論じるために私に漢数字をつけた。

（一）　天平二年正月十三日　　天平《てんぴやう》二年正月十三日、
萃于帥老之宅　　帥老《そちらう》の宅《いへ》に萃《あつ》まり、
申宴会也　　宴会《えんくわい》を申《の》ぶ。

（二）于時初春○令月●
気淑●風和○
梅披●鏡前○之粉●
蘭薫○珮後●之香○
加以曙嶺●移雲○
松掛羅○而傾蓋●
夕岫○結霧●
鳥封縠●而迷林○
庭舞●新蝶●
空帰○故鴈●
（三）於是蓋天○坐地●
促膝●飛觴○
（四）忘言○一室●之裏●
開衿○煙霞○之外●
淡然○自放●

①時に、初春《しよしゆん》の令月《れいげつ》、
気淑《うるは》しく風和《やは》らぐ。
梅は鏡前《きやうぜん》の粉《こ》に披《ひら》き、
蘭《らん》は珮後《はいご》の香《かをり》に薫《かを》る。
②加以《しかのみにあらず》、曙《あけぼの》の嶺《みね》に雲移《うつ》りて、
松は羅《ら》を掛けて蓋《きぬがさ》を傾け、
夕《ゆふべ》の岫《くき》に霧結びて、
鳥は縠《こめのきぬ》に封《とざ》されて林に迷ふ。
③庭に新蝶《しんてふ》舞ひ、
空に故雁《こがん》帰る。
④ここに於て、天を蓋《きぬがさ》にし地《つち》を坐《しきゐ》にし、
膝《ひざ》を促《ちかづ》け觴《さかづき》を飛ばす。
言《こと》を一室の裏《うち》に忘れ、
衿《ころものくび》を煙霞《えんか》の外に開く。
⑤淡然《だんぜん》として自《みづか》ら放《ほしいまま》にし、

（五）

快然○自足●
若非○翰苑●
何以●攄情○
詩紀落梅之篇
古今夫何異矣
宜賦園梅
聊成短詠

快然《くわいぜん》として自ら足《た》る。
若《も》し翰苑《かんゑん》に非《あら》ざれば、
何を以てか情《こころ》を攄《の》べむ。
詩《し》に落梅《らくばい》の篇《へん》を紀《しる》す。
古今《ここん》それ何ぞ異《こと》ならむ。
宜《よろ》しく園梅《ゑんばい》を賦《ふ》して、
聊《いささ》かに短詠《たんえい》を成《な》すべし。

旅人の序文は、王羲之が「蘭亭の序」を書いた四世紀より後、中国の六朝時代から盛行していた四六駢儷体《しろくべんれいたい》の規則を反映している。四字句と六字句の計四句が一つの単位になり、その間に四声の相互的な対応も定められていた。右では、興膳宏の分析を借り、①～⑤で四句単位の構成（③は二句のみ）、および声の格律を表している。平声の音を○で、仄声（上・去・入声）の音を●で示している。(29)

王羲之からの直接の引用と言っても、「快然自足」は両者の序文にあり、一方で王羲之の「悟言一室の内」は旅人では「忘言一室の裏」となっている。しかし、両序を全体的に見れば、その構成は勿論、「梅花歌の序」が「蘭亭の序」の内容と類似しているのは、先行研究が指摘する通りである。したがってその構成、また特に内容について改めて考察したい。

「梅花歌の序」を漢数字（一）〜（五）のまとまりで区分すれば、（一）は遊宴の時期と場所および目的を記している。語句は多少異なるが、王羲之の「会于稽山陰之蘭亭、修禊事也」に類似する。（二）からは遊宴の風景が描かれている。最初は現実的な天候の記述「于時、初春令月、気淑風和」から始まっているが、すぐに文学的風景「梅披鏡前之粉、蘭薫珮後之香」に入る。梅や蘭（フジバカマ）は遊宴を催すために旅人の邸宅に植えてあったのかもしれない。特に、梅は当時大陸から新たに輸入された、エキゾチックなイメージがあったのである(30)。そこで「加以」と接続され、曙の嶺と夕の岫《くき》、松と鳥、新蝶と故鴈というように、多くの風物が並んでいる。すべてが邸宅の園に一度に集まっていたかわからないが、いずれにしてもここで描写されているのは文筆の園、まさに後述される「翰苑」である。

王羲之の序文では、「暮春之初」の後に曲水宴の具体的な風景が描かれ、そしてまた「是の日や、天朗かにして気清く、恵風和暢す」と天候が言い直されていたことで、現実の風景と文学の風景が二層的に存在していたが、旅人の序文ではそれらが一層に凝縮されている。王羲之の、続く二次的風景「仰ぎて宇宙の大を観、俯して品類の盛を察す」という句も、想像の俯瞰図《ふかんず》になっていることは明らかである。しかし、旅人の序文（二）の部分では、文学と現実の世界はあまり区別されていない。（三）では「於是」と構成的区分が示され、「天を蓋にし地を坐にし、膝を促け觴を飛ばす」と天を仰ぐ表現がなされ、つまり「蓋（車の日傘）である天と敷物である地という空間で、また膝を近づけて、杯を交わしている」ということである。邸宅・翰苑の風景から、宴会の場に戻っているのである。旅人が王羲之の序文を踏まえていることを前提として見れば、旅人のこの二句では、抽象的な風景と具体的な宴会の風景が重なり凝縮されているという特色があることが、顕著に見えて来る。

「蘭亭の序」の中心は、長い死生論・宇宙論であったが、「梅花歌の序」にそれに類似するところはほとんど見えず、抽象的な記述としては（四）の部分のみである。つまり、旅人の序文は風景を詳しく述べた後、「忘言一室之裏、開衿煙霞之外、淡然自放、快然自足」と、一堂の中では言葉も忘れ、庭の景色に心を晴らし、打ち解けている。さっぱりとして自由であり、快然として満ち足りていることを記し、宴会の場面に戻っているように見える。「蘭亭の序」が現実的・抽象的な構成になっていたのに対して、「梅花歌の序」は、ただ宴会という特定の時空の世界しか意識していないという理解で、果たしてよいであろうか。王羲之の宇宙論に対して、旅人は風景の描写や漢籍の知識を誇示しているだけなのだろうか。

旅人の序文の（五）の結び方を見れば、蘭亭の序からの直接の引用はなくとも、その内容はほとんど同じであることがわかる。つまり、古と今とそもそも違いがあるのだろうかと、「古」の王羲之の詩を共有することで喚起しているのである。そして、園梅を詠んで短歌を作成するとともに、序文を残しておきたいと結んでいる。王羲之の「後の覧ん者、亦た将に斯の文に感有らんとす」という気持ちとも共通しているに相違ない。

問題は、「梅花歌の序」の「忘言一室之裏、開衿煙霞之外、淡然自放、快然自足」、宴会風景を称賛している部分をどう読むかである。旅人は宴会を楽しんでいる風景を描いてから、「ああ、どうしてこの心を述べようか」（何以攄情）と思い巡らせているが、それはどのような心なのか。

本稿の第四節ですでに論じたように、王羲之は「悟言一室の内」の人や「快然自足」の人といった、楽観的に楽しんでいる人に対して、老年などが来ようとしているのを知らず、何と痛ましく悲しいことではないかと、動揺の気持ちを表している。旅人が高名な「蘭亭の序」のこの二句を引用していること、またその関係性には、当時の有識者も気づかないはずがなかった。特に梅花宴に参加していた山上憶良が漢籍に詳しかったことを考えれば、宴会の場面を「快然自足」と描いた旅人が、王羲之の死生論を意識的に結び付けていたことには相違ない。

換言すれば、解釈の可能性は二つあると思う。一つは、旅人は王羲之の言葉のみ引用し、自分の新しい内容（心）を飾るために使っているということ。もう一つは、引用の言葉のみならず元の内容をも踏まえながら、自分の新しい場面に重ねているということである。前者を取り、旅人の心が楽観的であったと解釈すれば、王羲之の悲観的な記述態度との差が生じることになり、読者がそれをどのように捉えたのか疑問が残る。私が思うには、後者の解釈のほうが妥当である。

第四節で述べたように、王羲之の序文は、「死生もまた大なり」とする『荘子』に代表される「古人」との議論になっていた。特に『荘子』の引用部分「斉物論」は秋豪の末の大なることや、彭祖の若きことを喩え、言語による相対性を認めながらも、いっぽう詩人としては死生の悲しさを言い出さざるを得ないことを表現していた。『荘子』もいうように、聖人は道や言葉を「懐」にし、衆人は「弁」じてお互いに誇示するのであれば、王羲之も『荘子』も弁じたことによって聖人の姿勢には矛盾したことになっている。王羲之が否定する「悟言」する者に対して、旅人は「忘言」という模範を示していた。王羲之の痛感していた言葉の限界をあらわに表現せず、ほのめかすことにより、『荘子』と王羲之に加わり、彼らの同じ議論にまたさらに新しい展開を示している。言葉を忘れるとは、その言葉がなかったということではなく、思いと言葉が一致していたところで、その言葉のみ忘れて思いが残る状態を表している。

実は、王羲之の「悟言」に対する「忘言」のみならず、「忘言」の間テクストは他にも指摘されている。『万葉集略解《まんようしゅうりゃくげ》』には「忘言は荘子に言者所以在意得意而忘言とあるより出て(31)」とあり、『万葉集古義』も「忘言一室之裏は、荘子に、得意而忘言、蘭亭記に、悟言一室之内、などもあり、此等をとり合せてかけるなり(32)」として『荘子』「蘭亭記」等の取り合わせと解している。『荘子』外篇に「筌《せん》は魚《うを》に在る所以《ゆゑん》なり。魚《うを》を得て筌を忘る。蹄《てい》は兎《うさぎ》に在る所以なり。兎を得て蹄を忘る。言《げん》は意《い》に在る所以なり。意を得て言を忘る。吾《われ》安《いづ》くに夫《か》の言を忘るるの人を得て、之《これ》と与《とも》に言はんか(33)」とあり、魚や兎を得たら、その罠を忘れていいのと同じように、意を得たら言葉を忘れていいのであるが、ことばを忘れてはともに心を通じ合う人はなかなかいないという理念が説かれている。

また、六朝時代の陶淵明の「飲酒二十首　其の五」(『文選』巻三十「雑詩下」)にも、言葉と内容との理念について、類似性が見られる。

結廬在人境　　廬《いほり》を結《むす》んで人境《じんきやう》に在《あ》り、
而無車馬喧　　而《しか》も車馬《しやば》の喧《けん》無《な》し。

問君何能爾
心遠地自偏
采菊東籬下
悠然見南山
山気日夕佳
飛鳥相与還
此中有真意
欲弁已忘言

君《きみ》に問《と》ふ、何《なん》ぞ能《よ》く爾《しか》るやと、
心《こころ》は遠《とほ》ざかり、地は自《おのづか》ら偏《かたよ》ればなり。
菊《きく》を東籬《とうり》の下《もと》に采り、
悠然《いうぜん》として南山《なんざん》を見《み》る。
山気《さんき》は日夕《にっせき》佳《か》なり、
飛鳥《ひてう》は相与《あひとも》に還《かへ》る。
此《こ》の中《うち》に真意《しんい》有《あ》り、
弁《べん》ぜんと欲《ほっ》して已《すで》に言《げん》を忘《わす》る(34)

世を逃れ、自然の僻地に住む歌人が菊を採り南山を見、単に山気や飛鳥を眺めているようであるが、この中に「真意」があり、それを弁じようと思うとすでに言葉を忘れているという。『荘子』の「言は意に在る所以なるも、意を得て言を忘る」とは異なる方法であるが、自然物を描くことにとどまり、そこに抽象的な言葉を用いない悟りが説かれていると言える。旅人が王羲之の「悟言」を展開し、「忘言」と表現しているのは、これらの詩が言わんとするところを、最も連想しやすいものであるからではないかと思う。このように考えると、旅人の序文のオリジナリティは、王羲之の「哲理的」な記述を無視し、「叙景的」に過ぎない文筆を加えているというよりも、叙景的な記述による新たな視点からの「古と今」の心情の共有にあるのである。ほかに、梅花宴の歌には、楽観的なものから悲観的なものまで見える。たとえば、宴会の一首目（八一五番）は、春が来るたびに梅を招き歓楽を尽くそうという心情であり、今年にも来年にも楽しみの極まりを期待している歌である。また、八二二番歌のように、梅花がこれから散ってしまうので、今の内に楽しもうという歌もあれば、一方では、これから散ることを考え、既に悲しんでいる八二四番歌のような例もある。

正月《むつき》立ち　春の来《きた》らば　かくしこそ　梅を招《を》きつつ　楽しき終《を》へめ（5・八一五）
世の中は　恋繁《こひしげ》しゑや　かくしあらば　梅の花にも　ならましものを（5・八一九）
青柳《あをやなぎ》　梅との花を　折りかざし　飲みての後《のち》は　散りぬともよし（5・八二一）
梅の花　散らまく惜《を》しみ　我《わ》が園の　竹の林に　うぐひす鳴くも（5・八二四）

同じ場面であっても異なる観点から見るのは当然のことである。その上、歌の多彩な視点は、それぞれの個人の心情の相異によるもののみならず、作歌の技巧にもよるものである。八二四番歌のウグイスが惜しみの気持ちで泣いているのは、歌人のその時の心情のみならず、そのような歌表現が一般化していたためである。また同じ歌の「をしみ」は原文の漢字本文では「怨之美」と表記され、さらに旅人の八一九番歌の嘆きの思いを表す「ものを」の「を」も「怨」とされ、音仮名でありながら漢字の表意性をも用いている。八一五番歌の「楽しき終へめ」(歓楽を尽くそう)も、漢語の「尽歓」の翻訳語であろう(35)。

また、視点の重なりを示す以下の例、八二八番歌では宴会の参加者は「人ごとに」梅を折り縵《かづら》にしているという。三十二首の内、髪に梅を飾っている歌が十首もあることを考えれば、これは宴会の場の現実を表していると推測できる。一方、「我が園」「我が家」「我がやど」「我が家の園」のような「我」を詠む歌は七首、「妹が家」は一首である。歌人がそれぞれの家で歌を作ってから集まったとする説もあるが、現在では「我」のそれぞれが旅人の視点を表しているとする説が有力である。すると、歌人が自分の家で「我が家」の歌を用意してきたものであったとしても、「梅花の歌三十二首」に収められることによって「我」が旅人に変貌することになる。作歌にあたり、一部の言葉を変え、類歌を借りる場合でも、このようなコンテクストの重なりが認められるのである。

梅の花　今咲けるごと散り過ぎず　我《わ》が家《へ》の園《その》に　ありこせぬかも（5・八一六）
我《わ》が園に　梅の花散る　ひさかたの　天《あめ》より雪の　流れるかも（5・八二二）
うちなびく　春の柳と　我《わ》がやどの　梅の花とを　いかにか別《わ》かむ（5・八二六）
人ごとに　折りかざしつつ　遊べども　いやめづらしき　梅の花かも（5・八二八）
春の野に　鳴くやうぐひす　なつけむと　我《わ》が家《へ》の園《その》に　梅が花咲く（5・八三七）
うぐひすの　音《おと》聞くなへに　梅の花　我家《わぎへ》の園《その》に　咲きて散る見ゆ（5・八四一）
我《わ》がやどの　梅の下枝《しづえ》に　遊びつつ　うぐひす鳴くも　散らまく惜《を》しみ（5・八四二）
妹《いも》が家《へ》に　雪かも降ると　見るまでに　ここだも紛《まが》ふ　梅の花かも（5・八四四）

宴会参加者のうち七人までが、「我」の語を用い、旅人との唱和を表していたのであれば、次の山上憶良の八一八番歌の「ひとり見つつや」は不思議な例である。続く八一九番歌も、遊宴の「賀」に対して「情」を表している点で調和しているため、両者合わせて見てみよう。(36)

春されば　まづ咲くやどの　梅の花　ひとり見つつや　春日暮らさむ（5・八一八）
世の中は　恋繁しゑや　かくしあらば　梅の花にも　ならましものを（5・八一九）

憶良のこの歌では、一人称の「ヤ…ム」の語法が反語なのか、詠嘆なのか、もしくは疑問なのか、そしてそれを宴会の文脈との関連でどう説明するかが問題である[37]。反語の解釈では、一人で梅を鑑賞するわけにはいかないということになり、意味上では特に問題はないように見える。しかし、「ヤ…ム」は上代では反語としては用いなかったため、詠嘆もしくは自分に対する軽い疑問と解釈したい[38]。すると、旅人の宴会の場で孤独感を表す歌を詠じたとすれば、それには何か理由があったはずである。

『万葉集』の「ひとり」という言葉が「ふたり」を意識して表現していることが多いことから[39]、伊藤博は憶良が八一八番歌で妻を亡くした旅人の心境に立っていると解釈し、八一九番歌も「恋繁しゑや」と恋の煩わしさを嘆いているとする。そして「憶良の何気ない意図が、一座の共通の理解となった」と、憶良の一首の影響を論じている[40]。一方、伊藤が説く亡妻大伴郎女の〈実態〉に対して、東茂美は「落梅花」などの先行作品の比較研究により、「漢風世界の〈景〉として」もしくは〈表現〉として憶良の歌を解している[41]。つまり、第三節で述べたように、簡文帝「梅花賦」や楽府の「落梅花」に窺えた、梅独り、女独りという視点に着眼し、「梅花の歌三十二首」をそれらの文学世界と合わせて読んでいるのである。伊藤説と東説は必ずしも矛盾しないが、束は先行する文学作品の地平線で大宰府の梅花宴を見つめている。旅人の序文を梅花歌三十二首のフレームとして考えた場合、それら梅花の歌は「落梅花」にならい紹介されていることになるから、文学的な「古今」というコンテクストのほうが読者（王羲之のいう「後の覧ん者」）に重視されたはずである。

「落梅花」で表現される孤景が一座のムードに広がったとすれば、なおさら、隠逸詩の「帰田賦」や陶淵明などの「忘言」の連想によっても孤独感がより深められたはずである。騒がしかったはずの晴れの場の中にもあった、このような孤独や悲しみの美意識は、旅人が引用しているテクストと「古今」を共にする、最たるものであると思う。

「三十二首」の歌については以上の分析にとどめることにし、梅花宴全体の構成をもう一度整理したい。旅人の序文は、「忘言」という語や「古今」へのほのめかしによって悲しみと孤独の側面を表し、それによって感情の「古今」の共有を表している。楽府の伝統における作品の歴史的な積み重ねの構成と、王羲之が「後の覧ん者も、亦将に斯の文に感有らんとす」と、古人に同感を示し自ら積み重ねた構造と同様に、旅人もまた古人に共感し、旅人にとっての後人もまた共感するだろうという記し方をしている。後の読者兼作者の役割を示唆し、旅人自身の、「古今」を貫いて時代を超越した「間テクスト」の網（ネットワーク）を描いているのである。

旅人が梅園歌の後の作品を促し、期待していたことは、「梅花歌三十二首　序を并せたり」以下に続く作品からも明白である。

員外の、故郷を思ひし歌両首

わが盛り　いたくくたちぬ　雲に飛ぶ　薬食《は》むとも　またをちめやも（5・八四七）
雲に飛ぶ　薬食《は》むよは　都見ば　いやしき我《あ》が身　またをちぬべし（5・八四八）

後に梅の歌に追和せし四首

残りたる　雪に交《ま》じれる　梅の花　早くな散りそ　雪は消《け》ぬとも（5・八四九）
雪の色を　奪《うば》ひて咲ける　梅の花　今盛りなり　見む人もがも（5・八五〇）
我《わ》がやどに　盛りに咲ける　梅の花　散るべくなりぬ　見む人もがも（5・八五一）
梅の花　夢《いめ》に語らく　みやびたる　花と我思《あれも》ふ　酒に浮かべこそ（5・八五二）
　一に云ふ　いたづらに　我《あれ》を散らすな　酒に浮かべこそ

ここでは歌の内容は特に分析しない。ただ、「梅花宴の歌三十二首　序を并せたり」が一つの共同作品として作られたとすれば、その続きの歌をどのように考えるかという問題がある。題詞の「員外」は宴会の三十二人に数えられなかった人という意味であろうが、内容や構成からはこの六首は旅人の作と考えられ、八四八番歌の「いやしき我が身」は謙譲の語と見られる。二首の現代語訳は「私の年の盛りはすっかり傾いてしまった。雲上を飛ぶことのできる仙薬を飲んでも、再び若返ることがあろうか」「雲に飛ぶ仙薬を服用するよりは、都を見たら、取るに足りない我が身も再び若返ることでしょう」（新日本古典文学大系）となる。神仙思想（道教の一種）の表現を用い、また「思故郷歌」の題になっていること、さらには梅花宴の翌年、天平三年（七三一）七月二十五日に、旅人が六十七歳で没したことを考えると、故郷に対するとともに死生に対する旅人の思慮も想像できる。

　この六首の後に、神仙思想の物語になっている「松浦河に遊びし序」ならびに六首、そして「後人の追和せし詩三首　帥老」が続く。これらは、道教的なテーマの他、旅人の「帥老」の呼称の上からも、「梅花歌の序」と共通しているといえる。その次に、百済の渡来僧である吉《よし》田《だの》宜《よろし》からの書簡が記録され、それは、旅人が贈ったと思われる手紙に梅花宴と松浦河の作品も同封されていたことに対して感謝を表している。多くの称賛の語句の一つには、「杏《きやう》壇《だん》各《かく》言《げん》の作に類し、衡《かう》皐《かう》税《ぜい》駕《が》の篇に疑《に》たり」（それぞれ『荘子』「漁父」と『論語』「公冶長」の話[42]）とし、吉田宜が自ら連想した「間テクスト」との共通性を示している。何故連想したかは不明であるが、これらは『荘子』と『論語』いずれについても孔子の話を指しているのであり、旅人の梅花宴や松浦河の作品を、徳政の典型として褒めているようである。

旅人が直接かかわっていた「梅花歌」とその序文、「員外」二首と「追和」四首、そして吉田宜宛に同封された「松浦河に遊びし序」およびその続きの九首を全体として見ると、道教および神仙思想に関する内容が目を引く。すると、「梅花歌の序」の「忘言」は、「蘭亭の序」の「悟言」を展開しながら、『荘子』や陶淵明の「飲酒二十首　其の五」を踏まえていると思われる。王羲之の序文を踏まえながらも、その死生論にまったく応えず、叙景のみであったように見える「梅花歌の序」は、実は先行する作品との有意義な対話をなしているものであると私は考える。旅人のオリジナリティは中国文学を巧みに引用したり、ほのめかしたりすることにより、中国文学とその思想に肩を並べる新たな成果を生み出したことにあるのである。また、王羲之が「後《のち》の覧《み》ん者《もの》」に呼びかけたように、旅人も「古今」の共通を示し、楽府「落梅花」とともに「園梅を賦して」「短詠を成す」ことにし、自らの作品が後に「追和」されるものとして仕立ておいたのである。

注

(1)吉川忠夫『王羲之―六朝貴族の世界』（岩波現代文庫）二〇一〇年、四九頁。

(2)古沢未知男『漢詩文引用よりみた万葉集の研究』再版（桜楓社）一九七二年、一三三〜一三四頁。

(3)金文京「中国文学から見た『万葉集』」『万葉集を読む』現代思想八月臨時増刊号、第四七巻第一一号（青土社）二〇一九年、一〇〇〜一〇七頁。

(4)村田右富実『令和と万葉集』（西日本出版社）二〇一九年、一〇二、一一七頁。

(5)ロラン・バルト「作品からテクストへ」花輪光訳『物語の構造分析』（みすず書房）一九七九年、九一〜一〇五頁。なお、間テクスト性の詳細な研究史と多様な適用例については、Graham Allen. *Intertextuality*. London: Routledge, 2000 も参考になる。

(6)ヴィーブケ・デーネーケも間テクスト性の視点から、ミハイル・バフチンを踏まえ、一つだけの典拠を求める研究方法を「アダム的書誌学」と呼んでいる。日本の句題詩の研究で、漢詩の語句の典拠のみを求める傾向を批判し、ジャンルを超えて日本の句題詩と和歌の関係をも論じている。なお、菅原道真の「月夜見梅花」の五言詩を、また同じく道真の「春雪映早梅」の句題詩と同じ題目に基づく韓愈の詩の関係なども分析している点も本稿の姿勢と交差するところである。Wiebke Denecke. "'Topic Poetry Is All Ours': Poetic Composition on Chinese Lines in Early

Heian Japan." *Harvard Journal of Asiatic Studies*, Vol. 67, No. 1. (Jun., 2007), pp. 1-49.

（7）本稿の『万葉集』引用および一部の現代語訳は、佐竹昭広ほか校注『萬葉集』新日本古典文学大系第一~四巻（岩波書店）一九九九~二〇〇三による。安倍内閣は、中西進『万葉集　全訳注原文付（一）』（講談社文庫）一九七八年から引用しているようである。

（8）高橋忠彦『文選（賦篇）下』新釈漢文大系第八一巻（明治書院）二〇〇一年、一八四~一八六頁。

（9）内田泉之助『玉台新詠　下』新釈漢文大系第六一巻（明治書院）一九七五年、六八一頁。

（10）原田種成『文選（文章篇）上』新釈漢文大系第八二巻（明治書院）一九九四年、三頁。星川清孝『楚辞』新釈漢文大系第三四巻（明治書院）二〇〇八年、二一頁。

（11）小島憲之「萬葉語の解釈と出典の問題」下中彌三郎編『萬葉集大成』第三巻・訓詁篇上（平凡社）一九五四年、三~二八頁。

（12）増田清秀『楽府の歴史的研究』（創文社）一九七五年、二五二~二五九頁。

（13）郭茂倩『楽府詩集』中國古典文學基本叢書（中華書局）一九七九年、三四九~三五二頁。

（14）前掲注（12）、増田清秀『楽府の歴史的研究』に同じ。

（15）小島憲之『懐風藻　文華秀麗集　本朝文粋』日本古典文学大系第六九巻（岩波書店）一九六四

年。

(16) 前掲注(15)、小島憲之『懐風藻　文華秀麗集　本朝文粋』に同じ。

(17) 前掲注(7)、新大系本『萬葉集』は、『芸文類聚』(美婦人)所収の「雪色故年より残す」(陳・徐陵「春情詩」を引用している。

(18) Frankel, Hans H. *The Flowering Plum and the Palace Lady: Interpretations of Chinese Poetry*. New Haven: Yale University Press, 1978, pp. 1-6. フランケルは中国文学に梅と女性の重なりを歴史的に考察している。

(19) 前掲注(12)、増田清秀『楽府の歴史的研究』に同じ。

(20) 前掲注(12)、増田清秀『楽府の歴史的研究』に同じ。

(21) Joseph R. Allen. *In the Voice of Others: Chinese Music Bureau Poetry*. Ann Arbor, Mich.: University of Michigan Press, 1992. アレンは、楽府のこのようなテクスト構成について intertextuality だけでなく、intratextuality の視点からも論じている。個々の作品の間の関係は、「inter-」という外部的なものとして考えるのに対して、「intra-」という内部的なものとして捉えその視点をずらしたほうが、楽府というジャンルの機能をよく表わしているという。また、口頭伝承と間テクスト性の視点からの楽府研究には Alexander Beecroft. "Oral Formula and Intertextuality in the Chinese

'Folk' Tradition (*Yuefu*)." *Early Medieval China*, No. 15. (2009:1), pp. 23-47もある。

(22)久松潜一校訂『契沖全集第三巻』(岩波書店)一九七四年、六一頁。

(23)王羲之と蘭亭の会については、前掲注(1)、吉川忠夫『王羲之—六朝貴族の世界』参照。僻地でありながら江南の開発の中心地であった会稽のイメージや、王羲之の書簡に見える「くるしからざる隠遁」の思考も、蘭亭の序の内容と合わせて示唆に富んでいる。吉川が論じるように、参加者の謝安《しあん》や孫綽《そんしゃく》にも、序文の「快然自足」から「死生亦大矣」までの思想のあったことが想像できる。

(24)房玄齢撰『晋書』(中華書局)一九七四年。読み下しは主に興膳宏『中国詩文の美学』(創文社)二〇一六年、二三〇～二三二頁を用いた。なお、星川清孝『古文真宝(後集)』新釈漢文大系第一六巻(明治書院)一九六三年、一五一～一六〇頁も参考にした。

(25)赤塚忠『荘子　上』全釈漢文大系第一六巻(集英社)一九七四年、二一九頁。

(26)前掲注(25)、赤塚忠『荘子　上』、九八頁。

(27)前掲注(25)、赤塚忠『荘子　上』、一〇五頁。

(28)『老子』五六章「知る者は言はず。言ふ者は知らず。」ちなみに白居易(七七二～八四六)は、言語によってこの道理を説いている『老子』に対して、次の詩を詠んだ。「言ふ者は知らず、知る者は黙すと。此の語吾は老君より聞く。若し老君是れ知る者と道へば、何に縁りて自ら著す五千文」。斎藤晌『老子』全釈漢文大系第一五巻（集英社）一九七九年、一七七、六九頁。なお、第五節で論じるように「梅花歌の序」は、白居易が後に指摘したこの矛盾に対する答えであると私は考える。

(29) 前掲注(24)、興膳宏『中国詩文の美学』に同じ。

(30) 金子ひかる「『万葉集』に詠まれた梅と桜に見る上代人の自然観照の態度」高知県立大学卒業研究（二〇一五年度）は、梅を作られた風景として考察している。高知県立大学文化学部に卒業研究優秀賞受賞論文として保管されている。

(31) 橘千蔭『萬葉集略解　上巻』（国民文庫刊行会）再版一九一〇年、三八四頁。

(32) 鹿持雅澄『萬葉集古義』第三巻（国書刊行会）第四版、一九二二年、五〇～五一頁。

(33) 赤塚忠『荘子　下』全釈漢文大系第一六巻（集英社）一九七四年、五一七頁。

(34) 内田泉之助、網祐次『文選（詩篇）下』新釈漢文大系第一五巻（明治書院）一九九〇年、六二九～六三〇頁。小尾郊一『古詩唐詩講義』（溪水社）二〇〇一年、二二八頁。上代における陶淵明の受容については、黒川洋一「憶良における陶淵明の影響の問題―「貧窮問答の歌」をめぐって」『萬葉』第九一号（一九七六年三月）二〇～三六頁がある。それに対して、陶淵明の詩が中国で評価されたのは十二世紀であったため、憶良は陶淵明読んだはずがないと、吉川幸次郎「中国文学の日本における受け入れられ方」『吉川幸次郎全集』十七巻（筑摩書房）一九六九年、六三〜六九頁は疑っていた。

(35)前掲注（7）、新大系本『萬葉集』の指摘である。例えば、「尽歓」は『芸文類聚』巻四十一「論楽」に所収される晋の陸機と宋の謝恵連それぞれの楽府「順東西門行」に見える語である。

(36)益田勝実「鄙に放たれた貴族」『益田勝実の仕事2　火山列島の思想』（ちくま学芸文庫）二〇〇六年。

(37)この問題について初めて論じたのは高木市之助であり、「[憶良]自分の孤独な宿にも春が来て梅の花が百花に先がけてさみしく咲き出でた、自分は今たったひとりでこの静かな春の日を暮らすことであろうか」と解釈した。また高木は、宴会参加者の他の歌人がみな主人旅人の「我が家」と和したのに対し、憶良だけが「ひとり見つつ」として、旅人に対して反発的な表現であると論じた。高木市之助「二つの生」『吉野の鮎—記紀萬葉雑攷』（岩波書店）一九七四年、四〇一〜四一六頁。高木の歌の解釈は有力な説となったが、二人の歌人間の反発的な関係については批判された。この問題に関する研究史は、小野寛「宴と歌の論—梅花の宴の歌—」『万葉集歌人摘草』（若草書房）一九九九年、二三六〜二四九頁に記述されている。

(38)木下正俊「『斯くや嘆かむ』という語法」『万葉集論考』(臨川書店)二〇〇〇年、三三～五五頁。

(39)川口常孝「『独』の世界」『万葉歌人の美学と構造』(桜楓社)一九七三年、三四一～三六二頁。伊藤博『万葉集の表現と方法　下』(塙書房)一九七六年、一八三頁の「孤悲《こひ》」「独思《かたもひ》」の考察や、「『恋ふ』の世界」二二八～三〇〇頁なども参考になる。

(40)伊藤博『萬葉集の歌人と作品　下』(塙書房)一九七五年、一七六頁。

(41)東茂美「園梅の景―梅花宴と梅花落」『古代文学』第二二号、一九八三年三月。

(42)前掲注(33)、赤塚忠『荘子　下』、六四三～六六五頁。平岡武夫『論語』全釈漢文大系一(集英社)一九八〇年、一二〇頁。

政治権力と時間　世界の中の日本の元号に関する一考察

ヨース・ジョエル

まえがき

「令和」という新しい年号が発表されてから一年が過ぎ、最初のころの違和感もそろそろ薄れてきた。日常的に書類づくりに携わっている人はもちろん、一般市民も新元号を〈普通に〉使っていると思われる。しかし、そうでないケースもあるようである。つい数か月前に、年配の方のお家を訪れたら、壁にかけてある大きなカレンダーに太いマーカーで「昭和95年」と書いてあった。令和や平成どころか、「昭和暦」にとどまっている高齢者もいるようである。あくまで便宜上の工夫かもしれない。八十八歳にもなると、友人や知り合いの他界が増えてくる。平成期の三十一年を足したり引いたりして数えるのが面倒なので、亡き人の年齢を「昭和暦」

だけで割り出すのが手っ取り早い。このように一人の人間が生きた時間の長さを把握するのにも不便が生じる元号は、もっと長い期間―国の歴史など――を視野に入れるのに使い勝手の良い道具とは言えない。一八五〇年→一九五〇年＝百年というのは一目瞭然であるが、嘉永三年から昭和二十五年までが一体何年になるか、すぐに答えられる人はどれほどいるだろうか。それでも、元号は使われ続けている。制度の廃止を訴える声は、皆無ではないが、数もインパクトもかなり限定的で不思議である。

当の元号制度に関する考察および議論は、一見して、極めて日本的で、外国と縁がないもののように見える。たしかに、近代以降の世界を見わたすと、元号自体は実に希少な仕組みである。今さらその功罪について議論が交わされるのは日本だけである。けれども、この問題の全体像を、高度を上げて俯瞰してみると、けっして日本に止まらない側面が見えてくる。ここでは、元号と現社会の支配の仕組みに着目したい。時間（暦や年号など）と権力とがどのような関係にあるかは普遍的なテーマである。世界史を見ていくと、権力者が〈時間〉そのものに手を加えることは珍しくない。むしろ、常套手段の一つである。日本における元号制存続の秘訣の一つには、その不便さに耐える「日本」という強靭な共同体意識の働きが挙げられる。ただし、その共同体意識こそ権力構造の産物である。ここで強調されねばならないのは、二十一世紀になっても、元号が国民投票などによってでなく政府指導の有識者会議で決まるという事実である。

これらの観察を踏まえて、世界の様々な地域における時間の整え方と日本のそれとを一つの大きな枠の中で捉えたなら、元号制度のどのような特徴が浮かび上がってくるか探っていきたい。

一　時間と暦――不可逆性と秩序

時間とは何か。このような問いには、容易に答えられない。答えらしい答えをひねり出すのには、まさに高度な哲学的な思索が必要である。広辞苑（第五版）の時間の定義を調べてみると、「①時の流れの2点間の長さ、②俗に、時刻と同義」の次に、「③空間とともに人間の認識の基礎をなすもの」とある。だが、この③のあとに、いくつもの哲学的「時間論」が紹介される(1)。詳しい解説はさて置き、近代的時間意識において時間のもっとも本質的な性質として浮かび上がってくるのが時間の「不可逆的方向性」である。簡単に言えば、過ぎた時間は戻ってこないという観察である。

もちろん、多くの伝統的な世界観において、時間認識は単線的なもので一方向を向いたものではない。日本の場合、穢れては清められ、衰えてはよみがえる、生と死が脈打つ列島の自然の循環を重んじる神道も、輪廻思想が唱えられる仏教もその好例かも知れない。それにしても、時間がいつの間にか過ぎてゆくことに対する寂寥感は、日本の文学においても、重要なテーマであるし、浦島太郎の話だけをみても、時間の不可逆性はしっかりと意識されている。あの仏教にも「業」という観念がある。煩悩の凡夫にとって、因果応報は実に避けがたい(2)。

しかし、人間は寂しさと諦観だけに満足する生き物ではない。時間とどのように向き合うかは、政治権力そのものにかかわってくる問題である。いつ何が起きるかを見通す力——農業生産が基盤となっている社会において、災害を防ぎ生産の向上に直結する自然現象を予言する能力が重視されて当然だろう。また、その能力が社会的権力と文化的権威の根拠となる。東西を問わず、古代帝国における支配者の「仕事」には、神々への崇拝やしかるべき儀式の施行を通しての自然秩序の維持という役割が含まれている。彼らには、日食月食を予知する能力のほかに、雨乞いの祈祷を捧げたり、また種撒きや収穫の時期を定めたりする神通力が求められた。

これらの知識を一定の時間的枠組みに流し込んだのが「暦」である。種まきと収穫は、見込まれる租税高や納期の計算と直結する。また、文化面でも、予測を伝えたり記録を残したりする暦の編纂作業が文字文化の発達に大きく貢献した。文明のゆりかごであるメソポタミアの最も古い粘土板（紀元前二七〇〇年ごろ）は、耕作のサイクルを示したカレンダーであったとされる。暦は、まさに権力の道具であった。

地球と太陽と月はそれぞれ一つしかないが、世界の暦は多種多様である。線や色やいくつかのシンボルを使って自分の周りを三百六十度に広がる空間に意味を付与する地図と同じように、暦は過去と現在と未来とをむすぶ、体系的な「企て」である。しかし、暦は、地図よりも作為性が意識されにくいようである。世界においてどのような暦が使われているかを網羅することはこの小論の範囲をはるかに超えた作業である。ここで目に付くいくつかの例の紹介にとどめたい。

いくつかの例を見てみると、東洋＝月vs西洋＝太陽といったような単純な対照比較が無意味に近いことが分かる。多くの暦は、太陽だけをもとに時間を整序しているのではない。太陽暦が世界の標準で、中国と日本だけが月の満ち欠けを基準にしているということはけっしてない。言い換えれば、西洋が生み出した太陽暦のみが正しく、その他の暦は合理性に欠けている（あるいは、逆に、後者だけが自然の神秘に通じる）という構図も単純すぎる。純粋に科学的な観察がもたらした基本的な骨格に、様々な時代が養ってきた共有認識という贅肉が重くのしかかっている。贅肉に見えるが、それをむりやり削ぎ落すのが尋常でないエネルギーを要することだけは、人間の歴史がたびたび証してきた。

二 〝emperor〟と時間

言うまでもないが、天皇は英語で〝emperor〟と訳される。逆に、〝emperor〟が「皇帝」として和訳されるのが一般的である。皇帝といわれる君主はどの位いるか。二十世紀初頭までは数でも領土の広さという点でも大いに存在感があったが、同世紀の前半には、中国（清国）をはじめ、ロシア、ドイツ、オーストリア・ハンガリー、エチオピアなど、皇帝が君臨する帝国が次々と地上から姿を消していく。そして、二十一世紀にもなると、ただ一人の〝emperor〟として残るのが、日本の天皇である。実に希少な存在であるが、その時間とのかかわり方はかならずしも珍しくない。

同じく希少なのは、年号（正式は：元号）という制度である。今回の元号発表が一大メディアイベントとなったことが記憶に新しい。新元号（英語：〝new imperial era〟）の発表は海外でも一定の関心が示されたが、仕組みそのものは馴染みが薄い。「昭和六十四年は一週間で終わった」といったようなことを説明できる外国人は、おそらく一握りの日本通だけである。かつては、本家である中国はもちろんアジアのほかの地域にも存在した制度だが、おおむね君主制と共に姿を消した。翻って、ややこしい年号制は、かつて世界人口の3分の一にとって普通であり、基準であった。世界史の観点から見れば、その希少性だけをむやみに強調するべきではないかもしれない。

君主制と共に姿を消した意味は大きい。かつて、中国を中心とする東アジア世界では、年号は正統なる君主に欠かせない標であった。冊封体制において、天と地の間を取り持つのは、天子＝中国の皇帝であり、中国で使われる年号は東アジアの他の地域にも用いられて当然と思われた。「中華」からすれば、年号の使用はのぞましい朝貢関係の要の一つであった。日本独自の年号は、最初から中国皇帝の支配圏と一線を画するための装置であった。一六三〇年ごろの記録に明朝の年号を使用することを拒否した日本人に対して朝鮮通信使が不満を漏らす記述があるが、中国を中心とする儒教的な世界観が深く根を下ろしていた朝鮮と日本では権力権威の「配線」の仕組みが大きく異なることが分かる事例である。(3) 年号は権力の看板の一つであったというより、年号制定は文化的権威のもっとも大きな証しであった。

同時に、中国と日本で共有される部分としては、年号が「暦」から自由ではないということが挙げられる。東シナ海の東西両岸で、権力者の支配と自然の秩序が同一線上のものとして意識された。前者には、後者を手懐けるように儀式を行ったり正しい秩序を保ったりするような努力が求められていたわけである。

それにしても、日本の年号（近代以降は、元号）の仕組みは珍しい。しかし、その主な要因は近代の歴史にある。現行の元号制は、日本の指導層がアジアとさらに距離を置き、袂を分かとうとする時代の創造物である。近代的な元号制の制定と旧暦との決別はほぼ同時期に推し進められた。つまり、それは、西暦の導入に象徴される西洋文明を基準とした近代化と合理化が図られた「文明開化」の時代の産物であるが、同時に、尊王や一君万民という理念に支えられた、幕藩体制の束縛の度合いをはるかに超えた国家宗教が構築される「祭政一致」の時代の産物でもある。この独特な混合をどのように理解すればよいか。権力と時間との関係という世界史的な旋律に耳をそばだてつつ、日本の元号制の特徴とその奥に潜むダイナミズムについて探っていきたい。

帝国の滅亡は、巨大な船の沈没にも譬えられる。帝国が崩壊することは、権力闘争や指導者の入れ替わりだけで終わらない。それは、政治以外の領域においても大きな変化をもたらすのが人類史の常である。そして、多くの場合、それは暦の在り方に少なからぬ影響を及ぼす。二十世紀のいくつかの例を見てみよう。ロシアでは、共産主義革命が勃発しロマノフ王朝の支配に終止符が打たれる一九一七年から、旧体制がことごとく否定され前代未聞の改革が行われていく。ロシア皇帝はもちろん旧体制の柱の一つと見られたロシア正教などのような古い権威が滅ぼされていくなかで、三百年以上も拒まれてきたグレゴリ歴が導入される。もちろん、その理由は、ローマ法王のグレゴリがかつて制定したからではない。一九一七年ごろの共産主義は民族主義を排除し、国際主義的傾向を色濃く残していた。欧州全体に共産主義革命を広め成功させるのには、西欧のグレゴリ暦に合わせるのが善策とされたと推測される。また、同じ東欧のほかの国々でも、グレゴリ暦が導入されたのは、オーストリア・ハンガリー帝国とオスマン帝国が消滅した、第一次世界大戦終戦の一九一八年である。中国では、一九一一年の辛亥革命をきっかけに、清朝とともに二〇〇〇年来の帝政に幕が閉じられアジアで最初の共和国が誕生するが、同じ時期に臨時大総統の孫文が西暦（太陽暦）の導入に踏み切ったのも好例と言えよう。(4)

ここで一旦歩を止め、帝国の存在と時間との関係について考えてみよう。まずは、帝国＝empireとは何か、である。一言では定義しがたいが、自然発生的な共同体意識が共有されやすい限定的な領土あるいはエスニシティ（都市、公国、王国）にとどまることなく、複数の民族や言語や（王・公）国を包含する点が肝心ではないかと考える。限られた共同体の中で語られる

「時間」には、その土地とその人々のおかれた場所あるいは自然状況などを反映した要素が多く含まれている。一方、征服を繰り返し成功させ広大な領域にまたがる帝国の場合、複数の他者を包み込む現実が生じ、より開かれた時間構成が求められる。帝国の時間（の言説）には「普遍」という要素が不可欠である。その普遍性は、強力な支配力に支えられた秩序だけでなく、その秩序を裏付ける強力な正当化によってはじめて確保される。もちろん、科学性ないしは合理性という装いも、強力な正当化として機能する。とにかく、帝国と宗教、帝国と世界観とが密接に関係するわけである。同じ現実を逆の面から見れば、次のようにも表現できる。つまり、絶大な権力をもつ君主または従来のそのような支配体制を転覆し勢いのある革命勢力が暦の改定で歴史に自らの痕跡を残したり旧体制の名残を一掃したりしようとすることは、まさに、（新）権力誇示の定石である。

近現代の歴史に例が多い。一七八九年にフランス革命が起き新しい体制が整えられていくが、その一環として、一日を十時間、一時間を百分、一分を百秒に分けるといったような、徹底的な合理主義を取り入れたフランス共和暦が導入される。ところが、一八〇六年に、その共和歴もあたらしい皇帝のナポレオン・ボナパルテによってさっそく既存のグレゴリ暦に戻される。もっと最近の例は、中東地域で起きている。一九七五年のイランでは、ペルシア帝国の建国から二千五百年が経ったことを祝う「イラン建国二五〇〇年祭」が行われ、それまでのイスラム教の「ヒジュラ暦」（西暦六二二年から始まる）の代わりにイラン歴が公式な暦として採用される。ところが、わずか四年後の一九七九年のイスラム革命のため皇帝が国外に追放され帝政が廃止されると、公式な暦はヒジュラ紀元に戻される。

革命だけがきっかけであるとは限らない。国王が絶大な権威をもつタイでも、一八八八年にラーマ五世国王、また一九一二にラーマ六世国王が暦に手を加える。今も西暦と併用されるのが仏滅紀元をもとにした暦である——ちなみに、今年は仏歴二五六二年である。タイでのグレゴリ暦の導入は、一九四一年であるが、それはピブーンソンクラームという強権的な首相による政策の一環で、東南アジアに侵攻してくる日本軍と距離を縮める最中である。当時の政策が「タイの文化革命」とも言われるらしいが、不思議はない。

実は、グレゴリ暦そのものの誕生の背後にも、また、それ以前のユリウス暦にも、強力な支配とその正当化に腐心する為政者が潜んでいる。ユリウス暦はユリウス・カエサルという、共和制が生み出した最強のコンスル（執政官）の命令でつくられた。カエサルの死後、オクタヴィアヌスが初代の皇帝となるが、六番目の月を自らの称号〈アウグストゥス〉にちなんで改名し、しかも今の2月から1日を「盗んだ」という故事もよく知られている。その後の皇帝たちも月名に手を加えたがっていたらしいが、Julius→July と Augustus→August 以外は定着しなかった。十六世紀に誕生したグレゴリ暦は、当時のローマ法王の絶大な権威がなければ、けっして同じ形で広く採用されなかったと思われる。しかも、〈アウグストゥス〉がグレゴリ暦に残ったことは、グレゴリウス十三世のように、ルネサンス期のローマ法王たちが自らの権威と権力を高めるため同じローマが中心となった古代ローマ帝国の皇帝たちの威厳を堂々と借りようとしたという、実に不純な動機と無関係ではない。

暦は英語で〝calendar〟と訳されるが、その語源も同じローマ帝国にある。司祭たちが新しい月の始まりを大声で宣告する（ラテン語：calare）ことから、〝calendae〟「大声で宣告されるもの」が「毎月の最初の日」を意味するようになり、中世ヨーロッパで「暦」という意味で使われるようになったそうである。(5) ローマ市内の広場で司祭が大声で叫ぶ行為から皇帝たちの月名の奪い合いへと、大きな飛躍に見えるが、権力者が理にかなった秩序をたもつ役割を期待されている要素と、同じ権力者が自己顕示に走る現象とは、権力の象徴性という次元では、むしろ、表裏一体である。暦や紀元など、時間区分・整理とどのように関わるかは、その国のその時代の権力の在り方を示す、一種の指標であるとも言える。

その点では、上述の帝国の衰亡といったような凄まじい歴史的断絶と鮮やかな対照をなすのが英国である。英国でグレゴリ暦が導入されたのは一七五二年であり、西欧に位置する国にしては遅い方であるが、その導入は、血腥い戦の末ではなく国会で議論された後多数決で採択され実行された。それは、まさに、当時の英国国会の力ないしは英国民主主義の力を示す出来事である。

ここで一つお断りしておきたい。暦や紀年法など、権力者が時間を制する仕組みについて触れながら、それぞれの用語と概念の定義や使い分けに関していくらか粗末な扱いをしてきた。そして、以下も、太陽暦、太陰太陽暦、紀年法、元号など、様々な用語の詳しい説明を他にゆだねるとしたい(6)。以下の考察において重要なのは、用語の詳細な吟味ではなく、権力とその象徴性である。平たく言えば、庶民の日常生活と経済活動に多大な影響を及ぼしかねない時間の管理の仕組みに手を加えることが大きなリスクを伴う。最高権威を具する皇帝や国王の判断、あるいは、強力な革命勢力の介入がなければなかなか難しいということである。

逆に、従来の仕組みの存続が既存の体制の安定化につながることでもある。それが、まさに、近代日本の場合である(7)。

三　年号と合理化

　さて、話を日本の「元号」に戻そう。西暦二〇一九年に行われたのは三十年ぶりの改元であると同時に、二百年ぶりの譲位であった。世間が騒ぐのも当然である。しかし、日本やアジアの長い歴史を見渡わたすと、異なる景色が目に入ってくる。実は、玉座を仁孝天皇に明け渡した百十九代目の光格天皇の代までは、存命中の譲位が一般的で、天皇が三歳で譲位するということすらあった。また、仁孝天皇が即位したのは一八一七年だが、年号が変わるのはその一年後の一八一八年（文政元年）である。逆に、在位中、改元はさらに二回行われる（文政→天保→弘化）。明治天皇の前代の孝明天皇の在位期間二十年の間、年号は六回も改められる─弘化→嘉永→安政→万延→文久→元治→慶應。日本の歴史の中で最も短い年号は、三か月足らずで終わる「暦仁」（一二三八年）である。多くの改元は、災害、吉兆、甲子（きのえね）年など、自然あるいは暦上の〈要求〉に応えるものであった。すなわち、七世紀以降の日本の年号の歴史において、近代以降の皇室を取り巻く様々な仕組みこそ特殊であると言わざるを得ない。

　日本近代を彩る「文明開化」は、武士階級そのものをはじめ多くの伝統的な権威を衰退させたが、それと同時に、皇室にまつわる権威の著しい増長と拡大を齎した。十九世紀以降の皇室は、非常にプラクティカルな部分と極めて伝統主義的な部分の融合の上で成り立っている。それは、一世一元制の導入という改革を例にとっても明白である。実は、皇帝の名と違う「年号」がはじめて用いられた中国（漢の武帝＝「建元」）でも、短い周回での改元が一般的だった。唐の高宗は治世三十四年の間に十四回も改元をしたとされる。(8) それでも、中国では、一世一元制はすでに一三六八年（朱元璋が明朝を樹立――年号は「洪武」）から取り入れられた。(9) 合理的と言えば合理的であるが、政策変更の主眼が庶民への負担を軽減しようとする配慮にあったとは思えない。一方、中央権力の強化につながったことは疑いを入れない。同じく年号を用いるベトナムでは、一世一元制が始まるのは、阮朝が樹立される一八〇二年からである。一世一元制への切り替えは、近代的合理化、つまり明治維新より八十年前にフランスで試みられた暦の合理化と同じ方向を向いてはいるが、同時に、天皇の権威を高めその求心力を強める措置である。暦と年号を切り離す仕組みの確定は、まさに、災害あるいは不吉な兆しにも、また、十干や十二支の巡りが示す天地の神秘的力にも左右されない、いやそれを超越する、皇帝の身の実存および象徴の優位性という意識を基礎とする。日本でも、暦上の様々な因子の無効力を宣言することで、明治政府は皇室を旧暦の呪縛から解き放ち、天皇を暦に左右されない「日本なる時間」を自らに内包する存在に仕立てた。その点では、一八七〇年に出された大教宣布の詔も看過しがたい。具体的な政策としての異教排除は挫折するが、神道の国教化の土台づくりは瞭然と進められていく。

それでも、明治国家の基盤づくりは、単純な作業ではなかった。もしも上述の「日本なる時間」の確立をつきつめていきたければ、つまり、一五〇〇年前の大陸的秩序からの脱退を徹底させたいのであれば、その論理的な到達点は、一世一元制への修正ではなく、まさに、「皇紀」の導入であろう。

「皇紀」は西暦紀元前六六〇年に神武天皇が即位したことを起源とする紀年法を指す。言うまでもないが、皇国史観と結びつく皇紀は、（万世一系、八紘一宇のような標語に代表される）日本とその皇室の優越性を誇示する大日本帝国のイデオロギーの象徴として、敗戦以降、公に使われることはなくなった。単に合理的根拠に乏しいという理由だけなら、紀元法として排除する必要はないと言える。聖なる過去に起源をおき、そこから歴史を整序し意味づけることなら、世界各所でその類例がみられる。ヘブライ暦（紀元前三七六一年）やローマ暦（紀元前七五三年）をはじめ、もちろん、キリスト教（イエスの誕生、〇年）やイスラム教（ヘジラ、六二二年）も、また、紀元前五四三年の仏滅を起源とする仏暦、となりの韓国が独立して取り入れる動きもあった檀君紀元（紀元前二三三三年）など、枚挙に暇がない。問題は、神州だとか、権力者が選民思想を煽ってどのような行動を正当化したかというところにある。

余談ではあるが、二〇二〇年は東京で三十一回夏季オリンピック大会が行われる予定になっていた。はじめて日本で五輪大会の実施が予定されたのは、昭和十五年（一九四〇年）であるが、それはまさに「紀元二千六百年式典」の年でもある。時期といい、指導部といい、両方を分けて考えることはできない。式典に向けての準備は、昭和十年（一九三五年）から始められたが、それは政府が「国体明徴運動」に大きな力を入れていく時期と重なる。もしも日中戦争の長期化のためにオリンピック大会が中止となっていなければ、「五輪」が「式典」の陰に隠れてしまった可能性は否定できない。

とにかく、改元などの煩雑さがない皇紀はお蔵入りを食らい、一方、明治維新直後に整備されたやや不便な元号制は二十一世紀の今日でも堂々と使われている。それには、もう一つ理由があるのではないか。それは、皇室を中心とする思想よりも、それを取り巻く政治権力の現実である。明治元年に改元詔書が出される時、当時の天皇が一四歳であったことを忘れてはいけない。詔書や勅語など、天皇親政・祭政一致の形式をとりながらも、実権を握るのは、薩長土肥の指導者や数名の（旧）公家たちである。すべての改革に為政者たちの意向が強く反映され、その意味では権力の構図は江戸時代から受け継がれている。皇室が政治権力から遠ざけられ、それこそ、年号の改元も幕府の許可が必要であった江戸時代と比べれば、もちろん、天皇は役割が大きく変わる。ただし、明治天皇自身が成長していくのにつれて、権力の中枢に限りなく近い存在へと成長しつつも、実権を握るのは、天皇を強力な君主として担ぎ出すのに余念がない藩閥、元老（院）、陸軍海軍、財閥などである。改元詔書の数か月後に出された「王政復古の大号令」を読んでみても、同じ観察ができる。「神武創業の始に原づき、搢紳・武弁・堂上・地下の別なく、至当の公議を竭し…尽忠報国の誠を以て奉公致すべき候事」が強調され、天皇のさらなる神格化と強力な君主としての確立が同時並行して推し進められていることが分かる。明治時代の中で作り上げられていった強力な君主は、神武のような天皇（像）を望み「一君万民」を掲げる尊王論者が想像したものであり、同時に欧州の皇帝と比較して何ら遜色のない近代的君主（像）のもとで「文明開化」を掲げる新政府の指導者たちが創造したものでもある。

和と洋、旧と新、合理と神秘とが合わさり不思議な力を醸し出す――それこそ明治期の定義しがたい所以であるが、このなかで色が褪せ存在（感）が消されていくのが、「漢」という要素である。明治五年（一八七二年）の新暦採用の知らせの直前に、つぎの太政官布告が公表される。「今般、太陽暦御頒行、神武天皇の御即位を以て紀元と定められ候に付き、その旨を告げ為され候」――まさに太陽暦と紀元法＝皇紀のマリアージュである。同じ頃に、オランダでの留学経験を持つ洋学者で明六社の改革派である津田真道が皇紀の公式採用を提案しているのは、けっして偶然ではない。「漢」の旧は捨て去り、旧来の「和」に帰る。同時に、「和」と「洋」を合わせるだけでなく「和」の中に最先端の「洋」を採り入れる——それは文化的寛容とも言えるが、必然とも言える——皇紀は、グレゴリ暦に一致するのが望ましいと考えられた。所功は彼の著作の中で、明治三十一年（一八九八年）に閏年の算定法を定めた勅令に関して、「今なお有効だとみられるから、日本における公的紀年法は、元号と皇紀を併用していることになろう。」と記しているが、牽強付会とは言えない。(10)

『時間の比較社会史』では、真木氏はつぎのように述べている。(11)

「合理化の時間意識への浸透は、聖なる時間を封じ込め、節約し、消去し、変質し、矮小化することによって近代世界を効率的に加速化してきた。けれどもこの合理化による〈ザマニ〉（＝意味としての過去、聖なる時間）の解体の極限において、人生はますますその総体として、根拠もなく説明もなく、虚無から虚無へと向かう「実存」の非常理となる。〈現在する過去〉としての聖なる時間とそれを支える慈善的＝共同態の解体は、個人の生を時間の容赦ない不可逆性の力にゆだねる。」

真木氏は国家と時間の在り方を考えるときに、いわゆる民族の時間と国家の時間という二つの次元を考慮する必要があると説明する。前者は原始共同体のそれである。日本の場合、それにおいて天皇という存在が大きい。聖なる時間の「聖」はひじりと読むが、それはまさしく「日を知る」ものをさし、「知る」とは「しろしめす」、つまりお治めになることを意味する。その半面、国家の時間は時刻から編年史までの客観化された時間を指す。実は、これは大化の改新など古代国家の創造に関する記述であるが、「王政復古」が謳われた明治初期において、同様な観察ができるのではなかろうか。

元号制の制定は、それまでの状況と比較すれば、たしかに合理化をもたらした。しかし、大日本帝国憲法に支えられた、天皇を頂点とする明治体制を、単純に「合理的」と言えるかは議論の余地がある。思想面では、明治時代に作り上げられた体制を三重構造ととらえることが出来る。第一は、基本的な生活共同体の層であり、近代的な思想が浸透しにくく従来の人生・社会観（「世間」）が根強く残る。近代的な法体系及びそれぞれの領域における、近代的な判断基準が通用し一定の効力を発揮する「社会」は、列強に伍する近代国家日本の〈外面〉であり、第二の層とみることが出来る。だが、その上には、というより、最下部と最上部を結ぶ形で、日本津々浦々で庶民の生活を見守ったり揺すぶったりする八百万の神々を鎮め、庶民がもつ乱雑な生命力の脅威性を秩序付ける、「天孫」というカリスマ性＝秘教的な力（まさに、祭政一致）

が暗然と横たわっている第三の層が存在する。つまり、明治維新は、時間の整序という点では、合理化と同時に、聖なる時間の保持（むしろ、拡大）を意味した、ということになる。現代にいたる元号制は、西暦との不思議な絡み合いの中で存続し、また、〈人間宣言〉に象徴されるような戦後の改革にもかかわらず、今なお百五十年前に敷かれた軌道の上で走りつつある。

三　新暦と生活

では、一八七三年に、従来の五節句のかわりに、神武天皇の即位日＝紀元節と今上陛下の誕生日＝天長節が国家の祝日として定められたが、これらの改革を受けて、一般市民はどのような反応を示めしたか。大掛かりな反対運動こそ起きなかったが、けっして静かに鵜呑みにされたわけではない。

「其上改暦依頼は五節句盆などといふ大切なる物日を廃し、天長節、紀元節などといふわけもわからぬ日を祝ふ事でござる。…中略…元来祝日は世間の人の祝ふ料簡が寄合ひて祝ふ日なれば、世間の人の祝ふ料簡もなき日を強て祝わしむるは最無理なる事に心得ます。」(12)

率直な感情として十分説得力がある。新暦への切り替えは、公務員の給料を減らし政府の出費を抑える魂胆があったとも言われるわけで、庶民の気持ちは複雑だったと思われる。農業や漁業のように季節のリズムに大きく依存する生活圏（「世間」）では、西暦は、公（「社会」）の規定でありながらも、異質で実感を伴わない、しかも旧来の生活を乱しかねない代物として厄介視されたに違いない。

文明開化の旗手で、庶民の啓蒙に熱心であった福沢諭吉は、この不安と不満をうけて、すかさず『改暦弁』をものす。漢字にルビを振り西暦の特徴や仕組みを丁寧に紹介する一方、新暦に反対する人をこっぴどく罵るところは、啓蒙者ならではのスタンスである。

「此度大陰暦を止めて大陽暦となし、明治五年十二月三日を明治六年一月一日と定めたるは一年俄かに二十七日の相違にて世間にこれを怪しむ者ものも多からんと思ひ、西洋の書を調べて彼の国に行はる、大陽暦と、古來支那から、日本等に用ふる大陰暦との相違を示すこと左の如し…中略…平生より人の読むべき書物を読み、物事の道理を弁じてよく其本を尋ぬれば少しも不思議なる事ことにあらず。故に日本国中の人民此改暦を怪しむ人は必ず無学文盲の馬鹿者なり。これを怪しまざる者は必平生学問の心掛ある知者なり。されば此度の一條は日本国中の知者と馬鹿者とを区別する吟味の問題といふも可なり。(13)」

不安をいだく庶民を「無学文盲の馬鹿者」として片づけてよいか疑問であるが、その後の経過を見ていくと、西暦は概ね定着し、二十一世紀の今日、旧暦の存在感はますます薄れて行っている。

暦ではなく、改元はどうだろうか。この間の改元に伴う様々な議論を福沢がどのように評価したのだろうか。必然的に改元を伴い、生活に多少の不便さをもたらす元号制は、同じく国民の間に概ね受け入れられているが、その決定のプロセスや結果、また時機に関してはそれなりに議論が沸き起こっている。[14] それは、いったん決まれば従うしかないという現実を暗に示している、せめてもの抵抗というようにもとれなくはない。

元号に選ばれた字に関する不満は、けっして「令和」が最初ではない。たとえば、大正九年（一九二〇年）に森鷗外は、「明治」がすでに南詔（八世紀以降中国や東南アジアで猛威を振るった王国）で使われ、また「大正」はすでに安南の元号であると指摘し、中国では「正」という字が付くと王朝が滅びると言われていたことにも触れつつ「不調べの至り」と不満を顕わにしていた。[15] しかし、鷗も元号制を否定しようとはしなかった。逆に、それを君主制の一つの必要な形式と見ていた。[16]

所氏の著作では、江戸時代において、庶民が元号を揶揄する事例が紹介されている。「明和九年」は「迷惑」と読まれ忌避されたらしいが、「明和」の後にくる「安永」については「年号は安く永くとかはれど諸色高くて今に明和九」という狂歌が有名であるらしい。しかし、それは改元により新しい時代を期待するという願望があったことを意味すると所は指摘する。189頁にある「人々の改元の呪術性への信仰ゆえに、幕府もこれを無視し得ず、結局辛酉・甲子年の改元や災異改元は、江戸幕府の崩壊まで続くことになるのである」（一八九～九〇）という観察は、鷗外のそれと即応すると言える。つまり、純粋に合理主義的な装置だけでは、庶民を制御できない。どうしても感情の高ぶりや不安を吸収できる、頭の知識（あるいは、そろばん）だけで手が届かない領域への橋渡しが求められる。権力論としては、一種の普遍性がある。

グローバルな時代と言われる二十一世紀においても、荒唐無稽な洞察とは言えない。恐ろしい均一化を齎しかねないグローバル化の中で、豊かな歴史の産物である制度を残しておくことはそれ自体「悪」ではないし、時代錯誤という一言で片づけられるべきでない。

もちろん、注意を怠ってはならない。「日本なる時間」の聖性に心を寄せるあまり、数十年にわたって皇紀と歩みを共にした帝国という負の遺産と向き合う勇気を振り絞ったり、元号制が制定された時の権力構造に問題はなかったかという疑念を抱いたりせず、自由な議論を放置しては、実によろしくない。かつて、皇室の権威をかざす権力者たちに対して批判を述べることとは、社会的地位はもちろん、批判者の身にも大きな危険が及ぶ行為であった。ゆたかな歴史の産物として残っている元号であるが、問題は、二十一世紀の日本の庶民が「抵抗」の原理を心中に根付かせ最高権威に対しても異論を唱える用意があるかということである。

結び――日本、アジア、世界

政治とは、権力闘争の場であると同時に、意味の戦域でもある。中国の古典ではなく、万葉集という日本の古典が新しい元号の典拠となったこと――それは「漢」とのさらなる決別を意味するようにも見える。ただし、本質的には、元号という制度じたいが大陸文化の産物であり、その存在自体が大陸と日本の歴史的つながりの記憶を色濃くとどめている。かつての国学者が夢見たような「漢心」の排除、つまり大陸との決定的な決別を実現するのには、元号制度そのものを廃止する方法しかない。

加藤周一は、日本における時間意識の特徴として、「今」を重んじる傾向をあげた。その著しい例は、二十年ごとに建て替えられる伊勢神宮であるとし、比較的に短いスパンとしての「今」の重視が、永遠に変わらないものを生み出すと論述している。(17) 元号とその度重なる改元にも、このような文化的深層が働いているかもしれない。

南蛮貿易の時代、日本の貿易港を取り巻く状況はどうであったか。スペインなどのグレゴリ暦、英国のジュリウス歴、アジアにおける中国の暦・年号とそれぞれの国の自国版が存在した。

世界の海を行き来する人々は慣れていたかもしれないが、閏月をつかうタイミングが違うなど、かなり不便な状況であった(18)。二十一世紀において、これを安易に「多様性」として評価し、その再現を望むのは無理な注文であるが、元号を、少々不便でもグローバル的均一性に対するささやかな抵抗として位置づけることはそれじたい否定すべきではない。

一方、同じ加藤周一は、日本文化を雑種の文化と呼んでいることを思い出す。今の元号制度も確かに和と漢と洋の雑種である。それを踏まえて、漢の要素から距離を置くことに新しい意味を見出すのは、若干無理があるのではないか。グローバル的均一性への抵抗として評価しつつも、その多様な要素を含んだ成立過程を意識する必要がある。均一的なグローバル文化とどのように付き合うか。それは、核心に迫る議論をタブー視し他の文化あるいはその記憶をも排除する「単一性」や「固有性」ではなく、むしろ、権力側が描く構図だけに囚われない自由な議論を促し多様な部分の共存が醸し出す「雑種性」で勝負するするのが効果的で、また望ましいのであろう。

注

(1) 広辞苑、第五版。〈時間〉

（2）時間という経験の文化的諸位相については、真木悠介著『時間の比較社会史』（岩波書店、一九八一年）が詳しい。
（3）Ronald Toby, "State and Diplomacy in Early Modern Japan: Asia in the Development of the Tokugawa Bakufu"［近世における国家と外交――徳川幕府の発展におけるアジア］（Princeton Legacy Library. 2014），94頁。
（4）日本やアジア、また世界における時間や紀年認識については、次の論考が詳しい。佐藤正幸、「〈共同研究報告〉日本における紀年認識の比較史的考察」、『日本研究・国際日本文化研究センター紀要』第18巻、177～204頁。日本の年号に焦点を絞った紹介書として、『歴史読本　特集　日本の年号』、第53巻、第1号（人物往来社、二〇〇八年）がある。世界史の様々な関連事件と年代については、亀井高孝他編、『世界史年表・地図』（吉川弘文館、二〇一五年［第21版］）などを参照されたい。
（5）寺澤芳雄編、『英語語源辞典』（研究社、一九九七年）、186頁。
（6）渡邊敏夫著『暦入門―暦のすべて』（雄山閣、二〇一二年）。
（7）これらの事情に詳しいのは、L.H. ステーヴェンス著（正宗聡訳）『暦と時間の歴史』（丸善出版、二〇一三年）。

（8）渡辺、109頁。
（9）年号に使われた漢字などの日中比較は、所功ほか著『元号―年号から読み解く日本史』（文芸春秋、二〇一八年）の第一章が詳しい。
（10）所、213頁。
（11）真木、83頁。
（12）所、同著、215頁。
（13）https://www.aozora.gr.jp/cards/000296/files/46668_66724.html 参照（二〇二〇年二月二五日最終閲覧）
（14）庶民的な見解とは言えないが、廃止論のひとつに、井上清、「歴史的視点から年号制を排す」、『朝日ジャーナル』第17巻、第42号、10～13頁、がある。
（15）森鷗外、『元号通覧』、講談社学術文庫、二〇一九年、316～322頁。
（16）同上、324～7頁。
（17）加藤周一、『日本における時間と空間』、岩波書店、二〇〇七年。
（18）Toby, xxxiv 頁。

「令和」、「梅花歌序」と『文選』

高西成介

はじめに

新元号「令和」が発表されて以降、たいへんな騒ぎが日本中で展開されたことはまだ記憶に新しい。まさに「令和バブル」であったわけであるが、そのような騒ぎが引き起こされた背景には、「令和」という元号が、はじめて日本の古典『万葉集』からとられた、ということが大きく影響しているように思われる。それは、平成という前の元号が『尚書』や『史記』に由来する、といわれても、『尚書』や『史記』にみなが関心を寄せたわけではなかったことを思い出してみれば明らかである。この「令和バブル」の背景には、やはり『万葉集』という存在があったことが大きい。

ただ一方で、元号発表直後から、主としてその典拠をめぐって様々な議論が飛び交うこととなった。その一つの要因が、「令和」の典拠として挙げられた『万葉集』巻五「梅花歌三十二首并《あわ》せて序」の序文（以下、「梅花歌序」と記す）が、中国古典語（漢文）で書かれていることにあった。「梅花歌序」が中国古典語で書かれているということは、それは日本文学であると同時に中国文学世界の中に位置づけられることになる。「梅花歌序」は、当然のことながら漢文文化圏に対して開かれていくことになるのである。(1)

そもそも、多くの先学がこれまで指摘してきたように、「梅花歌序」は文章の枠組みとして王羲之「蘭亭序」を採用し、中国古典を典拠とする語彙を数多く散りばめ、文体としては四六騈儷文を用いて書かれている。これは、この時代の漢文文化圏でのごくあたりまえの方法である。そのため、「令和」の典拠とされた「梅花歌序」に、さらにその元になった中国古典があるという指摘がなされるのは、ある意味当然のことであった。

本稿では、「令和」の典拠となった中国の典籍とりわけ『文選《もんぜん》』を足がかりに、「梅花歌序」を改めて読み直してみたい。その上で、「梅花歌序」がいかに中国の典籍とつながるのか、そしてそのつながりから何が見えてくるのか、を考えてみたいと思う。

一　「令和」の典拠と『文選』

新元号「令和」の典拠は、政府の発表によれば「梅花歌序」の一節「初春《しよしゆん》の令月《れいげつ》にして気淑《きよ》く風和《かぜやわら》ぎ　梅《うめ》は鏡前《きようぜん》の粉《こ》を披《ひら》き　蘭《らん》は珮後《はいご》の香《こう》を薫《かおら》す」であった。(2)大伴旅人の手になるとされるこの「梅花歌序」であるが、短文であるのでいま全文を原文で引いてみよう。なお、便宜上四段落に分けて段落番号を付し、書き下し文と拙訳を附している。(3)

【原文】

(Ⅰ)天平二年正月十三日、萃于帥老之宅、申宴会也。

(Ⅱ)于時初春令月、気淑風和、梅披鏡前之粉、蘭薫珮後之香。加以曙嶺移雲、松掛羅而傾蓋、夕岫結霧、鳥封縠而迷林。庭舞新蝶、空帰故雁。

(Ⅲ)於是、蓋天坐地、促膝飛觴。忘言一室之裏、開衿煙霞之外。淡然自放、快然自足。

(Ⅳ)若非韓苑、何以攄情。詩紀落梅之篇。古今夫何異矣。宜賦園梅、聊成短詠。

【書き下し文】

(Ⅰ)天平《てんぴやう》二年正月《しやうがつ》十三日、帥老《そちらう》の宅《いへ》に萃《あつ》まり、宴会《えんくわい》を申《の》ぶ。

(Ⅱ)時《とき》に初春《しよしゆん》の令月《れいげつ》、気《き》淑《うるは》しく風《かぜ》和《やは》らぎ、梅《うめ》は鏡前《きやうぜん》の粉《こ》を披《ひら》き、蘭《らん》は珮後《はいご》の香《かをり》に薫《かを》る。加以《しかのみにあらず》、曙《あけぼの》の嶺《みね》に雲《くも》移《うつ》り、松《まつ》は羅《うすぎぬ》を掛《か》けて蓋《きぬがさ》を傾《かたむ》け、夕《ゆふ》べの岫《くき》に霧《きり》を結《むす》び、鳥《とり》は縠《こく》に封《とざ》されて林《はやし》に迷《まよ》ふ。庭《には》に新蝶《しんてふ》舞ひ、空《そら》に故雁《こがん》帰《かへ》る。

(Ⅲ)是《ここ》に於《お》いて、天《てん》を蓋《きぬがさ》とし地《ち》を坐《しきゐ》とし、膝《ひざ》を促《ちかづ》けて觴《さかづき》を飛《と》ばす。言《げん》を一室《いつしつ》の裏《うち》に忘《わす》れ、衿《えり》を煙霞《えんか》の外《そと》に開《ひら》く。淡然《たんぜん》として自《みづか》ら放《ほしいまま》にし、快然《くわいぜん》として自《みづか》ら足《た》る。

(Ⅳ)若《も》し韓苑《かんゑん》に非《あら》ざれば、何《なに》を以《もつ》てか情《じやう》を攄《の》べん。詩《し》に落梅《らくばい》の篇《へん》を紀《しる》す。古今《ここん》夫《そ》れ何《なん》ぞ異《こと》ならん。宜《よろ》しく園梅《ゑんばい》を賦《ふ》して、聊《いささ》か短詠《たんえい》を成《な》すべし。

【現代語訳】

(Ⅰ)天平二年正月十三日、帥老たる私（大伴旅人）の家に集まって、宴会を開いた。時は初春の良き月、春の気はうるわしく風はおだやかだ。梅は鏡の前に落ちたおしろいのような花を開いており、香草は帯の後ろにつける帯玉の香りのように香っている。

(Ⅱ)それだけではない、明け方の嶺嶺には雲がたなびいていて、松はその雲のうすぎぬを掛けたように、かさ（松）をかたむけており、夕方の山の洞穴には霧が立ちこめていて、ねぐらに帰ろうとした鳥はうすぎぬのような霧に閉じ込められて林を迷い飛ぶ。庭には羽化したばかりの蝶が舞い、空には渡ってきた雁がふるさとに帰っていく。

(Ⅲ)ここに天を屋根に大地を敷物にして、膝を近づけて杯を飛ばして酒を飲もう。言葉などは部屋の中に忘れてしまって、心の中を煙った霞の外に開放しよう。世俗のあれやこれやなどにはこだわらず自分自身を解き放ち、心地よく満ち足りている。

(Ⅳ)もしも詩歌(文学)でなければ、何をもって思いを述べようか、詩歌以外で思いなどのべられない。中国の詩には落梅の篇が記されている。そんなむかしの中国と今の日本とで何が異なろうか、何も異なることはない。庭に咲いた梅をうたって、いささか短歌を詠じましょうぞ。

この序文は最初に述べたように、中国古典語を用いて、先行する中国の詩文を巧みに取り込んで書かれている。(4) いま「令和」の元号の元になった「初春令月、気淑風和」に注目するならば、たとえば次のような表現を、先行する中国の典籍の中に見いだすことができるだろう。

於是仲春令月、時和気清。原隰鬱茂、百草滋栄。王雎鼓翼、鶬鶊哀鳴。

(張衡「帰田賦」『文選』(5)巻一五)

さて、時は仲春二月のよき月、天気はなごやかで澄み渡る。湿原はうっそうと生い茂り、百草は花開く。王雎《みさご》は羽ばたき、鶬鶊《うぐいす》は哀しげに鳴く。

一般的に、「初春令月、気淑風和」の典拠は、この張衡「帰田賦」であるとされ、江戸時代の契沖が早くに指摘している。(6) たしかに、「令月」「和」「気」などの語が共通しており、また春のよき季節を言祝ぐ言葉であることも同じである。太宰府での宴会当日が天気に恵まれた良き日であったことを中国古典語で表現しようとしたとき、大伴旅人にはこの「帰田賦」の一節が思い起こされたのであろう。もちろん、これは剽窃などではなく、以前の表現を生かして新たな表現を生み出すという、中国古典文の文章作法に則った一般的な表現方法である。

ただ、この箇所の典拠としては、他にいくつか候補が存在する。例えば、よくあげられるものに、西晋の陸機「塘上行」(『文選』巻二八)がある。

淑気与時殞　春の暖かな気(淑気)は時とともに消えてゆき
余芳随風捐　残った香りも風のまにまに損なわれてしまう

また、同じく陸機に「悲哉行」(『文選』巻二八)があり、「塘上行」よりもこちらの方がより典拠として相応しい。その冒頭を引用してみよう。

遊客芳春林　旅行く人は春の林を芳《かぐわ》しいと思うが
春芳傷客心　その春の林の芳しさが旅人の心を傷ましくする
和風飛清響　春の和やかな風（和風）は清らかな音を響かせ
鮮雲垂薄陰　薄くかかった雲がほの暗い日陰を垂らしている
蕙草饒淑気　香り草は春の暖かな気配（淑気）をさらに増し
時鳥多好音　春の鳥は良い声でさえずる

「悲哉行」という楽府は魏の明帝に始まるとされるが、春の穏やかな風物の中、旅人の寄るべなき心情を詠ったものである。三～六句めには、春の生命力に満ちている様子が詠われているが、この「和風」「淑気」という語は春の景色の美しさを形容する詩語として、六朝から唐代にかけてよく用いられた語であった。「梅花歌序」の「気淑風和」は、この「和風」「淑気」を転倒させた表現であり、当時の中国の流行表現を巧みに取り入れているといえるだろう。(7)

このようにみてくると、元号「令和」典拠となったのは確かに「梅花歌序」であるが、その背後には中国の典籍があるのは明らかである。(8) このことは、八世紀の東アジア漢文文化圏の広がりとともに、大伴旅人をはじめとした当時の日本の知識人たちが、外国である中国の典籍を深く学び、自らの血肉としていたことを示している。では、彼らはどのようにして「帰田賦」や「悲哉行」を読んでいたのであろうか。いくつかの可能性が考えられるが、最も可能性が高いと思われるのが、この二つの作品を収載する詞華集『文選』である。(9)

二 「梅花歌序」と『文選』

『文選』は、梁の昭明太子蕭統（五〇一～五三一）によって編纂された、先秦から六朝にかけての中国文学の規範となる作品を集めた詞華集である。この『文選』に関して、その来歴を簡単に整理すると、次のようになる。


526～531 『文選』成立。

587（開皇七）(10) 科挙試験開始。隋・煬帝の治世。

648（貞観二二・大化四）『晋書』成立。

658（顕慶三）(11) 李善『文選注』初注本献上。(12)『文選』の地位確立。唐・高宗の治世。その後の武后時代にかけて、数次にわたって補訂。
718（開元六・養老二） 五臣『文選注』献上。玄宗の治世。
727（開元一五・神亀四）この頃、大伴旅人太宰帥《だざいのそち》に。
729（開元一七・神亀六）長屋王の変。
730（開元一八・天平二）大伴旅人「梅花歌序」。

『文選』は、李善による注釈が高宗に献上されたことにより、その地位を不動のものとする。唐代には科挙に詩の製作が課せられたが、受験生がお手本としたのがこの『文選』であった。(13)こうして『文選』は、中国の文人にとって最も重要な典籍の一つとなっていったのである。
その『文選』がいつ頃日本に入ってきたかは、いまだはっきりはしない。ただ、かなり早い時期から日本に流入していたことは間違いなく、李善注もおそらくは成立してまもなく日本に伝来していたと考えられる。(14)そして、当時の日本人が中国古典語を書く際の模範として、儒学の経典と並んでこの『文選』が盛んに学ばれたことは想像に難くない。また、「梅花歌序」を読むかぎり大伴旅人はこの『文選』に精通していたと思われる。その証左に、この「初春令月、気淑風和」以外の部分にも、何カ所にも『文選』を参考にしたと思われる表現が存在する。(15)少し煩瑣になるが、「梅花歌序」に関係があると思われる『文選』に見られる表現を、以下に列挙してみよう。

第二段落

〈蘭薫珮後之香〉

・扈江離与辟芷兮、紐秋蘭以為佩。（江離《かうり》と辟芷《へきし》とを扈《かうむ》り、秋蘭《しうらん》を紐《つ》いで以て佩《はい》と為《な》す）

（『文選』巻三二、屈原「離騒」）

〈夕岫結霧、鳥封縠而迷林〉

・窮岫泄雲、日月恒翳。（窮岫《きゆうしう》雲《くも》を泄《もら》し、日月《じつげつ》恒《つね》に翳《かげ》る）（『文選』巻六、左思「魏都賦」）

・雑纖羅、垂霧縠。（纖羅《せんら》を雑《まじ》へ、霧縠《むこく》を垂《た》る）（『文選』巻七、司馬長卿「子虚賦」）

・動霧縠以徐歩兮、払墀声之珊珊。（霧縠《むこく》を動《うご》かして以《もつ》て徐歩《じよほ》すれば、墀《には》を払《はら》ひて声《こゑ》は珊珊《さんさん》たり）

（『文選』巻十九、宋玉「神女賦」）

・羈雌恋旧侶、迷鳥懐故林。（羈雌《きし》旧侶《きうりよ》を恋《こ》ひ、迷鳥《めいてう》故林《こりん》を懐《おも》ふ）

（『文選』巻二二、謝霊運「晩出西射堂」）

・暮則羈雌、迷鳥宿焉。（暮《く》れには則ち羈雌《きし》、迷鳥《めいてう》宿《やど》る）
（『文選』巻三四、枚乗「七発」）

〈庭舞新蝶、空帰故雁〉

・借問此何時、胡蝶飛南園。（借問す此《こ》れ何《いづ》れの時《とき》ぞ、胡蝶《こてふ》南園《なんゑん》に飛《と》ばん）
（『文選』巻二九、張協「雑詩十首」其八）

・花叢乱数蝶、風簾入双燕。（花叢《くわそう》に数蝶《すうてふ》乱《みだ》れ、風簾《ふうれん》に双燕《さうえん》入《い》る）
（『文選』巻三〇、謝朓「和王主簿怨情」）

・帰雁映蘭渚[16]、游魚動円波。（帰雁《きがん》蘭渚《らんし》に映《えい》じ、游魚《いうぎよ》円波《えんは》を動《うご》かす）
（『文選』巻二六、潘岳「河陽県作二首」其二）

第三段落

〈蓋天坐地〉

・幕天席地、縦意所如。（天《てん》を幕《まく》とし地《ち》を席《せき》とし、意の如《ゆ》く所を縦《ほしいまま》にす）
（『文選』巻四七、劉伶「酒徳頌」）

〈促膝飛觴〉

・促中堂之陋坐、羽觴行而無筭。（中堂《ちうだう》の陋坐《けふざ》を促《ちかづ》け、羽觴《うしやう》行《めぐ》りて筭《さん》無《な》し）

（『文選』巻二、張衡「西京賦」）

・里讌巷飲、飛觴挙白。（里《さと》に讌《えん》して巷《ちまた》に飲《の》み、觴《さかずき》を飛《と》ばし白《はく》を挙《あ》ぐ）

（『文選』巻五、左思「呉都賦」）

〈忘言一室之裏〉

・悟言不知罷、従夕至清朝。（悟言《ごげん》して罷《つか》るるを知らず、夕《ゆふ》べより清《きよ》らかな朝《あした》に至る）

（『文選』巻二二、謝恵連「泛湖帰出楼中翫月」）

・此還有真意、欲弁已忘言。（此《こ》の還《かへ》るに真意《しんい》あり、弁《べん》ぜんと欲《ほつ》して已《すで》に言《げん》を忘る）

（『文選』巻三〇、陶淵明「雑詩(17)」）

〈開衿煙霞之外〉

・開衿濯寒水、解帯臨清風。（衿《えり》を開《ひら》きて寒水《かんすい》に濯《あら》ひ、帯《おび》を解《と》きて清風《せいふう》に臨《のぞ》む）

（『文選』巻二二、沈約「遊沈道士館」）

・開襟乎清暑之館、游目乎五作之宮。（襟《えり》を清暑《せいしょ》の館《くわん》に開《ひら》き、目《め》を五作《ごさく》の宮《きゅう》に游《あそ》ばしむ）

（『文選』巻十、潘岳「西征賦」）

・有風颯然而至、王迺披襟而当之曰、「快哉此風、寡人所与庶人共者邪」（風《かぜ》颯然《さつぜん》として至《いた》る有《あ》り、王《わう》迺《すなは》ち襟《えり》を披《ひら》きて之《これ》に当《あ》たりて曰《いは》く、「快《くわい》なるかな此《こ》の風《かぜ》、寡人《くわじん》の庶人《しょじん》と共《とも》にする所《ところ》の者《もの》か」と）

（『文選』巻一三、宋玉「風賦」）

このように列挙してみると、「梅花歌序」に用いられた言葉の来源を『文選』に求めることができる語がきわめて多いことがわかる。これは、大伴旅人が「梅花歌序」を書くにあたって『文選』を多分に意識していることを意味していよう。その上で、これらの『文選』と関わる語彙を見てみると、そこには一つの傾向があるように思える。次節では、そのことについて詳しくみていくことにしたい。

三　太宰府と都《みやこ》

前節では、「梅花歌序」の中には『文選』に見える表現と類似したものが多いことを指摘した。その上で本節では、そこで用いられた語彙が、もともと『文選』でどのように用いられているのかを検討し、改めて「梅花歌序」を読み直してみたい。

そもそも「梅花歌序」は、その枠組みを王羲之「蘭亭序」に借りている。その「蘭亭序」は、王羲之が会稽の地で開いた宴《うたげ》に際して書かれた序文であるが、王羲之が宴会を開いた永和九（三五三）年は、殷浩の北伐が開始された年であり、都の建康が大混乱していた時期である。そんな中、中央の喧噪をよそに純然たる風流の遊びとして開かれたのが、この蘭亭での宴であった。「梅花歌序」が下敷きにした「蘭亭序」は、こうした「中央（都・建康）」と「地方（会稽）」とが対比される関係性の中で書かれていることを、まず初めに確認しておきたい。

その上で、本節では第二段落に注目する。第二段落冒頭部分、「令和」の典拠とされる「初春の令月、気淑《うるは》しく風和《やは》らぐ」の典拠として古くから指摘されるのは、張衡「帰田賦」（『文選』巻一五）の「仲春の令月、時《とき》和《わ》し気清《す》む」であった。もちろんこの箇所は、春の時候を言う一種の決まり文句であって「帰田賦」中で特に大きな意味を持つものではない。ただ、ここで改めて注目したいのは、この「帰田賦」が、張衡が都でうまくいかず官を辞して田《でん》に帰る決意を述べたものであったことである。ここにも、「蘭亭序」と同じく「中央」と「地方（田）」とを対比する視点が見て取れよう。さらにもう一篇、陸機「悲哉行」（『文選』巻二八）も忘れてはならない。この「悲哉行」は、『楽府解題』（『楽府詩集』第六二巻引）に「言客遊感物憂思而作也（客遊の物に感じ憂思して作るを言ふなり）」とあることから明らかなように、春の暖かでやわらかな時節の中で、寄るべなき旅人のわき上がる望郷の心情を歌う楽府であった。「悲哉行」では、「和風」「淑気」は遠く離れた故郷を思い起こさせるものとして描かれており、「故郷」と「旅先」とが対比される。

その後に続く「蘭は珮後の香に薫《かを》る」は、屈原「離騒」（『文選』巻三二）の「江離《かうり》と辟芷《へきし》とを扈《かうむ》り、秋蘭《しうらん》を紐《つ》いで以て佩《はい》と為《な》す」が意識されていよう。これは、主人公の高潔さを喩える句であるが、そもそも「離騒」は、才能と人格をそなえた主人公が臣下の讒言により主君の元を追われ、世界をさまようことが詠われる作品である。ここにも、「主君の元（都）」と「放浪の地（地方）」という対比が詩の内部に存在するのである。

さらに、「夕《ゆふ》べの岫《くき》に霧《きり》を結《むす》び、鳥《とり》は縠《こく》に封《とざ》されて林《はやし》に迷《まよ》ふ」からは、たとえば枚乗「七発」（『文選』巻三四）の「暮れには則ち羈雌《きし》、迷鳥宿る」などが思い起こされる。この「夕暮れ時に飛ぶ旅の鳥、迷い鳥」というモチーフは、六朝の詩文でしばしば用いられるモチーフであり、他にも謝霊運「晩出西射堂」（『文選』巻二二）に、「羈雌《きし》 旧侶《きゆうりよ》を恋《こ》ひ、迷鳥《めいてう》 故林《こりん》を懐《おも》ふ」などとある。そしてここにも、「もといた場所（故郷）」と「いまいる場所」という二つの場所の対比が見て取れる。また、『文選』には収められていないが、陶淵明「帰園田居」に、

「羇鳥恋旧林、池魚思故淵（羇鳥《きてう》は旧林《きうりん》を恋《こ》ひ、池魚《ちぎよ》は故淵《こゑん》を思《おも》ふ）」とあるのも同様であろう。

そして、第二段落の最後「庭に新蝶舞ひ、空に故雁帰る」である。蝶も雁も春をイメージさせる詩語であり、この部分は春の景物を用いた美しい対句になっている。『文選』中でこれに類似する表現を探せば、まず思い浮かぶのが、謝朓「和王主簿怨情」（『文選』巻三十）の、「花叢《くわそう》に数蝶乱《すうてふみだ》れ、風簾《ふうれん》に双燕《さうえん》入《い》る」である。謝朓の詩では「雁」ではなく「燕」であるが、ともに春を象徴する渡り鳥である。「蝶」と「燕」や「雁」といった渡り鳥を対にするのも、この時期によく用いられたイメージだったのであろう。[18] さらに「蝶」に注目すると、張協「雑詩十首」其八（『文選』巻二九）に、「借問《しやもん》す此《こ》れ何《いづ》れの時《とき》ぞ、胡蝶《こてふ》南園《なんゑん》に飛《と》ばん」という句がある。これは、北の辺塞の地にあって、南の庭は春の蝶が舞う季節になったと、故郷の庭園を思い出す詩であり、蝶が遠く離れた故郷を思い起こす契機になっている。また、「故雁帰る」に関しては、潘岳「河陽県作二首」其二（『文選』巻二六）に「帰雁《きがん》蘭渚《らんし》に映《えい》じ、游魚《いうぎよ》円波《ゑんは》を動《うご》かす」という句がある。この詩は、潘岳が河陽県長官として赴任した際のもので、都への未練が詠われているものであり、「雁」はまた都（建康）を思い起こさせる鳥であった。つまり、「蝶」「雁」はともに遠く離れた故郷（あるいは都）を思い出させる存在なのである。

以上、第二段落に使われている語について、『文選』の用例と重ね合わせて検討してみた。

この「梅花序」第二段落は、おだやかな春の空気感が中国古典由来の語を用いて表現されている。しかし、その一方で序文の背後には通奏低音のように、今いる「太宰府（地方）」と「奈良（都・中央）」とが対比され、「都から遠く離れた太宰府にあって、遠く懐かしき奈良を思う」という意識が流れているのである。(19)こうした語彙の選択が意識的なものなのか、無意識的なものなのかはともかくとして、パッチワークのように無原則に中国文学の語彙を取り込んでいるようにも見えながら、実は共通した思いをそこに読み取ることができるのである。

四　快楽の追求と陶淵明の影

さて、続く「梅花序」第三段落では、前節での「春の穏やかな景物（とその背後にある望郷の念）」を受けて、快楽の追求が語られる。これも、後漢末の「古詩十九首」から続く中国文学の伝統を意識したものであろう。興味深いのは、「忘言一室之裏、開衿煙霞之外。淡然自放、快然自足」の部分である。この「忘言一室之裏」は、「蘭亭序」の

夫人之相与俯仰一世、或取諸懐抱、悟言一室之内、或因寄所託、放浪形骸之外。

そもそも人が互いに一緒にこの世を生きていくにあたって、ある人は心の中の懐抱《おもい》を取り

出して、同じ部屋の中で向かい合って語り合い、またある人は志のおもむくまま、外の世界で自由気ままに活動する。

に基づく表現であるとされるが、傍線部に見える「悟」は「晤」に通じ、「向かい合う」意である。これは、謝恵連「泛湖帰出楼中翫月」（『文選』巻二二）の「悟言《ごげん》して罷《つか》るるを知らず、夕《ゆふ》べより清《きよ》らかな朝《あした》に至る」に附された李善注に、「毛詩曰、彼美淑姫、可与晤言。鄭玄曰、晤、対也。悟与晤同（毛詩曰はく、彼の美なる淑姫、与《とも》に晤言すべし、と。鄭玄曰はく、晤は対なり、と。悟、晤と同じ）」とあることからも明らかである。そして、「梅花歌序」では、この「悟言」が「忘言」へと変えられている。都から遠く離れた大宰府で開かれたこの宴は、単に向かい合って仲間と語り合うだけではない。賑やかな宴会で、友人知人と酒を酌み交わし、あれやこれやの世俗の事柄から離れて楽しむ。その楽しみといえば、説明しようとすれば言葉を忘れてしまう（忘言）ほどなのだ。とすれば、「悟言」より「忘言」の方がここでは相応しい。「忘言」の最も古い例としては、『荘子』外物篇の、「言者所以在意、得意而忘言（言は意を在《とら》ふる所以《ゆゑん》なり、意を得て言を忘る）」などがあるが、ここで大伴旅人が意識したのは、『晋書』巻四三山濤伝の、「性好荘老、毎隠身自晦。与嵆康、呂安善、後遇阮籍、便為竹林之交、著忘言之契[20]（性は荘老を好み、毎《つね》に隠身自晦《いんしんじくわい》す。嵇康、呂安と善《よ》くし、後《のち》に阮籍に遇《あ》ひ、便ち竹林の交はりを為し、忘言の契《ちぎ》りを著《あらは》す）」であり、さらに言うならば、次の陶淵明「雑詩」（『文選』巻三十(21)）ではなかっただろうか。

結廬在人境　　庵《いおり》を人里にかまえているが
而無車馬喧　　車馬のうるささは無い
問君何能爾　　人は私に問いかける　どうしてそうあれるのかと
心遠地自偏　　心が町から遠ざかれば　場所もおのずとへんぴになる
采菊東籬下　　菊を東の籬《まがき》で摘み、
悠然見南山　　ゆったりと南山を見る
山気日夕佳　　山の気は夕暮れ時が最も良く
飛鳥相与還　　飛ぶ鳥も連れだってねぐらに帰る
此還有真意　　この鳥の帰る姿にこそ真意（真実）がある
欲弁已忘言　　そのことを説明しようと思ったが、もはや言葉は忘れてしまった俗世の宮仕えからは遠く離れ、隠遁する生活の中に真意を見いだす陶淵明。彼の心情をあらわしたこの「忘言」の二字は、「蘭亭序」の「悟言」よりもはるかに旅人の心情に近いものがあったであろう。そして、このような満ち足りた喜びの中で、胸襟を開いて自らを解き放つ。その結果、「淡然として自ら放《ほしいまま》にし、快然として自ら足る」状態になるというのである。では、「淡然として自ら放《ほしいまま》にす」とは、どのような状況をいうのであろうか。この「淡然」という語は『文選』本文には見えないのであるが、顔延之「陶徴士誄」（『文選』巻五七）中の次の一節に附された李善注の中に見いだすことができる。

殆所謂国爵屏貴、家人忘貧者与。（顔延之「陶徴士誄」、『文選』巻五七）

言うなれば、国の尊い爵位は退け、家族には貧乏を忘れさせる、というようなものである。

（李善注）

荘子曰、故聖人、其窮也使家人忘貧、其達也、使王公忘爵禄而化卑。郭象曰、淡然無欲、家人不識貧可苦。

『荘子』にいう、だから聖人は、貧しいときは家族にもその貧しさを忘れさせ、栄達を極めれば、王侯にも爵禄を忘れて卑しき者に同化させるのだ、と。郭象はいう、淡然として欲は無く、家族は貧しくて苦しむことを知らない、と。

「陶徴士誄」は、陶淵明の死後に顔延之によって書かれた一種の追悼文であり、引用箇所は陶淵明をいにしえの聖人に重ねてほめ称える箇所である。李善によって引用された『荘子』郭象注に従えば、陶淵明は「淡然として欲なき人物」、つまり「ものごとにこだわらず、世俗の欲がない」人物としてここでは描かれている。

この「陶徴士誄」および李善注をふまえると、「梅花歌序」の「淡然自放」は、「世俗的な欲にはこだわらないで、自分自身を解放する」ことであり、その結果「気持ちよく（快然）自ら満ち足りた（自足）」心境に至ることをいうのであろう。そして、この言葉の背後にも陶淵明がいる、と読むのはうがち過ぎであろうか。

わずか三十字にすぎない第三段落であるが、そこには陶淵明的な世界観が見え隠れする。それは前節で見た地方（太宰府）と中央（奈良）とを対置させる視点に通ずるものであり、地方にありながらそこでの生活に満ち足りたものを見いだそうとする生き方でもある。もちろん、「蘭亭序」でも同様に地方と中央が対比され、蘭亭で行われた楽しい宴の様子が描かれる。しかし、「蘭亭序」では、その楽しい宴、友との語らいの先に、生きる時間の有限性、必ず訪れる死への悲観的な思いが語られる。(22) この「梅花歌序」には、そのような悲観的な世界観よりも、生の喜びを描く陶淵明的世界観の方がよりふさわしい。

大伴旅人が陶淵明に深い関心を寄せ、また彼の文章を好んでいたこと、それはほぼ間違いの無いことであろう。もちろん、万葉の歌人たちが陶淵明をどのように受容していたのかについては、これまでにも大きな議論がなされてきた。(23) ただ、「梅花宴序」には、これまで言われてきた「蘭亭序」だけではなく、陶淵明もまたその序文世界を構築する一つの重要なピースといえるのではないだろうか。

むすびにかえて

元号「令和」の制定は、改めて日本文化と中国文化の深いつながりを再確認させる出来事であった。元号「令和」の典拠が『万葉集』なのか、さらに中国の古典『文選』までさかのぼれるのか、という議論は、結局のところわれわれが日本の文化をどのようにとらえているのかを、われわれ自身に問いかけるものでもあった。

本稿では、「令和」の典拠となった「梅花歌序」を、『文選』を媒介に読み直してみた。その結果、「梅花歌序」は大伴旅人が主催した「盛大で楽しい宴」について書かれた序文であるが、その背後には地方から都を思う心情と陶淵明の深い影響があることが明らかになった。こうした漢籍の典拠を利用した表現は、太宰府にいる仲間たちだけに向けたものではなく、遠く離れた都・奈良の人々が意識されてのことであり、もちろん「わかる者にはわかった」はずである。さらに言うならば、この宴と宴で詠われた詩は、中国古典語で書かれた序文をかかげたことによって、漢文文化圏に開かれた作品となった。そのことも忘れてはならないだろう。

そして、『文選』である。「令和」の典拠は、公式には『文選』ではない。しかし、元号「令和」によって、日本文化に『文選』がいかに大きな影響を与えていたかも浮き彫りになる結果となった。

万葉の知識人にとって『文選』は、文章を書く上での必須教養として学ぶべき重要な書物であった。そして、『文選』は『万葉集』の時代以降も、日本の文化に大きな影響を与えていく。そのことは、例えば「文《ふみ》は、文集。文選、新賦。史記、五帝本紀。願文。表、博士《はかせ》の申文」(『枕草子』第一九七段)[24]、「文は、文選のあはれなる巻々、白氏文集、老子のことば、南華の篇」(『徒然草』第一三段)[25]といった、よく知られた一段からも明らかである。

また、『文選』は元号の典拠としてしばしば用いられた。元号の典拠としての引文の回数は二十五回にのぼり、『書経』についで第二位の多さである。[26] 江戸時代には、三十五の元号が制定されているが、そのうちの六例が『文選』を典拠としており、万葉の時代から近世に至るまで、変わらず重要な典籍とみなされていたことがわかるだろう。例えば、江戸時代の元号「元禄」（一六八八〜一七〇四）は、陳琳「檄呉将校部曲文」（『文選』巻四四）の「若能翻然大挙、建立元勲、以応顕禄、福之上也（若《も》し能《よ》く翻然《ほんぜん》として大挙《たいきょ》し、元勲《げんくん》を建立《こんりふ》し、以《もっ》て顕禄《けんろく》に応《おう》ぜば、福《ふく》の上《じやう》なり）」が出典とされる。

この陳琳の檄文は元号の材料として人気があったのか、他にも「明応」（一四九二〜一五〇一）や「享禄」（一五二八〜一五三二）の出典にもなっている。『文選』以外の文学書が元号の出典となることはほとんどないことから考えても、『文選』は単なる文学書としてではなく、経書に準ずる重要な典籍として長らく認識されていたのである。

注

（1）今回の元号発表にあたって、出典が「初めての国書」であることがことさらに強調された。しかし、万葉仮名で書かれた歌であるならばともかく、純粋な中国古典語で書かれたこの序文からの引用をもって「初めての国書」として喧伝することには、やはり違和感をぬぐえない。また、「漢文文化圏」という呼称に関しては、金文京『漢文と東アジア―訓読の文化圏』（岩波書店、二〇一〇年）を参照。

（2）首相官邸ホームページ平成三一年四月一日臨時閣議及び閣僚懇談会議事録。なお、この「梅花序」の引用に当たっても、議事録の読みをそのまま引用した。https://www.kantei.go.jp/jp/content/310401gijiroku.pdf（最終閲覧二〇二一年四月四日）

（3）原文の引用は、『新日本古典文学大系　万葉集（一）』（岩波書店、一九九九年）に拠る。ただし、断句及び訓読に関しては改めたところがある。

（4）この「梅花歌序」における典拠については、契沖『万葉代匠記』をはじめとして、今日に至るまで数多くの蓄積がある。また、そのような研究の蓄積は、村田右富実『令和と万葉集』（西日本出版社、二〇一九年）、辰巳正明『「令和」から読む万葉集』（新典社、二〇一九年）などにコンパクトにまとめれており、大いに参考になった。ただ、これらを概観するに、「梅花歌序」の典拠に関しては、必ずしも定説があるわけではないようである。

（5）本稿における『文選』の引用に関しては、清・胡克家重雕宋淳熙本（藝文印書館景印本）を用いた。

（6）契沖『万葉代匠記』は、この箇所の典拠として「帰田賦」と杜審言「和陸機丞早春遊望」（『文苑英華』巻二四一・『全唐詩』巻六二二）をあげている。
（7）石立善「令和元年：日本新年号和《文选》的关系」
https://mp.weixin.qq.com/s/gSEbjc2P1shJRqfbF_KYYw（最終閲覧二〇二一年四月四日）
（8）いまあげた張衡「帰田賦」や陸機の「塘上行」「悲哉行」以外にも、類似した表現が『藝文類聚』や書儀などに見える。金文京「中国文学から見た『万葉集』」（『現代思想』第四十七巻第一一号、二〇一九年）参照。
（9）『文選』以外にも、『藝文類聚』のような類書の可能性も考えられる。ただ、この時期の『文選』受容を考えると、『文選』に含まれた作品はやはり『文選』で受容していたと考えるのが自然ではないだろうか。
（10）中国の年号。このとき日本、年号なし。
（11）中国の年号。このとき日本、年号なし。
（12）『文選注』を上表した時期については、二説ある。本文では、「上文選注表」の記載を元に顕慶三年としたが、『唐会要』巻三六では顕慶六年となっている。富永一登氏は、「今のところこの問題を解決する資料は見つからず、両説を併記しておくしかない」と述べられている。（『文選李善注の研究』研文出版、一九九九年。三八頁～三九頁）

(13)川合康三「解説」(川合康三他訳注『文選詩編(一)』岩波書店、二〇一八年。三七九頁)

(14)東野治之「奈良時代における『文選』の普及」「平城宮出土木簡所見の『文選』李善注」(ともに『正倉院文書と木簡の研究』塙書房所収、一九七七年)、芳賀紀雄『万葉集における中国文学の受容』(塙書房、二〇〇三年)、小田寛貴・安裕明・池田和臣・坂本稔「伝円珍筆三井寺切の放射性炭素年代と紙背『文選注』断簡の書写年代」(『国立歴史民俗博物館研究報告』第一七六集、二〇一二年)など参照。「伝円珍筆三井寺切の放射性炭素年代と紙背『文選注』断簡の書写年代」によると、伝円珍筆三井寺切料紙の元々の表面に『文選注』本文が書写されたのは、七世紀後半から八世紀後半の間であるといい、これが正しければ現存する最古級の『文選』李善注写本断簡となる。

(15)もちろん『文選』以外の典籍と関係すると思われる語も多い。しかし、管見では、『文選』由来と思われる語が圧倒的に多いように思われる。

(16)「涛」字、胡刻本は「時」に作る。いま胡克家『文選考異』に従い、字を改めた。

(17)この詩、『文選』巻三〇では「雑詩」と題するが、『陶淵明集』では「飲酒」と題している。また、「還」の字、『陶淵明集』の諸本では「中」に作るものが多い。

(18)この蝶と燕の対句は、例えば鮑泉「和湘東王春日」(『玉台新詠』巻八)にも、「新燕始新帰、新蝶復新飛（新燕始めて新たに帰り、新蝶復た新たに飛ぶ）」と見える。

(19)益田勝美「鄙に放たれた貴族」（『益田勝実の仕事2』所収、ちくま学芸文庫、二〇〇六年）、芳賀紀雄「終焉の志―旅人の望郷歌」（『万葉集における中国文学の受容』所収、塙書房、二〇〇三年）なども参照。

(20)『世説新語』賢媛篇第十一話の劉孝標注に引く孫盛『晋陽秋』にも、類似の表現が見える。

(21)注（17）で指摘したように、「還」の字、『陶淵明集』の諸本では「中」に作るものが多い。「此中」であれば、「陶淵明が目にしている光景、その中に」となる。

(22)「蘭亭序」については、下定雅弘「蘭亭序をどう読むか―その死生観をめぐって―」（『六朝学術学会報』第五集、二〇〇四年」などを参照。

(23)例えば、上野誠氏は次のように問題を整理しておられる。

しかし、『陶淵明集』が、大伴旅人の座右の書であったとするのは土岐善麿が説くところであったけれども、黒川洋一が強い口調で警告を発したとおり、奈良時代における伝来の可能性はまずない。黒川のいうように、八世紀における日本への伝来について確証がないのである。また、八世紀においては、陶淵明は中国においてまったく無名であった。その無名の陶淵明を中国国内に先んじて旅人が独自に評価した可能性などあり得ない、というのが大かたの見方である。（上野誠『万葉文化論』第八章第四節「讃酒歌の示す死生観」、ミネルヴァ書房、二〇一八年。八二四頁～八二五頁）

ただ、上野氏はまた次のようにも述べる。

万葉集に陶淵明詩の影響を認めるか、否かについては賛否両論ある。万葉研究者間においては、黒川洋一論文以来、影響を否定的にみる見解が、今のところ多数派学説となっている。しかし、これについては、解釈変更が行われる可能性が高まっている。川合康三が、杜甫詩と山上憶良歌に類似点が多く、しかも類似点のほとんどが陶淵明詩を起源とする表現であることを指摘したからである。川合は、憶良歌と杜甫詩に類似点が多いのは、ともに陶淵明詩の影響を受けているからだと断じている。（上野誠前掲書八五三頁～八五四頁）

近年、陶淵明の受容については、中国文学の世界においても見直しが進んでおり、六朝から唐代にかけて陶淵明は文学者として一定の評価を受け、広い範囲で読まれていたとの見方が強まっている。川合康三「憶良と杜甫、そして陶淵明」（『万葉集研究』第三六集、塙書房、二〇一六年。三三一頁～三三四頁）、尾崎勤「南朝および唐における陶淵明の詩人としての評価」（『名古屋大学中国語学中国文学論集』第三〇輯、二〇一七年）など参照。筆者も同様に、六朝期にはすでに陶淵明の文学は一定程度評価され、読まれていたと考えている。例えば、『詩品』において「中品」として挙げられていることは、上品にわずか十一人しか選ばれていないことから考えても、決して陶淵明が評価されていないことにはならない。また、『文選』に少ないながらも作品が収められており、顔延之の手になる「陶徴士誄」も『文選』に収められている。さらに、『文選』の編者昭明太子は陶淵明の愛好者で、『陶淵明文集』を編み、序文まで書いている。他にも、『宋書』『晋書』の「陶淵明伝」には、長文の彼自身の作品が引用されている。これらのことから考えても、陶淵明が六朝期に全くの無名で、評価されていないとは考えにくいのである。

同様に、『文選』が中国同様に日本でも珍重されたことから考えて、陶淵明が日本で無名だったとも考えられない。難解な作品が多い『文選』の詩文の中で、比較的平易な陶淵明が、日本人にとって親しみやすかったという側面もあったのではないか。陶淵明の文集が日本に伝来し広く読まれたかどうかはともかくとして、当時の日本においても陶淵明の詩文はそれなりに愛好された可能性は高いのではないだろうか。

(24)引用は、『新日本古典文学大系　枕草子』(岩波書店、一九九一年)に拠る。
(25)引用は、『新編日本古典文学全集　徒然草』(小学館、一九九五年)に拠る。
(26)所功編『日本年号史大事典(普及版)』(雄山閣、二〇一七年)四四頁参照。なお、『文選』と並

んで『易経』からも二十五回引かれている。

［附記］本稿は、科研費基盤研究(B)「『文選』の規範化に関する基礎的研究」（課題番号 19H01237）及び科研費基盤研究(C)「翻訳」「注釈」の創作性とフィクション生成をめぐる学際的・理論的研究」（課題番号 20K00527）による研究成果の一部である。また、本稿執筆にあたって、武井満幹氏（北九州市立大学）から貴重なご意見を賜った。ここに記して厚く感謝申し上げる。

あとがきI

新元号発表の二〇一九年四月一日に、東原伸明先生が私にメールを下さり、新元号発表で「違和感」を感じている旨を伝えて下さいました。その時、アメリカで研究していた私は、多少異なる視点からの報道を見ていましたが、同じように違和感を覚えました。日本古代文学の魅力を伝えるのを仕事にしているわれわれにとって、『万葉集』が注目されるのは大変嬉しいことです。しかし、『万葉集』の引用として「令和」の発表の仕方に対する気がかりは共通していたと思います。

東原先生がすぐに動き出し、その十月に「令和と万葉集」のシンポジウムを企画して下さいました。学際的な高知県立大学文化学部の教員（と元教員の私）が中心でした。高西成介先生とヨース・ジョエル先生もパネリストに加わり、田中裕也先生が総合司会としてご協力下さることになりました。そして、奈良大学の万葉集研究のベテランである上野誠先生にも基調発表者としてのご参加を引き受けて頂きました。多側面からの有意義な議論ができ、発表者と聴衆客に対して感謝の意を表したいと思います。特に東原先生には、高知でも物語研究会でも、個人的にも共同研究にも大変お世話になっており、とても感謝しています。また、早い段階から武蔵野書院にもご協力を頂き、シンポジウム後の『万葉集の散文学――新元号「令和」の間テクスト性』が企画されました。

最初は、シンポジウムの発表を論文として書き直すつもりでいましたが、著書を第一部と第二部に分けることになり、それぞれ異なる内容を発表することになりました。イェール大学の博士課程後期で博士論文に専念するはずのその時期に、いつの間にか六、七本くらいの論文で背伸びしようとしていました。ところが、年明け間もないころに新型コロナウイルス感染症が流行し始め、二月二十八日に翌日から学校の一斉臨時休業が要請され「令和」はすでに思いがけない展開に陥っていました。

海外の友人のほとんどは子どものオンライン教育で苦悩していたようですが、こちらでは文字通りの「休業」になり、家庭で教育を企画するしかありませんでした。いきなりホームスクールを営むようになり、近所の保護者と情報交換をしながら子どもが勉強に集中させる工夫に努力しました。万葉仮名の暗号を解かせて宝物探しのよう活動をしたり、子どもと遊んだりする時間に恵まれ、贅沢な機会でした。ただ、子どもも生活リズムの急な変化にストレスが溜まり、なかなか思う通りにできませんでした。一石二鳥ができるように、博士論文のテーマを多々の研究を取り入れるものに変えました。しかし、フルタイムで子どもの子育てと・学習指導を務めるようになっては、二、三兎を追おうとし一兎をも得られていない気持ちで悩みました。

コロナ禍の真最中に母は肺癌と診断され、ようやく病院の都合もつき手術を受けることができましたが、不幸にも急変して天に召されました。幸いに葬式などのためにしばらくアメリカに帰国できるようになり、日本への再入国の許可も出ました。自分の研究の間テクストを考えれば、最初は桜を見る会やオリンピックのニュースを見ながら執筆していましたが、最後は日本帰国後の自主隔離という隠遁生活も経て梅の孤独さを考えながら書き直していました。自分の論文の完成は刊行予定の年度をかなり過ぎたものになってしまい、申し訳ないかぎりです。

本著の編者・著者の他、多くの方々にお世話になりました。国際交流基金（ジャパンファウンデーション）から二〇一九〜二〇二〇年研究助成の支援を受け研究を行いました。その後、イェール大学の Council on East Asian Studies と Whitney and Betty MacMillan Center for International and Area Studies にも支援を受けました。本研究はイェール大学大学院東アジア言語と文学学科の博士課程研究の一部であり、指導教官のエドワード・ケーメンズ先生をはじめ、その他多くの先生方や大学院生からご指導と激励を受けています。この「梅花歌の序」の早い段階の論考については、ルーカス・ベンダー先生にもご助言を頂きました。現在、青山学院大学日本文学科の客員研究員として、小松靖彦先生の院生ゼミに参加し、常に詳しいご指導を受けています。拙稿に対して小松先生が貴重なアドバイスを下さり、天野早紀氏も無数のコメントを下さいました。なお、武蔵野書院の前田智彦氏にも大変お世話になりました。ここに記して感謝を申し上げます。

間テクスト性の理論は作者のモノローグより読者が連想する間テクストとのダイアローグに重点をおいています。本著に収められた論文を読み、そして前の段階の発表をご傾聴して下さった方々にもお礼を申し上げます。「令和」はどういう意味で記憶されるか、「梅花歌」はどういう視点で読まれるか、今後の更なる研究と次世代の受容を期待しています。三密や濃厚接触を避けても見えないウィルスが「移る」可能性があり、コンタクト・トレーシングができない場合もあります。同様に文学においても、系統的な「移り方」が不詳であっても、文学的な要素が間接的に移ることも考えられます。梅の鑑賞から古典文学の愛読まで、ポストコロナ時代においてもそのよさが伝承されますように。

令和三年四月

ローレン・ウォーラー

あとがきⅡ——学際的なシンポジウム開催の経緯

本書『万葉集の散文学——新元号「令和」の間テクスト性』は、一昨年平成三十一年四月一日以前には存在しえない企画である。言うまでもなく、「令和」という元号の発表が四月一日であったからだ。それからひと月後、五月一日に改元はなされた。

新元号の発表の四月一日の日、私は帰省先の長野県塩尻市から高知に戻る途次、塩尻駅で電車を待つ間に一報を聞いた。しかし、又聞きだったので、「〇和」としか聞き取れなかった。高知に戻ってからニュースで確かめたところ、「〇和」は、「令和」であった。公式見解では一応『万葉集』を典拠としているとされるが、門外漢の私はそれがどこを典拠とするのかをまったく知らなかった。その日のうちにアメリカにいる友人『万葉集』研究者ローレン・ウォーラーさんに、「私はこれに違和感を抱いているが、あなたはどう思うか」という趣旨のメールを送った。日本の元号の発表を、コネチカット州ニューヘイブン在住の彼がどんな感想を持って聴いていたかは、本書当該シンポジウムの記事で語られているとおりである。

翌日の朝刊は各紙一致して「令和」という元号が、政府の発表では『万葉集』巻五の「梅花の宴」の歌三十二首の序文の中の一節「初春《しょしゅん》の令月《れいげつ》にして、気淑《きよ》く風和《かぜやはら》ぐ」を典拠とするもので、『万葉集』の比較文学的研究の第一人者、中西進が考案したものだと報じていた。だが、中西氏自身はその後かなりの時点までとぼけて、自身が考案者であることを認めなかった。その間インターネットのニュース記事などでは、漢籍の典拠説、後漢・張衡《ちょうこう》の作、「帰田賦《きでんのふ》」(『文選』巻十五)「仲春《ちゅうしゅん》の令月《れいげつ》にして、時和《ときわ》し、気清《ききよ》し」なども飛び出してきて、「令和」をめぐる出典探しは、活況を呈しちょっとしたブームとなって来た。〈この「令和」の典拠を中心にシンポジウムを催したらちょっと面白いことになりはしないか〉という、きわめて安易な発想から奈良大学のＨＰに掲載されているアドレスから上野誠さんに連絡を取って、「秋に高知に来てもらえないだろうか」というメールを送ったのが四月の十日のことである。上野さんは國學院の院友で、折口信夫の研究の流れを汲む研究者同士ではあったが、『万葉集』と『源氏物語』という専門の違いから研究室も異なり、大学に籍を置いていた頃は親身に話し合う機会もなかったので、今回快諾をいただけたのは幸いであった。

さて「令和」という元号をめぐる記事は、新聞・雑誌・インターネットを通して陸続と配信された。それらを切り抜き、ダウンロードして収集し、一年生の「基礎演習」の授業で活用してみた。「基礎演習」は、高等学校と大学の授業を架橋することが目的の授業で、「演習」を通じて「生徒」を「学生」にするための授業である。端的に「読み」「書き」「聴き」「話す」力を付けるための授業で、二十人ほどを四、五人のグループに分けて、自分たちで調べてきて発表をさせ、また、レポートを書かせたりする。収集した新聞やネットの記事から資料を作り、配布して皆で中身を考え、問題点を抽出し、それを図書館や学生研究室配架の事典などで調べさせ、資料を作り、グループで発表をし、各人の興味のある内容を単位レポートの課題とした。疑問を発見し、調べ、資料を作り人前で発表し、討論をするという大学のゼミナール形式に慣れる授業を通し、彼・彼女らは「生徒」から「学生」になったわけである。今回は、「令和」をめぐるリアルタイムの報道が、授業の材料になったのだが、これは私にとって、シンポジウムのためのリハーサルにもなった。開催までの半年間、私は毎日わくわくしていた。とても充実した日々を送ることができた。

専門性という点において、私の「基礎演習」などその足許にも及ばないが、隣の「中国文学研究室」の主、高西成介さんは、『文選』の授業で張衡の「帰田賦」を取り上げたという。そんな話を側聞したので、ぜひシンポジウムのパネラーになってくれるようにと説得した。ちなみに上野さんの都合と高西さんの都合の良い日が実施の日となったのは（そこしか空きが無かった、唯一無二の日）、二人にとって運命というか、何か縁があったのだろう。上野さんは後に『万葉集講義——最古の歌集の素顔』中公新書、二〇二〇・九刊行という名著を刊行されており、当日高西さんの提供された資料が大いに役に立ったようである。高西さんだけではなく、高知県立大学側としても自前のスタッフの専門の特性を活かせば、シンポジウムはかなり面白い内容になるのではないかと思われた。『万葉集』の専門家は、幸いなことに前述のローレン・ウォーラーさんが、イェール大学大学院博士後期課程を修了するにあたり博士論文執筆の仕上げに令和元年六月から妻子を引き連れ二年間、日本に滞在することになっていた。青山学院大学で『万葉集』研究の大家の小松靖彦教授指導の下、恵まれた環境で論文執筆に充実した日々を送る予定であった。コロナ禍に見舞われることがなければ…。

ベストパネラーとしては、もう一人、ヨース・ジョエルさんの存在を抜きには考えられない。勤勉誠実な勉強家で博学、話しことばもさることながら文章も驚くほどの名文家である。その彼が体調不良で入院され当日シンポジウムへの出席が叶わなかったのはとても遺憾であるが、苦肉の策、「ヨースの部屋へようこそ」というコーナーを設けることで、我々は彼との対話の機会を実現することができたのは幸いであった。司会は、近代文学三島由紀夫の研究者、田中裕也さんにお引き受けいただいた。

さて本書は、大きくシンポジウムと論文の二部の構成となっている。新元号「令和」をめぐっての諸問題とともに、『万葉集』巻五の「梅花の宴」の歌三十二首の序文が問題の核となっている。「隗より始めよ」ということばもある。コーデネーターの私自身がこの際、「令和」の典拠から切り込み、「梅花の宴」そのものに回答を試みる論を執筆し掲載すべきではないかと考えた。その動機は、ごく短期間にインターネットが中心となって「令和」の典拠が洗い出されてしまったことに尽きる。その状況が私に一九八〇年代フランスからテクストの思想が移入され、古注釈の指摘する典拠を素材に『源氏物語』のテクスト論が実践された研究の歴史を想起させた。典拠はほぼ指摘し尽くされ、あとはそれと作品との関係性をどう読むか、相互連関性を問うことだけだ。引用による意味の生成、『源氏物語』における「間テクスト性」の考え方に準じた研究方法が、今回の「序文」を典拠とする『万葉集』においても応用可能なのではないのか。「梅花の宴」に関わる論文や書籍は多数あったが、ネット通販を利用してそれらを収集することができ、間にシンポジウムの開催を挟み、私の「梅花の宴」のテクスト論はごく短期間に執筆擱筆することができた。同時に、『万葉集』研究の層の厚さを実感させられた。

シンポジウム当日の運営（準備と受付・タイムキーパー等と後片付け）は、田中・高西・ヨース・東原の各教員指導下の研究室の学生たちと卒業生の高橋美由紀さん（東原ゼミOG）にお願いした。また、主催は文化学部だが（三浦洋一学部長）、開催のための資金は、共催の高知県立大学地域教育研究センター（清原泰治所長）から拠出していただいた。当日はセンターから宗石道代課長が、学務支援室からは岡本みつる課長がお手伝いに来てくださり、学部事務の塩田佑香さんには、記録の写真撮影をお願いした。なお、当日会場の正面に掲示された「新元号「令和」の典拠を考える」というタイトルを綴った紙は、学務支援室の徳弘美佳さんが作成してくださった。後援は、高知県教育委員会・高知市教育委員会・オーテピア高知図書館（高知県立図書館・高知市立市民図書館）・高知新聞社・RKC高知放送・KUTVテレビ高知・高知さんさんテレビ・NHK高知放送局・高知県立文学館・公益法人高知市文化振興事業団・土佐史談会にお願いしたが、各件の申請は、すべてセンターの宗石課長のご足労による。

創業百周年を記念する武蔵野書院には、協賛としてポスターとチラシを印刷提供していただき、院主の前田智彦氏には、シンポジウムの開催から本書の刊行まで一貫して大変お世話になった。ここに記し、皆様に感謝申し上げます。

令和三年四月吉日

東原伸明

執筆者紹介

（論文掲載順）

東原伸明（ひがしはら・のぶあき）

1959 年生。名古屋大学の博士（文学）の学位取得。

高知県立大学文化学部教授。日本文学。

著書：『土左日記虚構論―初期散文文学の生成と国風文化』武蔵野書院　2015 年

『古代散文引用文学史論』勉誠出版　2009 年

『源氏物語の語り・言説・テクスト』おうふう　2004 年

『物語文学史の論理―語り・言説・引用―』新典社　2000 年

共編著：『新編　土左日記　増補版』武蔵野書院　2020 年

『大和物語の達成―「歌物語」の脱構築と散文叙述の再評価』武蔵野書院　2020 年

『次世代に伝えたい新しい古典―「令和」の言語文化の享受と継承に向けて』武蔵野書院　2020 年

『日本文学研究資料新集　源氏物語・語りと表現』有精堂出版　1991 年

ローレン・ウォーラー（Loren Waller）

1974 年生。元高知県立大学准教授。現在、イェール大学東アジア言語と文学学科大学院博士課程後期、青山学院大学文学部日本文学科客員研究員。

共編著：『新編　土左日記　増補版』武蔵野書院　2020 年

論文：「書物として見る古典文学の新しい解釈の行方―萬葉語『隠沼』の歴史的変貌をめぐって―」『次世代に伝えたい「新しい古典」―日本文化の自己継承に向けて』武蔵野書院　2020 年

「文字とことばの間―萬葉集に見る表記の詩学―」『ことばと文字』第 12 号　日本のローマ字社　2019 年

ヨース・ジョエル（**Joël Joos**）

1970年生。ルーヴェン・カトリック大学日本学博士学位取得。
高知県立大学文化学部准教授。日本文化論、日本思想史。

論文：「民権派記者たちの投獄記録—近代国家の黎明期における監獄と「異論」の一考察」『高知県立大学紀要』70号　2021年
「Journal de voyage en Europe (1873) du shâh de Perse［イラン国王の欧州歴訪(1873年）実記］に関する考察」『文化論叢』第9号　2021年
"No Regret to Inform: “Newspaper Funerals” and Popular Protest in the Early Meiji Period" in: *Newspaper Research Journal* 2020, 41, Issue 4 (online https://doi.org/10.1177%2F0739532920966680)
「〈三千五百万人の末弟〉が残したもの—植木枝盛『民権自由論』（一八七九年）」1～14頁、井上次夫その他編著『次世代に伝えたい「新しい古典」』武蔵野書院　2020年
「〈新聞の葬式〉にみる高知と自由民権」35～45頁、『大学的高知ガイド』昭和堂　2019年

高西成介（たかにし・せいすけ）

1968年生。高知県立大学文化学部教授。専門は、中国古典文学、日中比較文学。

共著：『海がはぐくむ日本文化』東京大学出版会　2014年
『小説・芸能から見た海域交流』汲古書院　2010年
『水辺の多様性』昭和堂　2010年

論文：「明治妖怪論事始—酔多道士『妖怪府』叙をめぐって—」『高知県立大学文化論叢』第6号　2018年
「「富」「都市」をめぐる話と『続玄怪録』」『中国古典テクストとの対話』研文出版　2015年

和文・英文要旨（Summary）

第二部論文掲載順

東原伸明

Higashihara Nobuaki

梅花の宴歌群と序文および関連歌群のテクスト分析
—もしくは散文としての『萬葉集』とその間テクスト性—

A Textual Analysis of the Plum Blossom Banquet Poems and Related Poetry, or: the Manyōshū as prose, and intertextuality

和文

万葉集という韻文学の研究に、散文文学の研究方法を援用した試論である。具体的には、梅花の宴の歌群三十二首とその序文とを、歌と序文相互の関係性（＝間テクスト性、intertextualityの概念）から、意味の生成を説いている。また、近世の国学者、萩原廣道（はぎわらひろみち）がその著『源氏物語評釈』で用いた、漢文の特性を援用した分析方法も導入し、課題の回答を試みている。

英文

This paper is an attempt to apply the methodology used in prose research to research on the Manyōshū poetry collection. More specifically, it explains how the meaning of the 32 so-called Plum Blossom Banquet poems and their preface can be seen through the concept of intertextuality as a product of the relation between the poems and the preface. Furthermore, it attempts to find more answers by introducing the analytical method used by the early-modern nativist scholar Hagiwara Hiromichi in his “Comments on the Genji Monogatari,” in view of the peculiar nature of Chinese poetry contained therein.

ローレン・ウォーラー
Loren Waller

「梅花歌の序」に見る古今の共感―引用符のない引用の機能―
Empathy Across Time as Seen in the "Preface to the Plum Blossom Poems": the function of quotations without inverted commas

和文
『万葉集』の「梅花の歌三十二首」と大伴旅人の序文は、梅花を題とする和歌の出発点であるが、先行する漢籍の伝統の中に位置づけられている。本稿では、梅花歌三十二首、その序文、そしてその「追和歌」を、視野の狭い「典拠」の系統に注目するより広い「間テクスト」のネットワークに着目して検討するほうが豊かな理解につながることを論じる。「楽府」の作品群を喚起することによって創造されるのは、孤独や「忘言」のような難解の語句が明らかにされる、古今の読者が共感できる対話を切り開く文学的空間である。

英文
"Thirty-two plum blossom poems" and Ōtomo no Tabito's preface in the *Man'yōshū* are a starting point for Japanese poetry about plums in Japan yet are placed within the preceding Chinese tradition. This paper argues that Tabito's preface, the plum poems, and their "response" poems should be understood through looking at a broad network of "intertexts" not a narrow lineage of "sources." The literary space created by Tabito's reference to Music Bureau poetry opens a dialogue sympathetic to past and future readers that elucidates puzzling references, such as to loneliness and "forgetting the words."

ヨース・ジョエル
Joël Joos

政治権力と時間　世界の中の日本の元号に関する一考察
Political Power and Time: a consideration on Japan's imperial eras in a global context

和文
人類の歴史を振り返ると、中央権力と時間の制御とは、密接に繋がっている。とくに、強力な権力が広大な地域にわたる帝国において、時間の整理方法（紀元法、暦、年号など）は、単なる便宜上の工夫だけでなく、支配者と被支配者にとって、望ましいとされる秩序の保持に深くかかわる一大関心事である。近代以降の日本の元号制度は、中国文明圏にルーツを持ちつつ、明治維新以降、西洋の太陽暦と併存している。その仕組みについて考察することで、皇室という権威の、近代国家の権力構造への編入の仕組みが見えてくる。

英文
Human history offers many examples of how centralized power and the control of time are closely intertwined. In empires in particular, where strong power is projected on an extended territory, the organization of time through the establishing of calendars, imperial eras etc. is not merely a practical set-up, but a matter of the greatest interest for the rulers and the ruled, deeply connected to the maintaining of a desirable order in the realm. The imperial era system adopted in modern Japan clearly has roots in the Chinese civilizational sphere, but does co-exist with the western solar calendar. Considering how this set-up functions against the backdrop of other historical examples, we can shed light on how the imperial authority was incorporated in the power structure of the modern state.

高西成介

Takanishi Seisuke

「令和」、「梅花歌序」と『文選』

“Reiwa”, the “Preface to the Plum Blossom Poems” and the *WénXuǎn*

和文

本稿は、大伴旅人「梅花歌序」と中国の詞華集『文選』(WénXuǎn)との関係を再検討し、改めて『文選』を媒介に「梅花歌序」読み直したものである。漢文で書かれた「梅花歌序」には、数多く『文選』に見える語彙が用いられている。『文選』におけるそれらの語彙の用例分析を通じて、「梅花歌序」の背後には「都から遠く離れた太宰府にあって、遠く懐かしき奈良を思う」意識があることを明らかにした。さらには、陶淵明(TáoYuānmíng)的世界観と「梅花歌序」との関係についても指摘した。

英文

This paper re-examines the relation between the *Preface to the Plum Blossom Poems* by Ōtomo no Tabito (665-731CE) and the Chinese anthology *Wén Xuǎn*, rereading the former through the prism of the latter. The Preface makes lavish use of vocabulary found in the Chinese anthology. Through a textual analysis of some of these words, I will show how the awareness of a “melancholic longing for the capital Nara, in faraway Dazaifu” is used as a backdrop for the Preface. In addition, I will point at the relation between the world view of Táo Yuānmíng and the *Preface*.

万葉集の散文学 ── 新元号「令和」の間テクスト性
武蔵野書院創業百周年記念企画

2021年6月25日 初版第1刷発行
編 著 者：東原伸明
ローレン・ウォーラー
ヨース・ジョエル
高西成介

発 行 者：前田智彦
装　　幀：武蔵野書院装幀室
発 行 所：武蔵野書院
〒101-0054
東京都千代田区神田錦町3-11 電話 03-3291-4859　FAX 03-3291-4839
印　　刷：シナノ印刷㈱
製　　本：東和製本㈱

ISBN 978-4-8386-0494-4 Printed in Japan